愿生命从容
——哈佛访学三

YUAN SHENGMING CONGRONG

焦小婷 著

东北林业大学出版社
Northeast Forestry University Press
·哈尔滨·

版权专有　侵权必究
举报电话：0451-82113295

图书在版编目（CIP）数据

愿生命从容：哈佛访学三／焦小婷著．—哈尔滨：
东北林业大学出版社，2016.12（2024.1重印）
　　ISBN 978-7-5674-0993-4

Ⅰ．①愿… Ⅱ．①焦… Ⅲ．①随笔—作品集—中国—当代
Ⅳ．①I267.1

中国版本图书馆 CIP 数据核字（2017）第 015601 号

责任编辑：赵　侠　吴剑慈
封面设计：宗彦辉
出版发行：东北林业大学出版社
　　　　　（哈尔滨市香坊区哈平六道街6号　邮编：150040）
印　　装：三河市天润建兴印务有限公司
开　　本：710 mm×1 000 mm　1/16
印　　张：19.75
字　　数：282 千字
版　　次：2017 年 9 月第 1 版
印　　次：2024 年 1 月第 2 次印刷
定　　价：58.80 元

如发现印装质量问题，请与出版社联系调换。（电话：0451-82113296　82191620）

目　录

中秋感悟 ………………………………… 001

黑人历史博物馆 ………………………… 004

查尔斯河边的季节树诗活动 …………… 006

公交见闻与国家公墓 …………………… 009

朗费罗博物馆一游 ……………………… 012

造访哈佛神学院 ………………………… 015

新罕布什尔州看秋景（一） …………… 017

新罕布什尔州看秋景（二） …………… 019

新罕布什尔州看秋景（三） …………… 022

计划出游瓦尔登湖 ……………………… 024

瓦尔登湖一日游 ………………………… 026

哈佛特色 & 中国城购物 ………………… 029

畅游女巫城 ……………………………… 032

万圣节里的鬼魂一条街 ······ 035

韦尔斯利学院一日游 ······ 037

湖边观雁 ······ 040

壮美的耶鲁大学 ······ 042

哈佛艺术馆的精神盛宴 ······ 045

在哈佛向莫言讨教 ······ 048

普利茅斯和罗得岛一日游 ······ 051

晕头转向的出游 ······ 054

Gilda 带我参观美术馆 ······ 057

年末畅游波士顿 ······ 060

踏雪登高 ······ 064

旧货市场开眼界 ······ 066

马丁·路德·金纪念日 ······ 069

Widener 图书馆 ······ 072

幸福西雅图 ······ 075

西雅图的晴天 ······ 078

参观游艇展 ······ 080

登高太空塔 ······ 082

西雅图广场见闻 ······ 085

参观华盛顿大学 ······ 088

特色海鲜大餐	092
中国城的家宴	094
再游中国城	096
艺术博物馆和海滨	098
在西雅图吃川菜	100
初抵旧金山	102
壮丽的金门大桥	104
斯坦福大学一日游	107
流连渔人码头	110
初抵洛杉矶	113
辉煌好莱坞	115
靓丽的圣莫尼卡海滩	119
打车软件的便捷服务	122
西雅图的中国年	124
春节回忆舐犊情	126
挑战女儿的作业	128
造访西雅图的德式小镇	130
教堂游	133
回味星巴克	136
返回波士顿	138

欢乐踏雪游	140
开启纽约之旅	142
繁华的纽约	144
富庶的曼哈顿	148
文明的哈莱姆	151
我家有女初长成	154
给女儿庆生	156
同道畅游麻省理工学院	158
在哈佛听音乐会	161
聆听波士顿交响乐	164
莱克星顿朝圣之旅	168
莱斯利大学的名人演讲	171
免费日的波士顿校园游	173
余音绕梁的一天	177
珍本图书馆和歌剧	180
精彩的哈佛艺术节	183
近距离观摩学霸	185
麻州州府一日游	187
乔治岛的自然海景	191
快乐的母亲节	194

晕头转向的啤酒节	198
奥本山公墓赏景	201
富人区的内与外	203
参观当代艺术馆	206
夜宿美国牧民家庭	208
Amy 家的宝贝们	212
和 Amy 一家外出游玩	216
从牧场回来	219
今天的主题是送别	221
盛大的毕业季校友会	223
隆重的学位授予典礼	226
观者如潮的飞行表演	230
抵达芝加哥	233
游览威斯康星大学和州府	235
芝加哥公园游	238
神游橡树园	241
参观巴哈伊庙宇和西北大学	245
龙舟竞渡波士顿	249
Widener 图书馆百岁庆典	252
端午节诗餐会	255

虽败犹荣 ·· 257

趁节日卖力花钱 ·· 260

伊莎贝拉嘉纳艺术博物馆 ··························· 262

围观马英九 ·· 264

爱上新奥尔良 ··· 266

奥尔良的完美第二天 ································· 269

萧瑟的民权运动圣地 ································· 273

转战亚特兰大 ··· 276

充实的亚特兰大之旅 ································· 279

哥伦比亚观感复杂 ···································· 285

旅游名城查尔斯顿 ···································· 289

打道回府回味无穷 ···································· 292

被艺术包裹的一天 ···································· 294

波特兰的魅力海景 ···································· 297

庄严的博物馆之旅 ···································· 300

畅游博物馆 ·· 304

中秋感悟

今天依然凌晨4点半醒来，6点半起床，跟随Lida去了她从小到大一直去的那间教堂。礼拜活动上午10点开始，Lida要先去健身房，这是她每周再忙也必做的功课。放松心情，增强体质，她活得很明白。我在附近散步，沿一条名副其实的林荫大道走着。周末的早上，雨后的空气透明清新，散步、遛狗、跑步、骑车锻炼的人不少，大多是家人结伴散步；戴着头盔成群而过的骑车人，显然是同学或朋友。想起了在国内经常见到的骑车的"驴友"们，不得不在尘土飞扬、雾霾笼罩的马路边穿梭，真替他们难过。再好的兴致、习惯和志趣也会让糟糕的空气搞得意兴索然。

来到一面不知名的湖边，抬头看天高云淡，直视湖面碧波荡漾，有闲人荡桨泛舟，有天鹅傲然浮游，周边环境安静祥和。此情此景，除了贪婪地多看几眼，深深地呼吸空气，轻轻地叹息几声，又能如何？湛蓝的天是别人家的，碧绿的湖是别人家的，自己匆匆而过，只留下浅浅的脚印，带不走一朵云彩。真心体会到了徐志摩在剑桥河边"匆匆走过时"的失意和失落。

这一景致颇似人生。生命再美好，最后也不过是一抔白灰，归于尘土。因而切实应当学会珍惜当下，随心随愿度过今生！

教堂的礼拜活动于 10 点钟准时开始。今天是夏季的最后一次礼拜活动，和平常的流程不同，牧师在外没有回来，活动由一位写诗爱诗的中年女性 Cathie 主持。先是一些礼节性的客套话，随后大家一起朗读了一段话，像国内入团、入党时攥紧拳头说的"我志愿加入……"之类的誓词。接下来是纪念在座的信徒们家中以往逝去的亲人，共 26 人。主持者一一念完逝者的姓名，教堂的钟声随之敲响 26 下。以这样的方式缅怀悼念死者对我而言还是首次经历。有人曾说过："关怀死者就是使他的名字不朽。"而"名字的不朽是灵魂得救的一种世俗变种"。在一周中最重要的时刻，在肃穆的教堂，死者的姓名被生者用爱轻轻地唤着，余音在四周回荡。事实上，每一个名字的后面，都勾连着一个个曾经活力四射的人和不一定多彩但注定丰富的人生，更有家人永恒持久的爱和追忆。所以钟声敲响，有人眼眶湿润，有人掩面而泣。这是一个锥心的时刻！愿逝者安息！

接下来信徒们开始读手里发的小册子中的几首浓情小诗，有的出自名人，有的则出自 Cathie。她提议大家一人一句朗读，并且说出最打动人的地方。下面这句诗是我的最爱：

"and placed my grief,

in the mouth of language,

the only thing that would grieve with me."

接下来的一个环节我当时没看懂，是结束后 Lida 告知我的。前面的桌子上放着几十个小小的烛台，大家自愿排队上前一一点燃，那点亮的烛火里裹藏着各自不同的怀想、期许、感恩和希望。

这是一次不常见的礼拜活动，和我曾经见过的英国基督教堂的礼拜全然不同。没有唱颂歌，没有学圣经，也没有祷告。Lida 告诉我，下次会回归传统，我期待。

感谢中秋节！这两天微信朋友圈里格外热闹，美好的祝愿和问候语天南地北地轮回转发着，不过怎么都读不烦。

晚上我要先出去看看月亮。国内已经是中秋了，待我明晚再望时，已经是十六的月亮了。赏月是中秋佳节亘古不变的主题。夏天在外散步时，我曾认真地举头望月思考过，古人为什么寄予月亮那么多的情怀，有时即便"明月别枝惊鹊"，也会"酒入愁肠"，莫不是天高地广，唯有月亮可以海内天涯共享？而且只有"静夜"里才有"思"量。此时此刻，唯愿"西楼满月"，能够消解曾经如钩残月下的"梧桐寂寞""月明人静"。

何不共此时？

黑人历史博物馆

上午9点半出发，乘车前往波士顿的黑人历史博物馆参观。10点半到达地点，发现里面没有一个游人，只有门口站着个白人小伙等着售票。据说美国所有的博物馆都免费，这里怎么还要5美元，倒不是不愿付那5美元，主要是今天没有参观内容，只有17分钟的视频供我们观看，真正想看到的东西其实尽在眼前，因为里面不足国内的一个教室大，且光线昏暗，有种不安全感，只扫视了一下四周那些黑乎乎的小物件，便失望地走出来了。这本是我今天的主要内容，没有如愿。因为没做别的功课，一时不知道该干什么。查询谷歌地图，发现身处剑桥大街——剑桥镇（Cambridge，又译为坎布里奇镇）最长的一条街，连接了这里187个景点。脚下地面上延伸的一排红砖就是著名的波士顿自由之路（The Freedom Trail），沿着这条街行走，大概可以从旁边的景点中看到美国的历史痕迹。随后走马观花地行至中心公园、马萨诸塞州行政大厅、谷仓纪念公墓（Granary Burying Ground），这里葬着富兰克林、美国独立宣言起草者Samuel Adams及黑人政治家鲍德温。还有一些叫不上名字的特色建筑和地方，以后再来慢慢了解吧。

今天遇见几位中国访学者，第一位是在73路公交车上遇见的来自中央民族大学的刘，第二位是在波士顿地铁口碰到的张。互相简单交换了信息，约好以后有机会再聚。她们都不是哈佛的，并且对我能在哈佛文学研究中心访学表现出掩饰不住的羡慕，让我不得不重新思考接下来的行程计划。是该多待在这个超级学术中心研读，还是多出去走走接触一下外面的世界？真是个问题。

下午4点多回来补吃了午饭，6点半左右看到窗外醉人的夕阳，拍几张留下这美好的景色吧。近几日天气晴好，昨晚的美梦就是被月亮的亮光惊醒的。

查尔斯河边的季节树诗活动

来美两个星期，今天的学习生活安排算是较为满意的。早上近7点起床，认真地做了早饭，8点半乘车去学校，看书至12点半，下午逛了哈佛书店和查尔斯河，晚饭后在草坪散步近1小时，睡前阅读了部分汉语文章。读书与悠闲，貌似平衡了。

9点多走进校园，四周很安静，柔和的阳光透过清新的空气，穿过浓密的树叶，照在绿色的草坪上，把红砖墙映衬得分外惹眼。直奔Widner图书馆而去，坐在二楼的自习室里，开始安静地读书。偌大的自习室还没有来多少人，选择一个靠窗户的桌子，轻轻地放下书包，竟也生出回音来，可见这里的安静程度。舒适的桌椅，精致的台灯，干净、敞亮的环境，在这里不读书会觉得是在浪费生命。一时心血来潮，拿起手机偷拍一张照片，可关了静音的手机"咔嚓"一声响，让我尴尬得心里直发慌。好在周围的人，都埋头在书里，无暇抬眼鄙视我这个不懂事的中国大妈。自己蔑视一下自己吧！门口明明贴着告示，室内严禁用手机打电话，还顶风偷拍，制造出这样的声响，这不就是明知故犯嘛！

12点半走出图书馆，来到传说中的哈佛书店，书店共4层，书架都顶着高高的天花板，人夹在书架之间成了名副其实的书虫。大部分都是学术类书籍，各门各类应有尽有。门口像国内书店一样，也有畅销书专柜。来来回回、上上下下转悠了一圈，长长见识，闻闻书香，没有遇到一见钟情非买不可的书，索性坐在窗台的垫子上，读了几页一位不知名作家写得有点粗浅的《怎样读小说》，便匆匆打道回府，因为下午和朋友约好去查尔斯河边散步，顺便趁周五超市打折去买点必需品。

说说这条穿越350岁市龄的波士顿查尔斯河吧！该河绵延6英里(1英里=1.6千米)，清澈见底的河水映照着湛蓝的天空，河两岸怒放着的小花和古老高耸的橡树把流动的河水衬托得娇柔而神秘。且不问是天空的蔚蓝成就了河水的异彩流光，还是清澈的河水刷新了天空的澄明碧蓝，偶尔划过的皮划艇、小舟和野鸭，远处河两岸林立着的哈佛的教学楼，已经让人眼花缭乱了。没错，哈佛大学确实为查尔斯河增添了不少人文气息，而查尔斯河清凌凌的河水也成就了哈佛的灵动与精致。互为嫁衣，两全其美。这个地方是要再走走的。

眼前一棵古老的橡树上，贴着几页纸。原来是一位诗歌爱好者倡导的季节树诗活动。每个季节他/她都会把自己喜欢或创作的诗歌钉在河边的树上，供诗歌爱好者阅读，寻找知音，且吸引更多的人把自己喜欢或创作的诗歌贴在上面，每个季度末揭下来，发到今年4月刚刚建起来的查尔斯河季节树诗网站。很是感慨这样的创意和兴趣！是怎样一位读诗、写诗、爱诗的人，用自己的一腔浪漫把对诗的情怀贴在查尔斯河边的这棵树上？很喜欢这样的思想和举动。有时候诗的灵感会光顾爱好文学的人，有了这样一个诗的家园，何愁无处安放寻找栖息地的灵魂？如果是汉语，我倒是可以尝试，英语就免了。

公交见闻与国家公墓

起床、吃饭、回邮件，上午 11 点出发去学校。天气晴好，心情晴好。坐在车上抬头望天，一朵朵白云从行进的车窗外匆匆飘过，才明白为什么英语中的云（cloud）会有复数形式。有本书里曾说过这样一句浪漫的话："恋上一朵云，就是恋上一个人。"漫天云彩在视野里浮着，总觉得哪一朵都该挽留在心。莫不是自己太多情？

车上再次见证了人性化的服务。开车的黑人女司机（我所见到的司机三分之二是黑人，其中有一半是女性）放下平板后，过来搬起前排座椅，把一位坐在轮椅上的老年人迎上车，再认真地锁好前后两边绳索，保证安全无误。被帮助的老人依然心安理得，没有过多感谢的话。不过这一次我心里不再有好奇，只想把眼前这种带着微笑和诚意帮助他人的意识和行为，"复制"后"粘贴"在自己生命里，有机会"剪切"给身边需要的人。

11 点半先到科技中心（Science Center）的计算机服务处，确认了自己的哈佛大学邮箱地址，再请那里的工作人员帮忙给自己的电脑连上校园网，以后在"家"也可以上学校各个网页了。这里是专门为一些像我这样的电脑盲或超级电脑玩家开设的无偿的电脑诊所，专治电脑的各种疑难杂症，抱着电脑前来求救的人络绎不绝，用全心全意来总结这里工作人员的热情和认真绝不为过。在一位黑人胖小伙的帮助下，12点半一切问题圆满解决。

背起电脑，出来坐在图书馆对面哈佛教堂门旁边的椅子上，望着前面哈佛大学每年举行毕业典礼的绿色大广场，想象着一群生龙活虎的高智商毕业生在此经历着他们人生中重要时刻之时，心里反复折叠着自己的大志宏图！想象着比尔·盖茨、乔布斯和《哈利·波特》的作者英国女作家 J. K. 罗琳曾经就在我的右前方不远处做过嘉宾演讲，穿越时空地追一次星，突然觉得原来离这些世界级的精英们并不远！

几朵云悠然飘来遮住了太阳，坐在这里的椅子上有点凉意。直接去自习室，找了一个有沙发的角落坐下来读书。旁边有位老先生在闭目养神，这才明白自习室靠窗户的地方为什么会放这么多舒适的沙发。一个连这个细节都替你想好的图书馆，一个拥有这样图书馆的学校，还有什么想不到、做不到的呢？不想再往下推理了。

下午3点半回来的路上，车厢里爱心满满。淑女和绅士们纷纷让座给需要的人。中间上来一位目测有60多岁的中国大妈，就坐在我的身后，从上车的那一刻起，操着她那熟练的粤语，女高音独唱似的乌拉乌拉说个不停，完全控制了车上的气氛。连着3分钟内，我只听懂了她说的她自己怎么了。要是能听懂几句，还可以跟着她的思路去想象分散一下注意力（无意打探别人的隐私），她这样高分贝的声音，连我这个同胞都有点受不了了，但愿别人会以为她是在讲日语！有一些中国人为什么总喜欢高声说话？这是个很有意思的问题。

天气不错，索性中途下车，一个人再次来到国家公墓。除了一个跑步锻炼的中年人和一个骑单车锻炼的年轻人，游人可能就只有我了。树叶被清秋的风吹得沙沙作响，不时有各种果子滚落在草地上，七彩的花儿不多了，就剩下满天满眼的绿。走在两旁墓碑林立的小路上，没觉得有什么可怕，心里只有安静。

一个个特色各异、成群聚拢在一起但却分明能觉出孤单的古老的墓碑上面，刻的是几个世纪前死者的姓名和生卒年代，但只有游人知道，其实最后能留下的只是石头，也只有石头。

寒蝉在叫，松鼠在跳，花儿还在努力地开着，树叶拼命坚守着自己的绿，伴着自己的脚步声漫游，我只盼着枫叶红的那一刻。

最后背对偏西的太阳，给自己的影子留个影，感谢她一路随行。

朗费罗博物馆一游

两天的雨终于停了，查阅了哈佛学术活动安排，没什么吸引人的讲座和座谈。上午在家洗衣服、整理橱柜、看书，11点步行去附近的超市买蔬菜、水果和大米，12点坐车返回。做了来美国后的第一次米饭，感觉不错。

午休1个半小时醒来，天又变得阴沉。预报明天是雨天，不能出门，在谷歌上查找附近的旅游景点，发现19世纪美国著名浪漫主义诗人朗费罗的故居，坐车只需20分钟路程，在微信朋友圈里呼吁一声，没人响应，3点半自己一人出门。

朗费罗（1807—1882）是19世纪美国最伟大的浪漫主义诗人之一，从1836年开始在哈佛大学教授语言文学课程，长达18年。其主要诗作包括三首长篇叙事诗和许多诗剧等。他晚年先后获得牛津大学和剑桥大学的荣誉博士，去世后伦敦威斯敏斯特教堂的诗人角安放了他的胸像，以示他对英国文学的影响。朗费罗据此成了唯一获此殊荣的美国人。1913年，朗费罗的孙子把朗费罗的故居无偿赠送给国家公园服务处。如今里面珍藏有3500件艺术品，1.4万本藏书，77.5万件文献资料，其中包括华盛顿、林肯等人的照片、日记和原始文件。

下车后先穿过一个漂亮的公园，尽管是阴天，周围颜色层次分明的树叶依然让人流连。心想即使参观不成朗费罗的故居，在这里的公园走走也不错。

这是一个保存完好的故居，美国国父华盛顿在此住过9个月，他指挥美国独立战争的总部就设在这里。朗费罗后来把这间屋做了书房，而且还常常以此为骄傲。即使在他名噪一时时，碰到游客敲门进来要看华盛顿住过的地方，他都会笑脸相迎，且沾沾自喜。

故居每周三到周日免费开放，并有专业导游跟着讲解，因为已接近下班的时间，所以我成了这里唯一的游客。讲解员是位年轻小伙子，看得出他对朗费罗的崇敬和喜爱。他非常耐心地带着我从入口处到厨房、到卧室再到书房转了一圈共费时20分钟，仔细讲解了房间里的各种摆设，墙上的画、脚下的地毯、书桌上的书和笔，客厅的一边还放着一张中国的古董八仙桌，据说是朗费罗那个喜欢云游四海的大儿子带回来的。曾造访过这里的座上客有起草过美国独立宣言的Jefferson和Adams，有著名作家霍桑、艾伦·坡、狄更斯等。"谈笑有鸿儒，往来无白丁"用在这里很应景。内心感叹，这是风水多么好的房子，竟多次接纳曾搅动过历史之河的各色人物！

很欣赏这种对待历史、名人、古迹的态度。原汁原味地保存了历史的真面目,"让游人感觉主人还在此生活"是他们保全所有细节的宗旨之一。当被问及一个保存如此完好的历史古迹为什么不收费时,小伙子这样解释:他们的名字、作品和事迹本身就已经价值连城了,他的后代又无偿赠送给政府,国家已经占了大便宜,怎么好意思向游客收费?

愕然!以这样的方式弘扬自己的历史、文化、传统,难道不比靠门票收入的金钱更有意义?

下午5点半坐车返回,明天刚好有朗费罗公园内那座雕像建成100年纪念活动,时间是下午4点。如果天不下雨,还是值得再去看看的。

晚上无法拒绝谭善良而热情的邀约,再次去了华人教堂参加他们的团契活动,竟碰到了4位陕西老乡,乡音都没怎么改,倍感亲切。晚上10点返回。

造访哈佛神学院

又一个靓丽晴天！天空还是那样碧蓝如洗，树叶还是那样像染过似的浓墨重彩。都有点不好意思再拍照了，怕美景笑我少见多怪，孤陋寡闻，竟不知波士顿的秋天本来就是"一年好景君须记，最是橙黄橘绿时"！

上午9点出发去学校，周一是Gates教授的办公时间，本来是要去见见他，聊聊自己在学术上的某些困惑，没想到扑了个空，他压根儿就没在波士顿。他的秘书的秘书说，本学期他没有课，活动行程安排涵盖全球。难怪连他的秘书都得配备个秘书，可见他生活的节奏是怎样的紧张。他这次的外出是属于临时邀约，那就等等再说吧！相信好事多磨。

图书馆里看书回邮件，跟Gates教授的第一秘书Amy重新预约了时间。买了汉堡当午餐，饭后去了哈佛神学院（Harvard Divinity School）。哈佛神学院和哈佛大学几乎是同时诞生的，始建于1636年，不过这里并非单纯培养牧师，而是更偏重神学理论方面的研究。曾经查看过那里的课程，有好几门都与美国黑人历史、文化、文学相关。哈佛神学院就在燕京学院的后面，我瞧瞧去。

　　循着声音，随意走进一个教堂式的教室，里面坐着十几个年龄参差不齐的学员。在前台的是两个身穿白袍的年轻的主讲人。一个正襟危坐，一个正激情饱满地讲着圣经。他们面前的一个桌子上，放着两个烛台，幽幽的烛火散发出某种神秘和虔诚。桌子的一端还点着一炷香，只是怎么看都觉得有点似曾相识，总感觉有点不伦不类。坐在后面听了一小会儿，发现原来这是一个兴趣小组，成员是来自各个不同院系的信徒，大家利用午饭时间聚在一起，共同聆听上帝的旨意，诵经学习交流。难怪周一他们还像是周日一样又祷告又念颂词又唱诗的。大概只有这种场景才能体现出神学院的神性吧！没等正式结束，我就偷偷溜出来返回图书馆了。今天算是造访过神学院了。

　　有点疲倦，书看不下去，索性收拾包，下午3点半返回。补了补午觉，心情不错，临时起意，搜刮了冰箱里所有可以包在面皮里的蔬菜，做了来美国之后的第一顿饺子。尽管从饺子的外形到内容都没法和家里的比，毕竟是第一次，还在微信朋友圈里秀了一把，也算对得起我付出的时间代价。

　　昨天晚上半夜醒来，真的看到了"床前明月光"。临窗望去，沉静似水的天幕下，月朗星稀，幽幽的秋夜配上四周寥寥的寂静，恍惚中没有诗意，倒有点小惊恐。今晚不卷珠帘，静等这美景重现，留住这份天成的景观！

新罕布什尔州看秋景（一）

打开窗帘，又是一个好天。下午4点半出发跟朋友一起去波士顿北部的新罕布什尔州（New Hampshire）赏秋游玩。上午没去学校，在屋里看了会书，便兴致勃勃地开始收拾行李。因为被告知那里住的地方只有光板床，所以需要自带床上用品和洗漱用品，还可以自带帐篷宿营，尽管想来有些不方便，但还是满心期待。

新罕布什尔州是一个与英国郡同名的地方，这是美国新英格兰地区的特点。像剑桥、牛津、曼彻斯特、普兹茅斯、萨福克斯、诺福克斯等都是英国地名，如果你突然落脚在这些城市的某个街角，会以为到了英国。本州于1776年脱离英国，1788年成为美国第六个独立州。全州1300个湖泊，只有一小片滨海平原，天然林区占州面积的80%。每年9月末到10月初，是赏枫叶最好的季节。听朋友介绍，在网上注册了这次由公园街教堂（Park Street Church）组织的面向波士顿地区国际学生和学者的周末秋游活动，自愿报名，主办方包吃住，全部费用共99美元。

下午 4 点半 Ruth 开车来接我，同车还有两名中国女博士龙和张，以及来自成都华西医院口腔科的访问学者李。出发时老天格外给力，阳光温柔普照，蓝天上云絮慢慢地漂移着，自由随性；路旁低飞的秋雀们，"长歌怀采薇"；车窗外薄暮将至，夕阳西下。人在景里，景在心里。然而驶出波士顿上高速没多久，车就堵在了车流中。适逢长周末（周一哥伦布节），天气晴朗，同时又是今年北上看红叶的最后一个假期，再加上 93 号、95 号高速分别出了车祸，所以见识了一下美利坚高速路上的堵车现象。向前看红光一片，向后看车灯尽闪，每辆车都成了怒瞪双眼在光束里蠕动的小爬虫。在国内时，长假一般也会出游，但往往避开高峰时段和路段，没有目睹过高速路上堵车的奇观。

两边的美景渐渐被夜幕吞掉，路上的车流以蜗牛的速度爬行，走走停停，连多年不再犯的晕车病都引发了，头疼恶心，兴致全无，很后悔匆忙做了决定，要不然这会儿肯定舒舒服服地躺在床上看书呢，如今还得受这般罪，只想下车多呼吸一下新鲜空气。多亏朋友张带了一对网上买的可以缓解晕车的手链似的东西，救了我半条老命。本来 1 个半小时的路程，竟爬行了 4 个多小时，晚上 9 点钟才到达目的地。

这次出行的人共 200 多名，大部分都是亚洲面孔，而中国人又占据了亚洲人的 80%，宽敞干净的大厅里热闹非凡，桌子上摆放着各种甜食、饼干、咖啡、饮料、水果，晚饭就这样凑合了。报道、注册、领取活动日程和住宿被安排后，花 5 美元租来床单、被罩、枕巾、浴巾、毛巾，被领到事先安排好的床位，发现原来并没有想象中那么糟糕。一个房间尽管放置了四五张床，但地毯洁净得像新的一样，床上有厚厚的床垫、毛毯、枕芯，空调开得很足，一进屋暖和得眼镜上直起雾。卫生间更是干净得没得说，洗手液、手纸、淋浴喷头、热水样样俱全。

与南京大学的姜和她的儿子及北京妇产医院的侯同住一个屋，上下铺的架子床，感觉又回到了几十年前的大学生宿舍。只简单交流了几句，尽管意犹未尽，但还是尽早休息，为明日的活动积蓄能量。

新罕布什尔州看秋景（二）

上午8点起床，外面天色阴暗，寒气袭人。因为是教会组织的活动，所以免不了教会活动的内容。早餐后没有立即出发爬山，大家根据兴趣选择不同的活动内容和地点。有文化习俗交流，有圣经学习互动，有年轻人的户外球类运动，还有专门供小朋友们玩耍的活动室。没有犹豫，选择了文化交流一组。互动开始后才发现，原来这不仅仅是一次外出旅游，负责人除了安排来回行程事务之外，还是做了大量细致入微的准备工作的，有试卷问答、回答问题、视频播放、故事分享、唱诗颂歌，但宗旨只有一个：希望你了解圣经，了解上帝，了解救赎，了解博爱，了解感恩。一切向善的行为和意愿都无法拒绝，也不该拒绝。一群有爱心的人，不以营利为目的，放弃自己的休息时间，组织来自五湖四海素昧平生的人，结伴出游，以极大的热忱、耐心和真诚，与你交流和分享他们的信仰，但没有一点逼你认可、拉你入围的强求，只是用自己的一言一行阐释着上帝的旨意。这大概就是传教士的精神吧！

可以用"树树皆秋色，山山唯落晖"来概括这座名叫 Major 的山。下午 1 点半开始爬山，阳光高照，气温回升，松杉青翠，枫叶红黄，小路被厚厚的落叶铺满，繁茂的白桦树临风挺立。正是爬山好季节！一路上除了我们这个团队外，只有三三两两少数游人，其余大部分是牵着狗、带着小孩的当地人。碰面时无不微笑着问候，说一些鼓励加油的话。

爬上山顶的路共两条：一条平缓，用黄色的标示醒目地涂在树干上；另一条稍微陡峭，用蓝色标记着。1 个多小时的山路，纯粹的自然，没有人为的台阶栈道，没有楼台座椅，没有名人的题字作画，更没有但凡有个外形奇特的石头就非得取名为猫、狗、虎、龙、女人之类词，恨不能穷尽所有想象力。一路上最让人唏嘘感慨的倒不是各色秋景，而是裸露在土层外面的大树根。这些树根纵横交错，如同老年人手上突出的青筋，透着岁月的痕迹和倔强的生命力。之前抬头观赏大树的参天之势，没有考虑过地下根的鼎力支持。它们以坚实的力量牢牢地扎进土壤山石之间，拼命地吸食营养，只为树干树枝树叶能够肆意张扬自己的美和茁壮。而这些根，即使裸露在外任人畜践踏，任风霜击打，任雨水冲刷，依然只顾坚守使命，诠释生命的倔强与顽强。那一刻，想起了世间父母的护犊情长。

无限风光在险峰。爬到山顶才领略到真正的秋景。放眼远眺，山山树树层林尽染，天空的蓝，海水的碧，草坪的绿，阳光的橙黄，枫叶的娇红……大自然的挥笔泼墨，总会千万倍地胜过人类的矫揉造作！找块石头静坐，看着微风一波一波地掠过草地，掠过湖面，掠过树梢，这该是放空大脑的时刻，除了醉意，还是醉意！

  下午4点开始下山，晚饭后在住宿地旁的湖边点起了篝火，年轻人弹着吉他跳舞唱歌，小孩子们围着篝火抢着烤棉花糖。我哪边也融不进去，索性回来回味白天的足迹，整理复杂的心境，期待第二天的美景。

新罕布什尔州看秋景（三）

早上 7 点半醒来，宿舍里一片安静，大家还都在梦乡。今天上午没有特别安排的活动，决定自由行动。早饭后选择就在附近的湖边游玩，吃早饭时在餐厅里蹭网，看见微信朋友圈里个别朋友的状态，国内雾锁半壁江山，心里很不是滋味。

昨天爬山途中，有一段时间自己一人行动，抬头隔着五颜六色的树叶望蓝天，低头看着坑坑洼洼铺满厚厚落叶的山路，侧耳听着旁边叮咚叮咚的山泉声，恍惚间觉得又回到国内的某个山间。而今天上午站在仙境似的湖边，望着碧蓝的天空中还未退去的月亮，望着倒映在湖面上斑驳的树影，望着隐匿在树丛中若隐若现、外形别致的别墅群，望着湖面上呼啸而过的游轮帆船，不禁想问，凭什么？凭什么我们就少见这一尘不染的湖光山色？我们不缺山水，我们有江有河，可我们何以生活在那不一样的"仙境"？我们的民族也勤劳善良，也努力向上，也有着美好的期许和理想……是真的人口过多，分享不上太多自然天成的

"羹",还是我们只顾眼"钱",急于求成?是我们民族丢了善心良知,只顾当下安危,不顾身后滔天洪水,还是我们被迫步入了发达国家的后尘,接替他们破坏起自家的地盘上的青山绿水?我们确实需要反思。

最后一顿午餐,时间拉得很长。下午2点半开始返回。车后坐着的三个美女顾不上车外匆匆而过的美丽景色,早已游历梦乡。我和开车的司机Ruth聊天聊地聊人生,热火朝天,兴趣盎然,和着大路两边的自然美景,给这次旅行添了浓墨重彩的一笔。

下午4点左右回到住所,感觉不到回家之后的心安,反倒有某种若失的怅然。提着行李兴冲冲地回到房间,洒落在床上的斜阳,是我感到的唯一温暖。兴致勃勃地打点行李,是为了出发,你会忘记当下,对陌生的地方总少不了期待和想象;而当你带着疲惫拖回行李,洗去风尘,可眼前并不是你期待的家,更找不到倾诉的对象,你被自己的影子追着,被自己的脚步声惊着。一种凄凄惨惨戚戚之感淡化了记忆里的美色美景,于是一人坐在床边,折叠起心心念念……

计划出游瓦尔登湖

　　上午在家看书至 11 点，抬头看窗外，实在不好意思再宅在屋里，背上包在附近转转，才真正看到了秋色。拿着手机拍个不停，忽然觉得自己很傻，其实很多东西，有个过程就该知足，为什么非要结果？想想生命的结局，就明白过程究竟有多么重要。转了 1 个小时，一路上没有行人，艳阳草树，非寻常巷陌，人道"我"曾来过？再美轮美奂的云、天、风、叶，有人欣赏才算珍贵，那些缩在自家院子里的主人，大概已经看腻了这些景致，久而不"闻其香"。我这个异乡"寄奴"，反倒品出了其中的甘醇！试问，谁成了谁的风景？谁做了谁的陪衬？

　　普希金在他那首有名的诗里评说生活中的不如意时自我宽慰道："一切都是瞬息，一切都将会过去，而那过去了的，就会成为亲切的怀恋。"实际上，很多值得思量的过去，不管多么至诚至深，也都如同写在水面上的文字，写完了也就完了。应当始终记着在过程中活着，活在过程中。

中午第二次做了饺子，在色、形、香、味方面都比上次有进步。饭后享受到了来美国后第三次真正意义上的午休。看书至晚上 6 点，夜幕将至，去附近的草坪散步半小时，穿过别墅群区，大多数人家为迎接万圣节，门口都装饰得阴森恐怖，穿着黑衣吊在家门口树上或门廊上的鬼，让人看了不寒而栗。

明天计划去自然主义作家梭罗笔下的《瓦尔登湖》（*Walden Pond*）所在地自然保护区一日游，今天上午在群里一呼，应者近十人。晚上的主要任务是在网上讨论、查阅、规划明天的出行安排，时间、地点、衣、食、行，一样都不能少。初步决定明天上午 9 点整在 73 路终点站集合，然后一起换乘小火车前往，行程时间大约 40 分钟再加步行 30 分钟。

瓦尔登湖位于麻省东部的康科德城南面，占地 64 英亩（1 英亩 = 4046.86 平方米），因为有了自然主义者梭罗的小屋和文字，所以成为美国文学的圣地和精神家园。有人说，那是个寻梦的地方。每个人的生命中都有一个瓦尔登湖，但愿天公作美，让我们明天都能找到各自心中的湖。看看梭罗别样帅气的文字："一个湖是风景中最美丽、最富于表情的姿容。它是大地的眼睛，观看着它的人同时也可以衡量自身天性的深度。湖边上的树是这眼睛边上的睫毛，而四周树木郁郁葱葱的群山和悬崖，则是悬在眼睛上的眉毛……"期待在那里能找到灵感。

瓦尔登湖一日游

早上6点半起床,按约定9点之前到达73路终点集体前往瓦尔登湖。待9个人快要集合齐全时才得知通往康科德的小火车因故停运,这是我们查过的最近的线路,全部行程不到40分钟。如果再重新乘73路返回哈佛广场再坐地铁红线需要1个半小时。最终决定打的去。这里的出租车可比不上国内,国内街上到处都是穿梭的出租车,招手即可。在这里需要打电话预约,且司机一般都不记路,必须告诉他你所处的具体的街道名才行,若只告诉他哪个银行、哪个超市他们根本不知道,估计你说自己在白宫的左边或右边,他们还得问你是在华盛顿还是在纽约。一边打电话预约,一边在街上找路牌,长长的街道费了半天劲也没找到。有好心人建议,旁边就有个出租车公司,七拐八拐地找到地方,周末没人上班,办公室门锁着,前面停着八九辆车,按照车上的电话打过去,不是没人接听,就是说1小时后才能到。懒散的美国人,连挣钱的机会都不想要!又有人建议前面不远处的路口就有个专供出租车停车等人的地方，终于看到有辆车开过来。司机是个老头，态度极其恶劣，颠覆了我们所有人对美国人的印象。明明前排有空位，但因放置他的衣物早餐，不愿腾出地方，说只拉三个人，而且只收现金不能使用信用卡。还很过分地在我们还在商议的过程中就喊着快点，他已经开始打表了。因为等得太久了，所以尽管嫌弃他的态度，我们三人还是先上了"贼船"。路上老头解释说他听力不好，不是故意这样无礼。明显在说谎，因为他接电话时根本没有耳背的迹象。我们三人一路上顾不得看沿途的风景，一边在后排盯着唰唰变动着的价位表，一边笑着用汉语指责司机老头的态度，不过我们很文明，没提他的祖宗八辈。不到30分钟路程，表上显示46美元，他不找钱，强行把那4美元当小费了。我们又气又笑，说反正万圣节快要到了，就当在美国碰到鬼了，谁让我们在这里没有家，无法在门口搁置一些瘆人的鬼怪和南瓜！

剩下的几个人听从他人建议，立即在网上注册下载一个最近正在推广的乘车软件优步（Uber），首次乘车可免费30美元，随叫随到。他们几个还算好运，较之我们，不但省了钱，还享受到了理想中美国周到妥帖的服务。

上午8点出门，11点半才到目的地。偌大的林地湖区，各色各样的树叶铺满地面。林中有个梭罗的林间小屋复制品，里面摆放了仿制的基本生活用品。有专人耐心地讲解梭罗在这里居住的两年零两月的生活状态和细节。屋内面积不足7平方米，简单陈设着小床、座椅、壁炉，东西两边各有一窗，手稿还放在桌面上。我不禁在想，除了住，生活的其他方面怎么解决，书中写过，也曾觉得很神圣（不知不觉用了"曾"），但很难想象如何实实在在地生活。

小屋的前面有个雕塑，想穿越时空和梭罗合张影，满足一下虚荣心。穿过一条小路，一个明镜似的湖面猝不及防地映入眼帘。没错，风景就在转角处！有人在湖里面游泳，有人在沙滩上酣睡，有人在树荫下读书，浪漫的人坐在石凳上，效仿着梭罗，奋笔疾书那时那刻的感想。

此时的天还没有完全放晴，比起早上出发时的阴沉我们已经知足了。从外表看，瓦尔登湖并没有想象中的那么瑰丽，一时间也没有体会到梭罗眼中醉人的美。四周的空旷把湖面比得很小，先沿着梭罗的足迹绕湖走一圈再说。一抬脚才知道湖面的宽阔，难怪对面的行人看起来那么渺小。过了半小时，还没走完湖面的四分之一，折身返回等人齐了再一起游走。

天空飘过来几朵乌云，风声四起，雨点由小到大打在树叶上噼啪作响，落在湖面上泛起层层水波，就像一场久别重逢的诉说。躲在房檐下，远瞧东边日出西边雨，心中浮起对神奇自然的敬仰之情。十分钟不到，雨过天晴。太阳从云层里跳出来，带着点羞涩俯视着大地，湖区的各种活跃瞬间吞没了刚刚单一的安静。

几个小时之内，算是重新认识了哈佛毕业的梭罗和他的《瓦尔登湖》，再次体悟了他漂移洒脱的文字和锐利的思想锋芒。只是当真正身处他生活了两年多的自然环境，亲眼看见他简陋的小木屋（复制品），却无从认同他那种纯天然的生活方式和对自然的痴迷。我们平日里标榜的回归自然生活的价值观和态度在这里坍塌。风景依旧很美，而我们却走得太快，流俗不堪却无法回去。开始迷茫以后该用什么样的态度重读他那带着泥土芳香的语言文字。

梭罗曾希望人们不要只写别人或听到的生活，而应写自己简单而诚恳的生活，"写得好像是他从远方寄给亲人一样"，因为他觉得"一个人若生活得诚恳，他一定是生活在一个遥远的地方了"。170多年前他说的这些话是说给我听的吗？

下午4点半打车返回，约好开始准备下次出行的计划，在车站互相说再见。

精神上满足了，物质上就简单一点儿吧。热了热昨天的剩饭，只想着舒适的床。

哈佛特色 & 中国城购物

哈佛的周五一般都没有什么重要的讲座和访谈。必须对哈佛的这个优良的传统点赞，每天各门类的知识讲座、访谈或座谈，简直可以用铺天盖地来形容，而且绝大多数向公众开放。时间从早 8 点到晚 7 点，几乎每个整点都可能有。不管是教职员工还是学生，是游人还是乞丐，是小鸟还是松鼠，偶尔从某一教室或大厅经过，只要愿意，都可以堂而皇之地走进去免费听取一场高级别的专业讲座。且中午的讲座一般都免费提供自助便当，水果、饮料、甜食一样也不少。通常情况下是先吃饭再听讲，也可以边吃饭边听讲，当然还可以埋头吃而不听讲。错过饭点的讲座一般也都会备有小点心、咖啡、牛奶或纯净水，以吸引更多的听众。这也许就是所谓的家大业大，这小菜一碟没人在乎。所以在哈佛听讲座，一个常见的现象是：主讲人滔滔不绝，听讲人不停地咀嚼东西。

前一个月宁愿听完讲座再去外面买汉堡，也不好意思吃人家的免费午餐。总觉得能够免费听取高规格的讲座已经赚了不少，再吃人家的午餐有点说不过去。近一个月来习惯了很多，只要是和国内的朋友一起去有个伴，听讲座时也会吃点人家备好的餐点，但心理满是尴尬和不自然，做不到外国人那样的心安理得。他们的脸上明显写着"我可是牺牲自己的宝贵时间来给你捧场的，哪儿有不管饭的道理"，潜意识中寄人篱下的文化心理决定了我很难做到理直气壮。

午饭后和南京的芹一起去了波士顿中心的中国城。要问中国城的特点，除了熟悉的中国味道，便是大家公认的脏乱差。门面房的门口凌乱拥挤，地缝里随处可见烟头，超市里地面肮脏，让人不愿也不忍拍照。怎么"橘生淮北还是橘""入乡竟然不随俗""一方水土不养一方人"呢？是几千年的农业文明，让我们华人在集体无意识中养成了适应任何低劣环境的能力，还是我们懂得知足，把物质上的满足视作生命的满足，把生活等同于生存？这是又一个关涉历史、经济、文化、心理、习俗、民族性等诸多方面的复杂问题。

不过欣喜的是，在中国超市买了一些久违了的中国货：海天老抽酱油、镇江陈醋、四川的麻婆豆腐佐料等，最重要的是，还买回了8个馒头和一小捆韭菜！昨天在微信上看到了一篇朋友分享的关于韭菜饺子的文章，心里很是痒痒。这次可不能像2006年在英国时的那样，在伦敦的中国超市看到折合人民币87元钱的半斤韭菜，咽咽口水，把手缩了回去。回国后惦念了好几年，也后悔了好几年。既恨自己嘴馋，又恨自己抠门。今天碰到便宜的了，够吃一顿饭的4两韭菜，标价2.99美元，不到20元人民币，果断出手！

经常和访学的朋友谈起关于在国外购物的话题。大家一致的感受是来到这里，生活的层次飞流直下几千尺，从中国的中产一族一下子落到这里的底层，连买捆韭菜都得看看价钱，掂量掂量。不是因为国家给的美元不够花，也不是国内的人民币不能花，而是潜意识中总有一种担心超支的不安全感。明白我们在国外的生活来自国家政府的慷慨资助，也明白既是施舍，就不会有盈余，所以不像在国内，只管花钱购物，既不用考虑当月会花光，也不用担心下个月会不够用，因而少了那种花自己挣来的钱时的那种自信和心安。即使已经不在乎给任何价位乘以6的转化价格，却也在心里养成了乘以6的习惯和比较。于是打的时会斤斤计较，也习惯了 AA 制的清楚省事。好奇怪！我们是怎样这么快就学会了美国人的精打细算？

周五的晚上总有点难熬，好在文字是储蓄一切人类情感的最好居所。如果和自己为伴，既可以站在高处考量人生，纵横思想，也可以缩在角落里感怀山水，谈论风月。又一个周末！

畅游女巫城

今天真的见"鬼"了！

和朋友们约好，今天上午 8 点整在哈佛车站地铁口集合前往塞勒姆镇（Salem）的女巫城游玩。6 点 20 分起床，7 点 10 分准时出门，天公作美，朝霞薄雾。走在街上，真正活跃的是早起的鸟儿，叽叽喳喳好不热闹。路边草丛中偶尔可见一两朵小花，不顾寒冷倔强地开着。8 点 10 分坐上地铁红线，转乘绿线，再换乘紫线到达马萨诸塞州的历史名镇——海滨小镇 Salem。这里有美国 19 世纪著名作家霍桑书写《红字》（*The Scarlet Letter*）时居住的面朝大海的七角楼，也是著名小说家爱伦·坡的家乡，有美国第一家糖果店，有登上美国大陆的第一艘商船友谊号，有美国的第一家海关，有建于 1733 年的圣彼得教堂。当然，最有名的还是女巫城的特色文化。相传在 1692 年，塞勒姆镇上很多年轻姑娘得了一种怪病，一直胡言乱语，出现幻觉，甚至还有抽搐现象。当时镇上就有人断言有女巫在作法，于是大家就把一位疑似女巫的人抓了起来严刑拷打，她无奈之下供出很多无辜的人，导致当年有100多名无辜的女性被绞死，但在第二年案件就被昭雪。女巫从此成了塞勒姆的传统特色文化的代表。

塞勒姆大街上开满了与女巫相关的商店，世界著名的女巫爱好者也常常汇聚在此交流巫术。每年万圣节的前一周，是这里最为热闹的时候。走在街上，随时都可以碰到一些穿着诡异、打扮成鬼怪的人穿行。有的直接站在一处，摆出各种吓人的姿势和瘆人的表情，发出各种惊悚的声响，吸引人来合影照相，旁边放着的帽子或盒子里写着"tips"（小费）的字样。商店的橱窗里摆放的也都是吓人的鬼怪面具和帽子，小灯泡闪着幽暗的光，可以想象天黑后的恐怖景象。有的商店专门负责给人化"鬼妆"，尽管价格不菲，但等候化妆的人却排成了长队。很多游客是有备而来的，一下地铁就变戏法似的带上夸张的帽子和头饰，穿起黑袍或露着尾巴的动物外套。部分没有准备的人，一到这里也都先买顶帽子、头饰戴上，入乡随俗，迅速融入当地文化的繁华和热闹中。

这是到美国来的两个月内见到的最大的人群，街道上行人如织，络绎不绝。有演情景剧的，有吹拉弹唱的，有吆喝着卖东西的。每年的万圣节，美国各地都会有万圣节派对（Halloween Party），但据说没有一个地方的规模可以和塞勒姆相提并论。用诗人波德莱尔的话说，"幽灵在大白天里拉着行人的衣袖"，真的，走在街上，冷不丁就跳出"一个冤屈的灵魂"拉着你不放。不过除了阴森、恐怖的气氛，小镇自有它深藏的韵味，等候着有缘人。

这里要看的景点除了霍桑的七角楼、美国第一港口和老市政厅外，其他

的景点大多与女巫有关。女巫村里烟雾缭绕，阴森恐怖；女巫博物馆里群魔乱舞；女巫历史博物馆里，收藏了女巫城所有的历史文化缩影。

我在感叹，美国人怎么会有这么大的兴致和情趣，硬是把一个子虚乌有的传说，扩张成一年一度的文化大餐？难道是由于历史较短，没有深厚的文化积累？还有街上那些三三两两漂游着的"幽灵鬼魂"，不少分明是女性、老人，他们是以什么样的心态和兴致把自己打扮得怪模怪样？这些形形色色的面具下面，掩饰着怎样的外表和灵魂？他们有着什么样的家和什么样的过往？他们的心里藏着什么样的忧烦和快乐、期许和梦想？他们都爱着什么样的人？又被什么样的人爱着？

身为匆匆过客，你再喜欢一个小城，也都有离开的时候。下午 5 点 10 分带着意犹未尽的遗憾和女巫城说了再见。此时才发现进城的路上，游人已经挤满，因为夜里才是女巫城最让人心"动"的时刻。

看了一天的游魂鬼怪，晚上不敢关灯，眼睛的余光望去，连凳子上放着的书包都变成了鬼的模样，幽幽地闪着光。

万圣节里的鬼魂一条街

10月份最后的一周在晚起中开始了，上午在家看书，中午做了顿韭菜馅的饺子，吃出了浓浓的家的味道。

午饭后户外秋阳高照，碧空万里，放弃了去学校图书馆，一人在附近的街区散步游玩。真是鬼使神差，一不小心步入了"游魂鬼怪"集结的小街。沿街两边的住户门口、草坪和树上，到处可见"游魂鬼怪"的影子，只觉得两只眼睛不够用。当你埋头拍摄摊在地上的一个"鬼怪"时，猛一抬头，发现另一个又吊在树上幽幽地盯着你看；当你把镜头对准远处那个张扬舞爪的幽灵时，却差点踩住面前这个骷髅的脚，结果是汗毛竖起，一身冷汗。多亏上周六"曾经沧海"，现在眼观"巫山的云"也不是云。

这里的"鬼怪"多得可以分三六九等，来自不同的社会阶层。有威严的法官警察，有高雅的贵妇绅士，有潇洒的运动健将，有妖娆的风尘女子，也有的一看就知道是纯粹十恶不赦的妖魔鬼怪……有的藏在树后，有的站在树前，有的挂在树杈上，有的蹲在草坪上，有的直接趴在屋檐下，有的干脆吊在路标上……尽管有阳光普照，但秋风吹得树叶沙啦沙啦作响，猩红的树叶打着转儿地纷纷落在头上、肩上、路面上。这种氛围，简直可以闻到僵尸的味道。潜意识中加快了脚步，真担心哪个骷髅突然从背后伸手，拍拍你说声"hello"（你好）。

又一次见证了万圣节前美国民众可爱的疯狂。之前碰到这一类未曾体验过的景致和现象，都会不假思索地、随性地将其归总于文化，结果让文化一词无辜地背上了沉重的内涵。今天下午走在这条豪华而不失幽静、典雅的小街上，看见居民们费尽心思地把自己的家门口装饰成恐怖阴森、群魔乱舞的样子，其实想到的不全是文化。试想想，不同国家民族间不同的情致、兴趣和态度，再怎么与文化、传统、历史、习俗息息相关，其后总该有着共同的人性吧？而具有人性的人，同样有七情六欲，有爱恨好恶，其他的人群怎么不愿做、不屑做、不敢做或做不到？这里精致的花园布局，灵巧的门廊设计，独具匠心的魔鬼创意，难道仅仅事关物质与金钱？心到，手才能到；手到，艺才能达。这些表面上的文化繁荣和丰足，难道不是这里民众积极、乐观、智慧和勤劳的反映？他们本可以待在童话般唯美的洋房里独享清静，他们也可以只保持家园周围的洁净和清爽，但他们仍不知足，选择费心、费时、费工、费力地把家门外打扮成蜘蛛横行、幽灵出没、鬼怪肆虐的墓地和哥特式的城堡模样，进而在不知不觉中把屋内、心内的爱和温暖无限张扬，这种追求生活质量的精神享受，岂能用金钱来换取、来衡量？实在是被美国人这种热爱生活的态度深深地折服！就算被视作媚外崇洋也心甘。

万圣节快到了，一下子拍了这么多鬼怪的照片，唯愿它们待在我的手机里就如同放置在家门口一样，帮我抵挡妖魔，祛除鬼怪，也算入乡随俗了。

韦尔斯利学院一日游

昨晚11点最后敲定，今天上午9点出发去韦尔斯利学院（Wellesley College）参观。早上起来，外面雾气缭绕，霓有点想退却，被我和泓好一顿数落，最后出发时间推到9点半。雾已散，人心欢。因为周末气温会降至0℃，所以今日才是出行的最佳时机，顾不上微信群里的其他人，我们先行去踩点。

坐地铁红线到达波士顿南站（south station），再换乘紫线到韦尔斯利学院广场（Wellesley Square）后，步行5分钟就到了学院门口。这是一个在西方国家少见的有门面和围墙的大学，也可能与学校的特殊性有关。

步入校园犹如踏进了想象中的天堂。两边高耸挺拔的树似乎和学校一样的古老；曲径通幽的校园小道，铺满了金黄色的落叶，掩映在五彩缤纷的树叶树影树枝下面的教学楼，建筑风格各异，古色古香。最大的图书馆有个特点：馆前的整整一面墙，安装着巨大的落地窗，敞亮透明。里面的图书、学生一览无余，和着柔柔的亮光，只感觉里面思想在碰撞、知识在流动。我们先走进科学中心楼，天井院里透过玻璃墙和玻璃窗，可以望到每层楼内的办公室和学生教室。买了汉堡当午餐，坐在那里舒适的沙发上闲聊半小时后起身离开，步入湖边。

校园处处皆是景，呈深黄、亮黄、杏黄、淡黄、朱红、玫红、猩红、粉红、桃红、枣红的树叶，再配上蓝天白云和翠绿的草坪，什么五彩斑斓、红飞翠舞、争奇斗艳、姹紫嫣红、万紫千红之类的词若和眼前景色比起来，通通都黯然失色！只能带着一颗野心，把美景一个个收进手机和相机里，满足一下潜意识中的贪婪。

相比之下，哈佛大学就如同居于闹市里的富商，豪爽、大气、热闹、欢愉，而韦尔斯利学院更像是哈佛的远方亲戚，独居在僻静的山间一隅，端庄、秀气，却也富足、高贵。这里显然是埋头读圣贤书的地方，要不怎么好意思面对这里的幽静和美轮美奂的秋景！

沿着学院路继续往前走，一湖绿水挡住了去路，这里就是国人习惯于称为冰心湖的慰冰湖（Lake Waban），因为冰心1923年前后完成的散文集《寄小读者》中的很多散文就是在这个湖畔完成的。如果说瓦尔登湖更具有野性、阳刚之美的话，慰冰湖则显得妩媚而秀气；微风吹过，湖面上泛起的涟漪似乎都带有女校的靓丽和芳泽。

天色向晚，坐在湖畔绿茵茵的草坪上，望着西边淡淡的斜阳，望着湖面上自由自在的水鸟，望着倒映在水里的十色五光，久久不想离开。遥想当年在此求学的宋美龄和冰心，在那样的一个时代（清末民初），就读于这样一所大学，她们就该有能力搅动历史洪流，书写出自己的色彩和灿烂。

韦尔斯利学院始建于1875年，这所私立大学是美国实力最强的女子学院之一，2014年综合实力位列全美文理学院第七名。美国前女国务卿希拉里、玛德琳·奥尔布赖特等都是这里的知名校友。这所学院同时也是美国最富有的学院之一，截至2005年年底，学院校友累计捐款12亿美元。据说2002年一年，来自各方的经济援助总额就达4.72亿美元，居全美之首，而学生人数却不足2500人，终身教授也只有200名。所以在此就读的学生超过半数可以拿到助学金。先来听听学院气吞山河的口号：为立志改变世界的女性提供一流的教育。学校的格言更是牛气冲天：治人而不治于人。这里的学生宿舍以舒适豪华著称，每间都带起居室、地毯、壁炉、大橱柜、电视房、小厨房、钢琴室和自己的餐厅，这里的大学生分明是大学生中的贵族！

该学院还有个不成文的规定：男子不许在校担任任何领导职务。历史上倒有个著名的例外：曾经有位男士受托担任代理校长，结果第一天来校视察时就被雷电击中丧了命。从此之后就再也没有男士敢做这样的梦了。

下午5点半左右，我们不舍地走出校门，约好冬季雪天再来游玩。

湖边观雁

周末适逢晴天，不走出去在自然世界里"起舞"，大概也算是尼采眼里对"生命的辜负"吧。上午在屋内看书，午饭后选择了附近最大的一个湖——鲜湖（Fresh Pond），和霓、泓一起步行40分钟去游玩。按照谷歌地图提供的线路，穿过了七八个街区，沿途见识了真正的富人聚居区。一个个幽静、别致、高雅、玲珑、美得不真实的小别墅，遮掩在七彩的树影里。家家户户的门面设计风格迥异，各有千秋，精致得如同水彩画，窗户、门廊、街灯、花坛、墙面、栅栏、前厅，每一朵花、每一株草、每一寸路段都发散着静好和浪漫。再加上返回时暮色中从窗户里透出的幽幽、柔柔、暖暖的灯光，让人觉得幸福大概就长这个模样。看着这些亦真亦幻的景致，有点不敢相信这怎么会是俗世人家，主人用了怎样的闲情，可以把生命安置在这种美到绝伦的地方？此"景"只应天上有，人间能得几回闻。这诗词听起来冒着俗气，但确实是当时的感慨。我们彼此打趣，好吧好吧，开始筑梦。

鲜湖是剑桥镇饮用水的源头，旁边有个自来水厂，所以不同于周围其他的湖，它的四周被铁丝网围着，不能靠近。绕湖跑步、散步、遛狗的当地人很多，我们几个可能是这里纯粹的观光客了。湖周围高大参天的树上叶子大多还没掉落，都在以积极的姿势向往阳光；树叶用各种夸张的颜色，和蓝天、白云、绿草争宠，和波光粼粼的湖面媲美。树叶有的黄得纯粹，有的红得妩媚，有的杂得耀眼，有的纯得透亮。走在这样的美景下，连心情也被染上了亮色。

绕湖一周走了将近2个小时，没觉得多累，也忘了寒，从日上中天一直走到天色昏暗，把手机、相机拍到没电。突然意识到，现代科技最大的好处不仅仅是方便，还很好地满足了人性里的贪婪。把带不走的鲜活的美藏在心里还嫌不够，于是把它压缩成干瘪的图片，想要和家人朋友分享，想要留给未来的自己怀念。所以观光途中拍照成了人们寻找美、收藏美、保存美的最佳方法。

快要走出湖区时，有幸看到旁边小池塘里的一群大雁。不像前两天看到的"雁点青天字一行"那样的整齐，而是三五成群，在湖面上一边嘹亮地唱着，一边戏水游玩，引来不少人带着望远镜围观。

鸿雁南飞，暂居江湖秋水。它们大概也是被这人间美景所吸引，不担心"北风吹雁雪纷纷"，忘了路漫漫其修远，不顾旅途困顿，只求欢愉开心！我们也如此。

下午4点在路边的肯德基店买了汉堡小坐，暖了暖身体，蹭了会儿网，规划了周一出行的细节，带着逍遥了半天后的少许愧疚，各自回家。

湖边美景，周末天晴，没辜负生活就好！

壮美的耶鲁大学

天公作美，让我们上周就预谋好的一行六人耶鲁大学一日游在阳光、喜气、惊奇、感叹中圆满结束。早上6点半出发，晚上6点半返回住处，一天，三小时路程，六位女性，十全十美地出行！

江西的菊（在波士顿大学访学，唯一一位非哈佛访学者）、西安的清、厦门的梅、广西的霓，还有杭州的泓，一起雇了一辆7座的车，每人来回40美元。上午9点半顺利抵达耶鲁大学校园。

去的路上，大家没有讨论即将到达的耶鲁大学，而是畅聊即将到来的感恩节购物设想。关键词有：化妆品、名牌包。一时全然忘了自己可都是国内来的学者、教授，讨论起时尚来摩拳擦掌、争先恐后的，如同传说中来国外扫荡名牌的富婆似的。于是我大声吆喝："嗨，你们这还像学者吗？"车厢里哄然大笑。

出外旅行，过程远远大于目的。六个不同性格、不同专业、不同背景、不同地域、不同喜好的人，其乐融融地集中在一个车厢里，将近3个小时的路程，暂时抛开所谓的学者风范，有意忘了所谓的教授的庄严，更避而不谈各自一直在钻的学术牛角尖，像跳广场舞的中国大妈一样，忘乎所以，全然忘了年纪，气氛热烈得能赶上车内空调的温度。司机阿伟时不时地扭头偷笑，不知道他心里想的是什么，大概很少见到这种只讨论吃喝玩乐的热闹吧！

10点找到耶鲁大学的游客中心，10点半开始，学校专门有学生志愿者免费带游客参观讲解，用一个半小时参观了耶鲁大学比较有名的建筑群：生物学楼、女生桌（耶鲁大学从1703年建校到1969年，都只招收男生，后来有一名学生设计了一张椭圆形大理石"女生桌"——Women's table，中间有一眼喷泉。从中心开始向外呈螺旋状散开的是一组组数字，代表着年代和当年招收的女生的数目。数字定格在1993年，因为从这一年开始，耶鲁大学的女生人数超过了男生。据说这个由学生当作业设计的雕塑当时只得了B^-，这个学生和老师据理力争后才改成B^+，后来这个设计出名后，老师出于压力辞职）、钟楼、斯特灵纪念图书馆（Sterling Memorial Library）、拜内克（Beinecke）古籍善本图书馆、东亚图书馆等知名楼群。

耶鲁大学校园共有260座风格各异的建筑，精致、奔放、厚重是其共同特点，涵盖了各个不同历史时期的建筑设计风格，有美国最美丽的城市校园之美誉。诸如尖顶的哥特式、奢华高雅的乔治王朝式、豪放帅气挺立的现代式等，整个校园建筑都弥散着古典的浪漫和现代的精英气息。

比起哈佛校园建筑模式的单一、舒展、平和，耶鲁大学的建筑既有万丈豪情，又有铮铮傲骨，热情奔放，个性十足。倒是建筑学院的教学楼，据说反倒是这里最丑陋的设计。

单说斯特灵纪念图书馆，外部雄伟庄重，里面舒适奢华，让人觉得这样的建筑和装修做什么用都有点浪费。耶鲁人会自豪地说，这个图书馆，让你一走进去就"爱上读书胜过爱你的父母"。法学院楼更是值得称道。据说世界级名牌大学的法学院，个顶个富足。外部墙面全用巨大的石块砌成，错落有致的楼层外沿都是雕梁画栋，栩栩如生神态各异的人头像，透着一种公正和坚定。踏进楼门，墙面、地面、天花板的厚重感让人觉得再过几千年大概也不会变。在国内，"百年"我们已经开始称为"大计"了，看着耶鲁大学的建筑，说"百年"会觉得那么小气！

耶鲁大学位于康涅狄格州的纽黑文市（Elm City，别名榆城，以榆树多而得名），处于新英格兰和纽约的中间，建于1701年，被认为是美国乃至世界最好的私立大学之一，也是常春藤联盟八大成员之一，是美国建立的第三所大学。2014年最新美国大学综合排名第三，有教职工3200多人，每年只招收1250名学生。"永远强调对社会的责任感，蔑视权威，追求自由，崇尚独立人格"是霸气十足的耶鲁精神的精髓。

耶鲁大学还有"总统摇篮"之称，威廉·塔夫脱、福特、克林顿、布什父子、希拉里、约翰·克里，都是毕业于耶鲁大学的政治明星（韩国总理李洪久也是这里毕业的）。为此，耶鲁大学的教授们把玩笑开得惊天动地，"一不小心，你就会教出个总统"。耶鲁历史上有13位学者曾获得过诺贝尔奖。同时，两度奥斯卡最佳女主角奖得主梅丽尔·斯特里普（代表作《克莱默夫妇》《苏菲的抉择》）、朱迪·福斯特（主演《沉默的羔羊》）等六名影视演员皆毕业于耶鲁的表演艺术系。耶鲁名人中还包括小说家辛克莱·刘易斯。翻看学校名人簿，笔者的导师Henry Louis Gates Jr的名字赫然纸上，心中的虚荣暗自膨胀。

中国历史上第一位留学生容闳、名人詹天佑、马寅初、陈嘉等都是耶鲁大学毕业生。如果那个玩转默多克传媒帝国的了不起的平民女子邓文迪算是名人的话，她也是这里毕业的。

中午12点半在一家快餐店买了汉堡当午饭。饭后在市中心闲逛了1小时，接近下午4点多，天色渐晚，返回途中，又开始谋划下次出行的线路。

哈佛艺术馆的精神盛宴

拉开窗帘，房顶上有层薄薄的积雪，原来昨晚打窗的不是雨。想起了仓央嘉措的《问佛》："为什么每次下雪都是我不经意的夜晚？"佛曰："不经意的时候人们总会错过很多真正的美丽。"可见世上很多的美与好，都被无缘的人错过。而错过的美对于个体是一种不存在的存在，所以不必抱怨，更不用遗憾，珍惜眼前，只等待有缘的缘。

今天上午11点出门，去东方研究中心听讲座，主题是"阿拉伯文学中的种族性存在问题"，主讲人是来自威斯康星大学的副教授，她主要从事阿拉伯文学、美国黑人文学批评、英语文学翻译、比较文学的研究，出过四本专著，发表了几十篇论文。这是我听过的最接近文学文本的文学批评。尽管她关注的是一些不太熟悉的当代阿拉伯名著，但有关阶级、种族、文化、性别以及政治、经济、宗教的主题也都是所有少数族裔文学关切的基本主题，并没有什么新意。心里再度纠结，这样所谓的文学讲座，超越文本太远的，觉得不是文学批评，而太贴近文本的又没有什么新意，我的理解力是否出了问题？

讲座后去图书馆找到了目前正需要的一本书，可惜不能外借，读至下午4点。一周多没来图书馆，被幽静、宽敞、亮堂的知识氛围包裹着，心旷神怡，再次感叹时间有限，自己的生命之网打捞不尽精神的海味鱼虾。一项大的读书工程总算开了个好头。

下午4点半和朋友们一起去了封馆6年后今天刚开张的哈佛艺术馆参观。展览馆共四层，馆内收藏的从现代艺术作品到中世纪的展品，个个价值连城。每个馆都有专人负责服务指导，没有解说，只是在每个展品旁的月白色墙上，用黑色的小字体印着它们的基本信息。欣赏这样的艺术品需要的是见仁见智，大概无须解释，也无从诠释。来了，观了，看了，赏了，叹了，赞了，享受了，满足了，就是这些藏品的意义所在。它们有的穿越千年还是那么坚不可摧，有的漂洋过海依然那么神采奕奕，用存在默默彰显着自己的美，谁敢妄自以区区燕雀之身，笑傲它们的色、型、意、趣！那才叫真正的不知趣。

地下一层是专门供参观者存放大衣、背包的地方，一楼的北边有个中国展厅，里面放置着中国的艺术品，从东周的青铜器到唐三彩共百余件。观赏归观赏，心里却在自问，自家的宝贝是通过什么方式、什么时候由何人"带"进美国地界，堂而皇之地被摆放在这里，用它们本身的价值遮盖着不太光彩的来由。艺术不问出处，我的心态显然不是艺术家的心态，却也有些黯然。

最令人兴奋的是第一次零距离观看了梵高、毕加索、莫奈的真迹。不敢说能欣赏到何种程度，在这些货真价实的世界级大师真迹的面前站站，熏熏自己苍白的艺术鉴赏力，顿时觉得自己也变得"高大上"，够荣耀一生了。

在二楼的楼梯口处，碰到了一群人，年龄在五十岁上下，男男女女，个个穿着正装，他们的谈吐、站姿、表情、气质、说话的语调、方式，让人见识到什么叫真正的高雅！男士们身着黑色大衣或西装，雪白的衬衣配着雅致的领带，女士们身着不同样式、不同质地的深色裙装，不知他们是一群什么样来路的人，但可以肯定的是，他们是一群从事艺术、创作艺术、懂得欣赏艺术的人。他们只是随意站在那里，悄声谈论着某一话题，却能让自己站成艺术的真人秀，而他们的谈吐着装就是一副动态美丽的油画！他们的存在才配得上这里的每件展品。

原来到这种地方，是需要注意着装的，牛仔裤、旅游鞋、大棉袄怎么和这里的展品相匹配？明白自己离艺术太远，离艺术品太远，但心里却有种莫名的向往。看不懂的才叫艺术，一边这样阿Q式地安慰着自己，一边在想这种地方不可以只来一次，虽然是走马观花，还是要争取时间在每个展品前都短暂驻足，攫取一些艺术因子，补充一下精神营养，给自己的世俗生活和灵魂添点亮光。

看过展览之后，对面的"哈佛邻居"里，还有免费的水果、小吃、酒水招待，相信参观者已经食饱精神给养，举办方贴心地准备好物质食粮，为今天的艺术参观锦上添花。

在哈佛向莫言讨教

从昨天晚上开始到现在，小雨一直下个不停，午后1点半出发去学校，又一次错过了眼前的一趟车，在雨里多等了20分钟，初尝冬天冻手的滋味。回想起上小学三年级时的一个冬天，天很冷，到校后没赶上集体跑早操，一人在教室里，手脚冻得发麻，把教室里的废纸捡起来放在墙角，用随身带的火柴点着烤几秒钟火，觉得特别好。长大后读《卖火柴的小女孩》时，就开始坚信童话里其实也有真实，并很认同寒冬腊月渴望温暖的感觉。不知是不是衣服单薄不保暖，记忆中那时候的冬天特别寒冷，大部分同学的手都会冻肿，有的人手背关节处全是裂口，能看见皮肤下面鲜红的肉，稍一碰撞就会渗出血来。听大人们说手冻裂与否与皮肤有关，当时很庆幸自己皮肤没那么糟糕，每年最多右手食指第二个关节处会有一点点肿。现在想来，手脚冻裂更应该和保暖有关吧。相比当下，那时的生活遥远缥缈得真像童话。

约好下午2点去霓所在的语言学系的休息室小坐，然后一起去听莫言的演讲。这次活动由费正清中心组织，由东亚研究中心著名教授王德威主持，地点很奇怪地安排在哈佛广场外面的第一教堂内。下午3点半开始验票进场，当时雨下得很大，我们到达教堂门口后，那里已经集结了一大堆慕名而来的中国人。实际上今天的主角除了莫言外，还有华裔作家、目前任教于波士顿大学的哈金先生。

下午4点15分，莫言以他的幽默开始了这次访谈。他说自己参加过很多活动，这是第一次在教堂做演讲，所以他告诉自己在上帝面前一定、必须讲实话。演讲中的其他内容基本上在他之前被采访时都谈过，诸如他在山东高密农村出生，小学五年级辍学，为了能吃饱饭和有时间看书，1979年当兵去了部队。因为喜欢读各种书，故他在自己的创作中开始嫁接各种故事，有的来自生活经历，有的来自个人想象，有的来自模仿。所以他的小说中，不仅有自己，也有世界，不仅有家人，也有世人。他说一个人的语言风格，在其当作家之前已经形成，与他接受的教育多少无关。他还说当小说家容易，当文学家很难。前者只需讲好故事，后者则需要有各种道德意识、文化、政治的义务和担当。

相对而言，同样是当兵出身，出过6部长篇小说、4部诗集、4部短篇小说集的美国华裔作家哈金，无论是从语言表达、问题的应对和作答方面都比莫言逊色不少。在诺贝尔奖得主面前的自卑大概是主要原因吧。

王德威教授的一个问题是让俩人分别谈谈作品与政治社会的关系。高明的莫言巧妙地绕过了问题的核心，无关痛痒地说了些四平八稳的话，没涉及任何敏感话题。而哈金本来就一直被批评是凭借揭中国文化的短处取悦当今美国人而出名的，如今面对这么多中国面孔，更没敢多说。俩人就此都绕开了主持人挖好的陷阱。

最后一个环节是自由提问时间。我很荣幸地抢到了一次发问的机会，成了6个提问者中唯一一个问到专业方面问题的观众。话筒放在大厅过道前面，因站起来早而获得了一次难得的机会。我的问题是：刘再复曾经在评论您的作品时说过，您的小说带有一种酒神精神的狂欢——生的狂欢，死的狂欢，酒的狂欢，爱的狂欢。请问您是否接受这样的说法？如果接受，您是怎样在《蛙》中把婴儿、胎儿之死写成一种语言的狂欢？这个问题其实是根据俄国作家巴赫金的狂欢化理论为依据提的，因之前自己发表过一篇这样的论文，所以想听听莫言对这一理论的认识和看法。我明白这样的问题在这种场合不好回答，也知道作家不需要任何理论照样可以创作出传世的作品，所以并不期待有什么理想的回答。他思考了一会儿，无法用他一贯的幽默作答："狂欢，很多作品都会有……我的小说里没有那么多的狂欢，如果说有的话，也就是《蛙》中几个小场面。"瞧！这就是诺奖得主的狡猾。看似回答了，其实没回答。既没有否定自己的作品中有，也没肯定作品中没有。实际上，日常生活中提到的狂欢和文学中的"狂欢化写作"根本就是两码事，说来话长，就此搁笔。

不管怎样，有机会当面向诺奖得主提问，也不愧对我冒着大雨在寒风中的等待，同时也满足了自己的虚荣心，先知足了再说。

普利茅斯和罗得岛一日游

早上6点起床,赶7点整到达哈佛地铁口集合,一行7人行车1个多小时到达距波士顿55千米的普利茅斯镇,这里仍属于波士顿地区,是1620年102位英国清教徒乘坐的"五月花"号船首次登陆的地方。据说清教徒们到达这里的那年秋天,缺衣少食,多亏当地印第安人的无私帮助,他们才度过了漫长的寒冬。所以才有了1621年的感恩节,并且延续至今,成为几乎全球人表达感恩的节日。不到8点半到达海边,尽管天色阴沉,风高浪紧,手冻得拿不稳手机、相机,但还是被一下子映入眼帘的海的开阔所吸引。仿造的"五月花"号船就停泊在岸边,在劲风中悠然摇晃着,显得高大威武却略带孤单。当年捆绑缆绳的普利茅斯岩石(真品),就放在前边不远处一座大理石做的凉篷下,雕刻在上面的"1620"年字样,向前来观赏它的游人显示着历史的沧桑。当地博物馆的开馆时间是9点半,而我们游完这里的海湾才8点半,没有再等,直接驱车1个多小时向着美国最小的一个州罗得岛州进发。首先来到建于

1764 年的布朗大学（Brown University）——常春藤联盟八校之一。这座有着两百多年历史的大学，全校只有 8000 多学生，700 多人的教师中有 5 位诺贝尔奖得主。和其他几个常春藤联盟大学校园相比，布朗大学的布局建筑显得秀气玲珑，沉默、内向、古老而庄重。

常常嘲笑与我大中华相比几乎没有历史的美国，如今看着眼前这一个个在历史的风雨中矗立了几百年还神采依旧的校园楼群，似乎明白了空乏的长度有时抵不过富庶的厚度和硬度，理解了相似的高等教育环境，为何有的闯出威风凛凛的老虎，有的放逐出贼溜溜的老鼠。

罗得岛州的另一所私立大学萨马瑞吉纳大学（Salve Regina University），建校时间是 1934 年。学校设有本科生学院和研究生学院，2007 年硕士专业在美国排名第 37 位，学校就坐落在新港镇（New Port）别墅区内，背靠大西洋。校区的宽敞华丽，办公教学楼群的距离，让人搞不清脚踩的是校园的小路，还是在海滨的小道漫步，眼中的自然景观是公园的一角，还是某栋别墅的后花园的一隅。这所大学历史并不长，但建筑风格个性十足。

由于时间紧迫，只选择了大的别墅群区内两所最具代表性的别墅赏游，其中一个叫 Marble（大理石别墅）。别墅内部的布局装饰不得而知（进内部每人要收 20 多美元的门票，大家一致认为何必要花钱进去自己气自己——"仇富"），但外部环境的大气奢华绝对超过我们的想象。占地面积大得夸张，临海岸的后花园好似一个公园，室外每处饰品、栅栏、座椅都透着雕梁画栋般的悉心和精致。挺拔参天的树冠，顽强地突出地表、透着决心和力量的树根，各种贵重稀有的树种，都以无声和低调，张扬着主人的威严豪气，验证着主人曾经的拼搏努力。

Marble 别墅后花园临海边建有一个中国式的朱阁小亭，从远处望去，那大红大绿散发出浓浓的中国味。背后是海岸，周围有几棵落了叶的古树，在空旷的花园后方，显得形单影只，不伦不类，让人无端地猜疑曾经的那位（华人）女主人在家庭里的地位。

曾经的辉煌又能怎样？再坚韧的生命也敌不过时间的无情和大理石的坚

硬，除了游人的唏嘘赞叹，只需轻轻问一声，他们的主人在哪里？就会明白他们留给世界的毕竟是一场肉身的虚空。所以其实不用嫉妒，不必羡慕，眼前的存在才是本真。（写到这里，停笔自问，这是否也是一种变相的"酸葡萄"疗法？）

罗得岛上的悬崖小道（cliff walk）是必须亲自走一走的，走完全程大约需要两个小时。时间紧迫，只选择了其中的一段。迎着落日余晖，看着海涛翻滚，顶着海风肆虐，听着海鸥鸣叫，走在海边悬崖顶的小道上，不觉得冷，不觉得有风，在冬日的寒风里，任黄昏时分心绪放纵，踩出生活中烂漫的情景。

回想这一天的出行，绿色草坪满地滚落的黄色银杏，红墙上方探头而出的颗颗红豆，还未到隆冬就急着吐香开放的粉色梅花，落日余晖下似千军万马奔腾的灰白色海浪，大度接纳了一群陌生游客。改变了世界和历史的寂寞小镇，以古色古香释放着知性和沉稳的校园建筑群，身披历史荣耀坐镇大西洋西侧的海港，还有从中国四面八方聚拢在哈佛，寒冬时节把自己裹得像粽子一样畅游的圈内朋友，更有车厢内飞跃五千年驰骋几万里的话题……都将留在我的记忆里，和时间一起走过。

因晚上有约在先，下午5点半被司机放在波士顿华人活动中心门前。

晕头转向的出游

上午10点，朋友泓约我午饭后去沃特敦（Watertown）玩，说那里有个很大的购物商城，旁边还有阿森纳（Arsenal）公园，她已查好了路线，乘73路到贝尔蒙特（Belmont）站下车，再走20多分钟就可以到。看天色不错，没有丝毫犹豫，立即响应。12点15分出发时天气已经转阴。乘坐73路时只顾聊天结果多跑了两站，下车后没有折回到原定的车站，我们自作聪明地步行朝着既定目标方向前进，结果绕一个街区走了一圈，又回到原点。重新起航，这次学聪明了，见人就问，七拐八拐后才找对那一条名叫Greenway的小路。这时已经多用了30分钟。沿小路边走、边聊、边拍照，走到尽头才发现又错过了目的地，再次原路返回，冤枉路又多走了10分钟。

老天大概同情我们两个路痴，到达公园后，太阳给足了面子，从厚厚的云层里钻出来勉强露了会儿笑脸后又隐身不见了。阿森纳公园不是很大，查尔斯河从旁边穿过，除了几个环卫工在用很大的吹风机清除着草坪上的树叶和几个人在遛狗之外，游客就只有我们俩。冬天的公园，景致大致相同，绿色的草地，光秃秃的树枝，要不是那窄窄的几绺蓝天和波光粼粼的查尔斯河面，实在没什么可看的。不过，意外看见了经常听别人提起的哈佛医学研究院，竟然就在旁边。还有周围这个超大面积的购物商城，没有太扫我们的兴。临近圣诞，超市里以包装精致的礼物为主；商城内的衣物都有折扣，便宜的让人有点不敢相信。夏天衣服质量不错、颜色齐全的吊带每件只要1.9美元，式样大方的毛衣标价24美元，还打折30%，黑色的紧身裤只有3.9美元。两人各自挑了10多件去楼下试衣间试穿。都不难看，但觉得这么便宜的东西买回去后还不一定愿意穿，所以最后各买了三件。最后走进去的是Target连锁店，之前跟Lida来过两次。这里的物价明显比我们住处附近的Star Market（美国的一家连锁超市）便宜很多，可惜路远买了不方便带，只买了几包点心出门。

　　时间已到下午3点半，抄小道寻找来时的路。为避免走错，向一位热心的中年妇女确认路径，她拿出手机搜索了半天后，蛮有信心地给我们指了方向。雄赳赳气昂昂，走在返回的小路上。10分钟后来到一个十字路口，才发现我们一直南辕北辙，犯了路线方向错误。只好再次原路返回！冤枉路又走了20分钟。尽管不知该怎么评价那位中年女性的热心加耐心，但至少明白了两个道理：一是路痴加路痴约等于白痴；二是方向选错了，步子再快也白搭。不过美国的路像英国的一样，看似直直的起点，走着走着就不知在什么地方已经拐了弯，迷路没商量！如果没有把握，千万不要觉得某条路

应该通向某个地方就自信地抬脚开走，否则很容易犯路线错误。

下午4点，我们终于踏上了一条正确的道路。天色向晚，路边的房子里里外外都亮起了灯，各种色彩、形态、风格、面貌的圣诞主题集体亮相，赶走了一天来所有的晦气和怨气，心旷神怡替代了垂头丧气。本想找机会晚上专门出来拍圣诞照，今天却自然天成地满足了心愿。塞翁失马，焉知非福。

走进我的小屋，已经是下午5点15分。手机里的"S健康计步器"旁的那只鞋闪着金色的光，铃声响起，向我报喜，"您已经破了19396步的个人记录"！瞧瞧，只要有成绩，就不怕别人不知道。晚上还能干些什么，自不必说！

Gilda 带我参观美术馆

上午恶补生命哲学的相关知识，因涉及的好几位大牌哲学家诸如尼采、海德格尔、罗素等的思想和观点很难系统化阅读，举步维艰，尝到了书到用时方恨少的狼狈和尴尬，不知不觉已到 12 点。上周和 Gilda Sharp 教授约好一起去波士顿的美术展览馆（Museum of Fine Art）去看近期在那里展出的 18 世纪西班牙著名画家弗朗西斯·戈雅的画展。约定的时间是下午 2 点，周末 73 路公共汽车每半小时一趟，所以吃了些点心当午餐，1 点钟匆忙出门。Gilda 按时到达，还带来了她正在上大三的儿子 Boun。

弗朗西斯·戈雅（1746—1828）是全世界作品风格最全面的画家之一，西方美术史上浪漫主义画风的先驱，被查理四世赐予"西班牙第一位画家"的美誉。他一生成果甚丰，传世的有肖像画 200 多幅，风景画、版画等 197 幅。今天在此展出的是他各类型作品里最具代表性的画展，票价不菲，但游客很多。Gilda 是画家，以油画见长，她带着学生已经来过一次了。刚进去只听她对本次画展做了简单的介绍，后

057

来我们碰到一个请了解说的小团体，就直接跟在他们后面蹭听。果然比自己睁大眼睛干看收获大多了。大概是这次画展价值连城，因此严禁拍照。只拍了一张就被告知不能拍。Gilda 悄悄对我说，没事的，过会儿趁他们不注意再多拍几张，她说她的学生们偷拍了很多呢。不敢冒犯人家的规则，悄悄收起手机。

美术馆的二楼展出的是一些抽象派画和艺术品，这里可以随便拍。下午4点半开始清场时我们才刚刚步入非洲艺术品展厅，匆忙转了一圈也算到此一游。观看过程中，我请教了作为艺术家的 Gilda，问她是怎样欣赏这些名画的。她说她首先会想到油画的背景知识，其次由此联想到自己与此相关的生活经历，再次才是这些油画的构图、颜色、搭配、逼真等。顿时恍然大悟！和文学相同，一切能引发人想象的艺术都是好的艺术，绘画也如此。是啊，如果想看真实，可以直接去看人、看景、看物体；如果想看色彩，直接去看大自然得了。后来我又问她儿子，站在这些无价的油画面前，想看到的是什么。没想到他的回答随他妈，照样不是我期待的"美"。对绘画艺术一窍不通的我，曾一直努力试图看出这些画的艺术之美，结果发现不是每一幅画都有惊艳的外表美，有的甚至看起来还很丑陋，从来没想过一幅画的美，除了表面外在，还有内质和背景对人的吸引。今天学到的另一个常识性的知识是，一幅油画有时需要一年时间才能完成，成千上万个颜色分明的层次，不能一气呵成，有时会等到一层油彩干了之后才能开始另一层。

出门时才发现，美术馆右侧的大厅里还矗立着一个巨大的玻璃制品，几十米的高度，散发出绿色的光芒。想象不出这样一个易碎的庞然大物是怎么制作和运输的。快到下午5点时走出展厅，外面很冷。坐地铁至哈佛广场，分别时Gilda说有惊喜给我，他让儿子把一直拿在手里的一幅画连同一个贺卡送给我，画是Gilda上周画的铅笔画，卡片上是他儿子用汉语写的"欢迎来美国"。昨天还想好要带个中国特色的礼物送给Gilda，今天匆忙出门赶汽车，丢在了脑后，甚是被动，下次一定补上。

晚上6点回到住所，虽有些疲惫，但体悟到了艺术的美，值了！

年末畅游波士顿

2014年的最后一天，过得很充实。上午9点才起床，10点半出发去参加"哈佛户外"圈子里朋友的新年聚会（这名字起的，一听就知道是一帮不踏实做学问的"学者"，死党一堆，经常一呼百应搭伙成群出外游玩），地点选在哈佛广场附近一家印度自助餐厅，每位8.99美元，典型的印度吃食，各种酱汁、烤肉、大饼，酒水自理。除了中途来的两三个印度人之外，我们一行八人外带俩孩子是这里的主要顾客。从11点半开始吃到下午2点半，现场大声说话、不讲矜持，自由随意、不用刀叉，争先恐后、吵吵嚷嚷，既然是新年聚餐，大家有意无意地丢弃平日里装出来的知性和高雅，把这顿自助餐过成了十足热闹的中国年。

今天是入冬以来最冷的一天，不过太阳高照，天气晴好。下午3点开始前往波士顿中心，去看"波士顿第一夜"（Boston First Night）庆祝活动，这是全美最为古老、规模最大的节目，也是波士顿的文化标志之一，始于1976

年。每年有上千名艺术家、200多个表演团队、上百万游客前来参加。庆祝活动从下午1点正式开始直到午夜，具体位置在波士顿的中心地段，包括市中心、波士顿公园等地，以大游行、冰雕、烟花、海航游、视觉艺术展、电影、音乐舞蹈等节目组成。

我们先去参观的是中心公园的冰雕，尽管大家说比起哈尔滨的冰雕，这里的规模造型弱爆了，但蓝天白云之下冰雕的晶莹剔透，还是给这一特殊时空增添了另一种韵味。因为天气实在太冷，大家的鼻子都像画了红妆，手缩在口袋里不敢拿出来，头裹得严严实实，实在无法忍受时，就选择一些有特色的店铺或超市，进去停留30分钟取取暖。先后走进四五个店，苹果手机店里主要看的是iPhone 6手机，有朋友买了个手机套。接下来去的是市中心最大商城普鲁丹特尔中心（Prudential Center），这里几乎汇集了天下所有的奢侈品牌，COACH(蔻驰)之类的店面都不屑于走进去看。新年新款，一点折扣都不打。在Dior(迪奥)包店停留时间最长，英雄所见略同，大家的眼睛，齐刷刷地盯上了这里几乎每个款式和颜色，而且个个一见钟情。标价5500美元折合人民币3.5万元的包包有谁说不喜欢那是纯粹得透明的虚伪。上海的蓉似乎有点动心，今天出来的人里面就她穿件价格不菲的大衣，配得上这些限量版的Dior女包，而裹着鸭绒袄的我们，再怎么提在手里、再怎么在镜子前装腔作势，看着都像收税的或者是假的。相比之下，后来看到MK(迈克高仕)、LV(路易威登)、CHANEL(香奈儿)包就没有Dior这些个个看着都想列入计划内的冲动。最终一致同意，其实一辈子买这样一个包不是不可以，回去消化一下再说，顺便再确认一下将来背这种包出席的机会和场合。随即开起了玩笑，看来很多年轻人想嫁土豪不是没有道理的。

The North Face(北面)是美国人偏爱的大众品牌之一，它的专卖店也是我们走进去取暖的地方之一，里面的休闲装大多也都在200美元以上。三年前我曾给我们一家三口买了同一颜色、款式的T恤，出门旅游穿了好几年了，竟不知还是美国的一个品牌。在这里同样是一无所获。

街上的游行开始了。在美国从来没见过今天这么多的人，长长的街道两边都站满了人，游行的队伍中打头的是由8匹棕色白蹄马踩着盛装舞步拉着的四轮马车，接着是各个种族、各种文化、各个年龄、各种主题的车队和化妆人群，大部分人在经过时大声喊着"Happy new year"（新年快乐）！两边的看客们争相呼应，尖叫声不断。

华人的舞龙舞狮队、扇子舞当然是游行队伍里最让人心动的部分，一听到远处传来的熟悉而亲切的锣鼓声，就已经心潮澎湃了，近处竟看到大波士顿中华文化协会扭秧歌队伍里的几个熟人。必须承认，与血脉相连的东西是记忆最深刻的，不管人在哪里，你的心都会被牵动，带出集体无意识中的陈年感情，让你始终明白你的根在何处，情系何方。

说说观看游行的人群，美国人把理性和感性发挥得淋漓尽致。人再多也绝不拥挤起哄，游行的内容再精彩也绝不向街道上冲，规规矩矩守在街道两边看表演。他们同时也很感性，不管什么内容方式主题的游行队伍从眼前经过，都会没见过世面似的大声尖叫，喊着新年快乐！即使是一些不含任何技术含量、看起来有些凌乱而毫无章法的游行团体，在他们眼里仿佛有无穷的乐趣。这何尝不是一种修养！他们以这样的方式把自己对他人劳动成果和辛苦付出的感恩最大限度地表现出来，愉悦了别人，也快乐了自己。没必要挑剔，更不能嫌弃，两厢里你情我愿，高兴即可。

必须说明的是，这是一种全民娱乐式的喜庆游行，不是中国人意念里那种为了某种政治目的而进行的声讨。但在游行队伍的最后，有一群异类，他们打着横幅，手里拿着标语，嘴里喊着"要权力，要公平"的口号，在为上个月白人警察无辜枪杀黑人小伙却不予以起诉一事，争取着合理和公平。

晚上7点整正式开始放烟火，地点在中心公园，火树银花和天空中清朗的月光，把波士顿的夜空染得七彩斑斓。在周围人此起彼伏的欢呼声中，享受着祖先的智慧和发明，心中油然生出别样的骄傲和喜乐。晚上7点半烟火结束，天越来越冷，已经没有兴致继续追着看其他节目表演，今晚8点之后，波士顿所有地铁和汽车全部免费，而且比平时的班次更多。互相道了新年问候和晚安，约定好下次聚会包饺子的地点，明年再见！

  回到家大约晚上 8 点半，看到有人在群里发的上海踩踏事件的信息，实在是痛心！45 个生命被永远定格在 2014 年，跨年的喜乐变成了与家人隔世的悲怨。再见真的成了不知有多远的永远！网上随即就有善良的网民在分享拥挤的环境里如何保命逃生的知识，但我们最该思考的难道不是怎样避免发生这样的拥挤吗？

踏雪登高

周日早晨不早起,用来弥补前两天欠缺的休息,心安理得不看书不学习。天气晴好,和泓约定出去踏雪。午后天公不作美,浮云遮住了太阳和蓝天,萧瑟满眼。

沿门前的小路,行至另一个不知名的街区,本是冲着查尔斯河边的哈佛商学院和百年历史的博物馆去的,结果偏了航线,茫然来到一座清清冷冷的小山前。左手边是一小型体育场,活跃着一地麻雀;右手边是一设备齐全的户外健身场地,上面是尚未融化的厚厚的积雪,外面安置着一辆自行车模型,鲜亮的红色把铁丝网内单调的白色衬成风景。

沿着山脚小心地慢步前行,四周很寂静,只有我们"咔嚓咔嚓"的踏雪声。既然"寻梅"只是妄想,那就暂时忘记尘世的浮躁和喧嚣,来简单地享受自然的闲适和安恬——阴云、枯枝、落叶、残雪——萧瑟也有萧瑟的魅力,荒凉中带着诗意,空寂里裹着神秘。绕着森林边缘继续前行,走出冷风飕飕中的凛然。

旁边一条有人踩过的诱人的小路,蜿蜒着通向山坡上的几间彩色小屋。从远处望去，屋顶上方的小烟囱里，袅袅烟雾最后消散在空中，窗户内似有灯光闪烁，影影绰绰。突然想起了格林的童话，那里可是小红帽奶奶住的地方？大树的后面是否有狡猾的野狼，路边有没有雏菊、黑莓和鲜花？现实中既没有那么多的美好的结局，也没有亦真亦幻的童话。

穿过山林爬上一道土坡，向西望去，太阳正挣扎着想钻出薄薄的云层，结果只露出几条亮光；南边的山前，朦胧着一簇簇别墅村庄，恰似世外桃源，素气宁静。从能记事起，我就不愿站在高处遥望混沌的远方，也听不得月夜里似有似无的声响，总觉得那样的地方，有某种神秘又熟悉的召唤，心里会不自觉生出一种莫名的期待、向往和牵念。我是否该开始绝对地相信魂灵？相信有个前世的我，"不知魂已断，空有梦相随"，常常浪迹于高山幽谷之间、游荡在晓风残月的夜晚，孤孤单单，找不到栖息的地方，所以幻化成种种灵犀般的呼唤……这是实实在在的体悟，不是随随便便的遐想，相信世间一定有人和我一样有同感。

没有在高处停留多久，转身离开，踏上一条回家的小路。有人说，生活，一半是回忆，一半是继续。走在路上，突然觉得生活其实就是一场寻找。回忆或继续，都离不开寻找。回忆是在寻找过去，继续，是继续对梦的寻找。就如同冰封的午后，不愿待在舒适的小屋，却执意走进寒冷里寻找冬天一样，生命的律动，都是在某一时刻，应了某种深深浅浅的呼唤，跳跃在无休止的寻找之中。油盐酱醋的细碎里，琴棋书画的儒雅中，在春夏秋冬的轮回里，天南地北的漂泊中，都有寻找。寻找物质上的满足，身体上的安闲，精神上的飘逸，灵魂里的静息，直至在寻找中被时间遗弃，被生死隔离。生活，就是一世的寻找。

晚上，在照片中寻找过去，在文字里寻找自己，在音乐中寻找意义，大概也会在梦中寻找"寻找"吧！

旧货市场开眼界

　　早上7点半起床，8点多就吃完了早餐，有进步。霓周三飞西雅图回国，我和泓约定一起去看她。因为和房东关系搞僵，临走前的一个月，她和儿子不得不搬家，适逢放假不用再去学校，她搬到马萨诸塞州的新贝德福德（New Bedford）一个老乡家。那里离波士顿中心近两小时的车程。我们上午9点半出发，乘公交，换地铁，再坐长途公共汽车，淅淅沥沥的小雨，一路相随。12点半才到达目的地。在等霓和老乡莹开车来接之前，先去了趟路边的美国银行。刚刚买汽车票时，银行卡没找着，事实上上周四去Star Market时翻钱包就没找到，回去后忘了继续找，所以这次是确定丢了。银行内的前台接待是一位漂亮的美国姑娘，说明来由后，用我的哈佛ID（身份证件）和之前发的临时银行卡查看了账户，没见恶意消费，她说解决问题很简单，如果带了护照，可以直接给个新卡。我感想颇多，一则不再为银行卡的事担心，二则感叹银行服务的人性化，三则再次告诫自己以后一定在重要的事上留心，不可马虎。被泓一通数落，上周银行卡都不见了，竟然现在才想起来找，真无脑！她骂得对，我天生就是马大哈一个，生活中经常找东找西，哪天心血来潮要学做细心人，结果细得什么东西什么时候藏的，藏在什么地方通通忘光。如同购物担心遗忘，长长的清单写得工工整整，结果干脆把清单也忘了。经常绝望地想，莫非我的大脑里真的有根线先天性短路？以后慢慢学着适应吧。

午饭前，我们一起去了新贝德福德最大最有名的旧货市场，其实是一个超大的仓库，里面放着真真假假无数的陈年古董，据说很多是当初英国人带到这个海港小镇的（五月花号登陆处就在不远处）。小到刀叉，大到柜子家居，种类齐全应有尽有。当然少不了中国的旧货；一家老中医院的古香古色的门匾，笨重但不失雅致的立柜，装水用的大坛子，挂在墙上的一件脏兮兮的官袍，青花瓷的碗和碟，有古色无古香的香炉，裹脚女人穿过的小鞋……不知是我们民族历史悠长，家大业大，物产富足，门户不紧，遗失得太多，还是中国人头脑精明，出卖得不少，反正不管走到哪里，都能看到中国的古董旧货。

转了近两个小时，唯一看上的是一套镶有金边儿的英国盘子，中心印有鲜亮色彩的圣诞树，买回家过节用，特别有气氛。霓出手太快占为己有，成了我们一行人中今天唯一有收获的人。回到霓暂住的老乡家已是下午2点多，吃了她家冰箱里的饺子和微波炉里烤的红薯当午饭。

说说霓的老乡莹。12年前她老公博士毕业留美，莹带着6岁的女儿来到美国后，又生了两个女儿。老大18岁，今年高中毕业，老二10岁，上三年级，老三只有6岁，上一年级。除了两个小女儿，莹和丈夫、大女儿今年后半年才能拿到绿卡。一家人靠贷款买了房。丈夫在另一个城里上班，每个周末只回来一次，莹每天下午2点半接两个孩子放学后，4点还得去一家中国餐馆打工，晚上八九点才回家。大女儿下午3点半放学回来后，负责做晚饭照顾两个小妹妹。他们家是两层楼房，宽大的地下室，不小的后花园，三辆车，三个聪明漂亮的女儿，看起来很幸福的一家！不想妄加评论，苦乐冷暖自知。生存不难，生活得好不易。

午饭后，大雨把我们隔在霓的房间里继续谈天说地，尽管没有按计划出去参观游玩，但无奈中也心甘。霓为我们准备了干粮，晚上6点40分送我们赶最后一班回波士顿的汽车。都是异乡异客，谁跟谁说再见都有不情愿。

说说我们仨。从9月底认识一见如故，外出活动基本形影不离。任何时候只要一人提出倡议，其他两人立即回应，马上行动。在波士顿中心一起看国旗升起，在常春藤大学校园里感受古风正气，在万圣节的鬼街上拍照寻欢，在博物馆艺术馆里见证高雅，在秋色秋意里寻找浪漫，在茶香里品私密生活，在哈佛的教学楼里多次同窗听讲座……只要聚在一起，不管什么话题，或深或浅，或雅或俗，都能聊得上天入地，津津有味，笑声四起。相互的挤兑、调侃像是谈话中的胡椒面，辛辣后才是淡淡的甜。有时干脆什么话都不说，静静地走着，也能走出一种安然的默契。所谓投缘，大概就是任何时候都心甘情愿。

晚上10点回到住所洗完澡，疲惫得一个字也敲不出来，和1月12日说再见。

马丁·路德·金纪念日

昨晚下了一场大雨，气温明显回升。路面的积雪被全部冲刷干净，天空是透亮的蓝，像刚刚漂洗过似的。今天是美国法定节日马丁·路德·金纪念日。受 Gilda 教授邀请，上午 9 点半出门，去参加在波士顿马萨诸塞大学举行的第 18 届纪念活动。马萨诸塞大学位于临海的 Dochester 区，10 点半准时到达 JFK 地铁口与 Gilda 汇合，先是参观了校区的各主要教学楼。这里的楼群有一特点，各楼群之间都有人行天桥相连，不用担心刮风下雨，四通八达的过道，人们可以任意穿行于各个楼之间而避免坏天气带来的不便。学生活动中心临海而建，透过通体的玻璃墙，眼前就是望不到尽头的深蓝色大海。真想象不出，拿本书坐在沿窗户放着的一排排舒适的椅子上，感觉到的是"春暖花开"还是不断被扩展的胸怀？行至楼角转弯处，偶遇一孔子学院，适逢放假，楼里没有人，经打听这个孔子学院已成立多年。他们利用这小小的一角把中国文化传播了多少不得而知，但至少提供了一个中国传统儒家文化走出去的平台。

马丁·路德·金博士是学习美国文化、文学或学外语的人都知道的美国民权运动的领袖人物，主张非暴力抗议种族歧视。1963 年 8 月 28 日，在林肯纪念堂前发表过著名的《我有一个梦想》的演讲，1964 年获得诺贝尔和平奖，1968 年 4 月 4 日前往孟菲斯市领导工人进行罢工后，遇刺身亡，年仅 39 岁。从 1986 年起，联邦政府将每年 1 月的第三个星期一定为马丁·路德·金全国纪念日。他以和平抗争维护了《独立宣言》和《联邦宪章》中自由、平等、民主、正义的基本价值观，从而深受美国民众推崇。

今天的纪念活动是波士顿地区黑人在马萨诸塞大学举行的第 18 届纪念活动，由马萨诸塞大学黑人研究中心主办。活动从上午 11 点开始持续到下午 5 点。到会的大概有 150 多名来自各行各业的代表，本次集会的主题是"教育和解放"。邀请的主题发言人分别是已经退休的麻省前议员 Shirley Owens-Hick 女士和波士顿经济发展中心现任主任 John Barros 先生。其中穿插有诗歌朗诵，女声独唱黑人圣战歌，小组讨论等环节，还供应茶点和典型的黑人正餐。尽管以教育和解放为主题，但不管是大会发言还是小组讨论，话题最多的还是对无处不在的种族歧视的声讨。原以为当下的美国黑人受歧视只是个例，没想到大家讨论的气氛和热度证明了种族歧视仍然存在于当今社会的方方面面。即使现在，黑人母亲们还会提醒自己的孩子不要相信白人，远离犹太人。学校的老师基本可以做到一视同仁，但学生之间会有明显的种族线。同桌的一位女士愤愤不平地说：就职方面，黑人的受欢迎程度远远低于华人。听了有些别扭，顺便以半开玩笑的方式表达了不满：据我所知，各公司的招聘除了特别偏向正宗的白人，其他基本还是参照个人素质和能力。连黑人都当上了总统，可见职场上真正的能力还是大于肤色的。心想别拿华人和黑人比较，我们不仅聪明而且勤劳。

同一桌上认识了 4 位女性，聊得都很投机融洽。Debra 目前就职于一家出口公司，做文秘工作，梳了一头卷曲的小辫子，笑起来很甜。很认真地问我有没有名片，可不可以继续交往？愿不愿有机会去她家吃她亲手做的菜？这是了解美国黑人女性实际生活最好的方式，当然求之不得，相互留了联系方式，约定再见。

黑人的一个鲜明的特点是头发。他们的头发很难打理。他们黑色头发的卷，不是金发碧眼的欧洲人那种自然的波浪形，而是那种细致到微米的卷曲，所以男性的头发要么剃得秃光，要么短短地贴在头上，像爬满了一排排黑色的蚂蚁。女性有的也选择剃光头或是戴黑色的直直的假发。有些实在不愿剃光头的，常常会戴上各种花式的头巾，把卷得满头都是的头发拢在一起。还有的则梳成几百个小辫，洗头发时也不用放开，这种发型持续一星期后，又得重新花几个小时打理，否则又会顽强地纠结在一起。偶尔也能看到几个留直发的黑人女性，她们应该得到最大的尊敬，那是她每天都得花时间用烫发的夹板拉直的结果，且最多只能持续一天。黑人头发的品质，透露出他们骨子里生命的顽强和个性的倔强。

　　黑人另一个鲜明的特点是声音。无论男女，他们的发声气息似乎都来自丹田，有种胸腔甚至腹腔的共鸣，浑厚，饱满，辨识度、穿透力极强。不知有没有人专门研究过黑人的发声，肯定有其种族的缘由。

　　感谢 Gilda，让我有机会接触到一次正宗的黑人活动，研究黑人文学十几年，第一次完全置身于黑人文化圈，了解到不少书本上看不到的知识信息。

　　下午 4 点钟活动还没结束，跟一位刚认识的老乡西安的仝，出来在海边转了一圈，傍晚海水退后空出几百米的海滩上海鸥成群，蓝色的海面上波光粼粼，远处是高高低低的建筑，冬天里也有醉人的美，春夏更不用说，这是一个值得再去的地方！

Widener 图书馆

上午打开邮件，第一眼看到的是一封来自美国航空公司（AA）的提示：Hi, Xiaoting. It's time to pack your bags. （该收拾行李了）。不必提醒，这个一家人团聚的日子忘不了，但心里还是有种被关心的美。22 号上午要飞西雅图，明天有别的安排，下午必须去还书借书，上午还真应该考虑打包了。筛选衣物的过程，有种久别后回家的兴奋。平日里有一帮好友为伴，忙着休闲，空余时间读书，总以为一个人的生活过得很洒脱，只是在这一特殊时刻，沉淀在心里对家的挂念和归属感被激化而迸发，这才意识到平日里对家的忽略，其实是一种选择性的遗忘。而和家人隔着视频交谈聊天，有一种抽象简化的冰凉。

午饭后 12 点一刻，出发去图书馆还书借书，走进寂静的哈佛校园，有种久违了的熟悉。踏进图书馆，更有一种荒废学业后的愧疚和负罪感。站在高高的书架之间，随便瞥一眼都是珍贵的图书资料，读书的热情和冲动瞬间泛滥成波涛。我常常想，如果世上真有人不喜欢读书，就带他来这里的书库和阅览室走走，四周的书香和强大的知识气场肯定让他的习性改变。这句话其实也是说给自己听的，下次再有不想读书的懈怠，直接抱书来这里，让气氛熏一熏。没抵得过人性的贪婪，从几十本同一专题的书中千挑万选，最后选定了6本。争取按时读完，回国后少留点后悔和遗憾。

背着沉沉的书包，来到常去的二楼阅览室，假期里埋头学习的人一点儿也不比平时少。选了之前的座位坐下来，明亮的台灯，舒服的楠木桌椅，还没打开书心已醉。中途出来休息，在二楼对着楼梯的展览馆看了看。里面的几个玻璃柜内珍藏着 Widener 图书馆建馆的历史资料。哈佛有70多所大大小小的图书馆。我经常去的 Widener 图书馆是哈佛最大的社科和人文科学图书馆，藏书近六百多万卷。建于20世纪20年代，以哈佛毕业生、年轻的收藏家 Widener 的姓氏命名。Widener 先生是史上著名的泰坦尼克号邮轮沉没事件（1912年4月15日）中1500多名不幸遇难者中的一员，死后由其母亲按照他的遗嘱，将他的藏书悉数捐给母校。玻璃柜子里展示的有他的遗嘱原稿、他母亲和哈佛有关机构的书信往来、两张报道这起沉船事件的《波士顿日报》，建馆奠基仪式用过的小铲子，还有来自于泰坦尼克号邮轮上的两块小木条等。近距离地站在这些一百年前的实体面前，线性的、抽象的历史一下子变得立体又具体。不禁感叹，和历史的长度和宽度比起来，人的生命不管曾多么辉煌，最终也不过是一个符码，即使是铭刻在这座气势恢宏的图书馆的上方。

按照约定，晚上7点和 Lida 一起去阿灵顿（Arlington）的一个影院看了场目前正在热映的好莱坞影片《塞尔玛》（*Selma*），影片名取自亚拉巴马州马丁·路德·金博士遭暗杀的地名。这是一部历史题材的电影，记录了金博士是如何用热情、爱心、智慧和大无畏的意志精神，通过非暴力的形式发起了著名的民权运动，为黑人争得选举权的划时代壮举。当历史细节以灯、光、声、色的形式在眼前演绎时，观众被抛进历史的某个节点，身临其境，从而切身感悟到人类文明的进程是多么的举步维艰。其实最应该看这部电影的是奥巴马，是历史上两千多万黑人的性命，奠定了美国总统宝座上一位黑人总统的威风凛凛。

因不是假期周末，上座率算不上高。但影院内部环境的高大上和安静颠覆了我对影院的认知。尤其少见的是观众在电影结束出现字幕时，仍然坐在原地纹丝不动，耐心细致甚至津津有味地等到音乐声完全停止，最后一个字母从银幕的上方完全消失，才站起身离开，而且仍然没有丝毫我想当然的喧哗。

回去的路上，没有问 Lida 这种现象可以解释为观众对电影情节的陶醉，还是一种习惯性的文明、理性和自律。只觉得一个民族表现出这样的隐性强大，很可怕！晚上 9 点半回到家，感谢 Lida，她坚持付钱买票，说作为我出行的礼物。

很充实的一天。

幸福西雅图

都是时差惹的祸！凌晨 3 点醒来之后就没再睡着觉，再加上 D 中途醒来喊饿，西雅图的第一晚，几乎未眠。

见证了女儿求学生活的一天。这学期她继续给院长和另一位老师同时当助教，基本挣得够她全部生活花销。昨晚在我们都休息之后，她坐在电脑前改本科生的作业到 12 点半。周五她没课，早上匆匆吃过早饭，跟同学约好去了学校填交国际注册会计师的表格，带了盒为同学准备的早餐出发，将近中午 12 点才回家。

中午女儿小试牛刀，为我们做了一顿印度咖喱饭，让平时不怎么喜欢吃米饭的 D 美美地吃了一大碗。这是之前女儿在网上承诺了多少遍做给我们吃的拿手餐，过程没来得及看，结果值得点好几个赞。饭后没有休息，下午 1 点去了学校值班到 3 点。在最后期限下午 4 点之前去银行交了本学期的学费，这才和我们汇合。她还带着替 F 买衬衣的任务，陪我们在附近的街道和海边走了走。

和女儿相聚一天下来，才发现她瘦了，但体质比之前似乎好得多。昨天在忙了一整天后，下午5点购物回来往家赶，当我累得只想坐在路边时，她却一人拎着两包东西一直走在我们前面，貌似很轻松，回到家却直接躺在地毯上了。

由于大部分时间在电脑前忙碌的学习生活，休息严重不足，女儿的眼睛近视度数也大了不少。眼下报名注册会计师考试之后，另一场恶战即将打响。女儿最大的优点也是我们最放心的一点，就是长大后始终明白自己在什么时候该做什么事，从不盲从。

话说作为客人的我和D，早饭后冒雨步行五六分钟去了西雅图大学主校区，重点在女儿就读的商学院里面转了转，又到附近的街上随便走走，买回一些生活用品。和波士顿的大街比，这里的街道因城市建在山上基本都是上坡下坡，倒是被动锻炼身体的好机会。

西雅图是海洋性气候，冬天阴湿多雨，和波士顿零下二三十度相比，这里可以算是春天。常见的天气是，只要偶尔有云从天空飘过，就会矫情地下点小雨，待路上行人手上的伞正要撑开，雨就随风而去，带伞或不带伞，成了哈姆雷特式的纠结犹豫，所以大部分人把衣服上的帽子往头上一套，走得不慌不忙不乱。

下午4点后和女儿一起去了市中心，这里的建筑与波士顿的古老建筑相比，显得年轻、现代、活泼。在一家日本超市买了一大堆水果蔬菜返回。精疲力竭的我，吃了D做的正宗的陕西手擀面条。这是D的强项，进厨房和面、擀面、择菜、炒菜只用三四十分钟，热腾腾的面就端上了桌。中午吃的是女儿的拿手绝活，晚上是老公的招牌饭菜，这两顿饭都是来美之后享用过的最好饭菜。快乐着我的快乐，幸福着我的幸福，很知足。

周末的晚上（父女俩平时难得休息）和F一起，四个人一边喝茶，一边开始玩一种意大利扑克牌——优诺牌（UNO）。大概的规则是，一人发7张牌，按照牌上0~9的数字或红、黄、蓝、绿4种颜色，按照顺序谁对上了数字或颜色谁有权出牌，谁先出完算谁赢，这一盘就算结束。中间很多有趣的细节规矩略去，总之想要取胜，四人需要明争暗斗，必要时还得彼此钩心斗角，栽赃陷害。有时也需要团结协作，共同对付即将赢的潜在对手。这时候什么亲子之情、夫妻之分，通通忽略，一阵阵的欢呼和幸灾乐祸不知不觉把时间带到了晚上11点半。

累并快乐着。

西雅图的晴天

西雅图难得晴天，今天白天温度16℃。女儿要完成作业，早饭后和D出去玩，目的地是亚马孙总部附近的南湖（South Lake Union）。这里的街道上公交车很少，也没有什么隐形的弯，端南正北，不易迷路，就是上坡下坡太多，上趟街如同翻一座座山头。路边的停车处基本都在陡坡上，挺考验车技的。

适逢周末，大街上像我们这样走"山路"的行人比波士顿少，黑人也不多。从一个周日市场穿过，街边摆放着几样水果、蔬菜和从各种瓶瓶罐罐里长出来的小蘑菇，还有家里做的泡菜、豆浆、奶制品，以及围巾、箱包、果篮等杂物。看起来没什么新奇物，我也没问价格。西雅图市沿海而建，尽管在美国最适合人居住的几大城市中排名很靠前，但这里适合种植的土地有限，新鲜的水果、蔬菜都是从别的州进口，价格相对来说也贵一些。

向一位牵狗的女士问路，她很热心却指错了方向，我们阴差阳错地来到海边。沿海堤岸上是一排小杂货店，旅游产品、小吃、水果、蔬菜、新鲜的海产品和肉制品应有尽有。在这里闲逛购物的人还真不算少。其中最吸引人的是一家海产品铺子，几个年轻人以奇特的吆喝声吸引着很多游人和顾客，可惜他们嘴里嘟嘟囔囔说得像Rap（说唱）类的叫卖声听不懂。大概和最近微信朋友圈里那个卖大刀的河南人的即兴说辞差不多吧。

穿过这一排商品屋，就是海堤岸。堤岸上站着坐着不少休闲游玩的当地人，从一些人的打扮和讲话声音的分贝及内容判断，大多是一些闲散流浪汉。走到海滩还需穿越马路，站在这些乌七八糟的人群里，近看海上的航船高帆，眺望远方起伏的雪山，美景如画，而身边的人群却大煞风景。没有久留，穿越繁华的市中心，取道华盛顿州政府议政厅，在QFC（美国的一家超市）买了几种食品和一束漂亮的百合返回。

午饭后稍事休息，下午天气晴好，再次出外散步，朗朗晴空，清晰地看到了远处最高的一座雪山，那是当地人开车2小时常去滑雪的地方。

晚上D为我们做了他的另一个拿手饭：油泼面。光滑、筋道、麻辣，味道极佳。我有点担心就这样吃下去，本人和护照照片会有差距，到时出关能否出问题？

晚上去西雅图大学的操场散步1小时返回休息，女儿在做作业，直到深夜两点才休息。

从朋友圈看到波士顿今日的天气，虽然艳阳高照，地上的白雪把蓝天白云映得分外晶莹，但一场大的暴风雪正悄悄临近，预报降雪会在60厘米以上，大家纷纷相互提醒，除了注意防寒保暖，还要注意采购食品囤粮。我避开了灾害性天气，却也少了一次见识暴风雪的机会。

参观游艇展

西雅图又是一个好天！好像要跟波士顿作对似的，气温16℃，街上行人穿夏装，短袖短裤。而哈佛的朋友们发着各种消息，说马萨诸塞州开始进入戒备状态，波士顿乌云压顶，海鸟哀鸣，雪下得像有人往下撒，超市里货架被抢空，哈佛通知停课，机场被迫关闭，铲雪车蓄势待发，救护车在路边待命，全民放假，怎样储备饮用水和干粮，房顶被压塌后应该怎样自救，更有人直接坐在窗前摩拳擦掌，等着看暴风雪的热闹……微信朋友圈里同类内容，多得几乎让人闻到了波士顿大难来临前的紧张空气，突然觉得秀今天拍的任何一张阳光灿烂的照片，都是在幸灾乐祸。

上午在"家"看了会儿书，继续修改课题。午饭后出门，步行40分钟，来到位于亚马孙总部的南湖区游玩。蓝天白云，透亮碧蓝的湖水，绿色草坪上野鹅成群，游艇上各色旌旗飘飘，白帆在空中飞扬，走在沿湖的小道上，只觉得眼前的世界唯美成虚幻。

今天适逢游艇展，码头上停满了各种类别、牌子、外形、功能、价位的游艇，第一次登上标价215万美元的游艇内部，惊讶到傻。零距离接触美国富人的另一种生活环境，确实开了眼界。我们登上的豪华私人游艇共分三层，顶层主要是休闲活动区域，有露天望台和一个驾驶台，还有防晒防雨的软篷。游艇的入口处位于中层尾部。从尾门甲板平台进去，先是客厅，紧挨客厅的是一间设备齐全的厨房，厨房的前面是主要的驾驶舱。准备离开时，才发现下面还有一层，沿台阶而下，下层竟然还有三个卧房和卫生间。不由得再次想起了曹雪芹老先生笔下的刘姥姥，说"长见识"都有点对不起这里的高大上。是什么样的人、有着什么样的才能、挣着什么样的钱、过着什么样的生活、活着什么样的人生，才能把游艇当成生活的必需品购买消费，才能把出海当成悠闲的内容范围，才能在水面之上把日子过的如此豪华？这样的奢侈，平凡如蝼蚁的我们，连梦都做不起！

当有些东西离现实太远时，人大概就会停止做梦，更不会嫉妒羡慕，除了毫无情感意义的感叹，就剩下在心里点赞了。

下午4点半离开南湖往回走，月亮已经挂在天空。下班高峰期，街路上的车辆疯了似的疾驰而过。看来不管外面的世界多么精彩繁华，人们内心牵挂放不下的总是家，所以每当黄昏，不管在哪里，都会看见匆匆赶路的车身人影。平时在这样的时刻，走在繁华的都市热闹的人群里，总少不了些许孤寂，如今一家人在一起，幸福满满，心里已经没有多余的空间放置寂寞，任何场景的任何话语，都成了外在的审美客体。

女儿晚上7点钟要上课，5点半吃了点零食去了学校，晚上9点半才能回来。而D在8点就开始忙碌，为女儿做手擀面条，他这是要真的把父爱实践成山啊。

登高太空塔

西雅图的天今日又恢复到一贯的阴雨，气温是12℃。上午11点出发，前往西雅图地标性建筑之一太空针观景塔（space needle）游玩。

太空针观景塔建于1961年，是为1962年这里举行的世博会而修建的，塔高184米，最宽处42米，重达4550吨，可以抵御9级地震。

蒙蒙的小雨下着，塔下几乎看不到行人，但我还是决定买票上去，360度瞭望西雅图全景、奥利匹克山脉、伊利亚特湾还有附近的岛屿。票价21美元，过了两道坎，第一道检查包，清查危险品，第二道相机扫描全身，再照一张有太空针背景的照片，说在塔顶的电脑上输入门票号就可以查看，输入邮箱地址即可直接发到自己的邮箱里。随后有工作人员专门陪伴，坐时速16千米的升降机42秒升到塔顶。上面的游人还真不少。塔顶分里外两圈层，外围露天的一层较低，有钢筋柱铁丝网围着保证安全（历史上曾经有两人从这里跳下去自杀）；上五六个台阶是旋转观景台和餐厅，沿外围边上置有舒服的桌椅，供游客坐下来细心观赏；还有几台望远镜和五个可以随意调整视角观看四周景致的超大电子屏。中心部分一半是咖啡厅，另一半是颇具创意的电子照片墙，游客可以根据电子屏幕提醒，选择输入自己的国籍、姓名、邮政编码，右边的地球仪则会自动转动到邮编的位置，随即屏幕上会出现游客的姓名、地址，而左边上下滚动的姓名条上会自动弹出自己的姓名，上方则显示你是自塔建成后来访的第几位游客。这是一种现代电子版的"到此一游"刻录，满足了人们想要被历史被时间记住的虚幻的愿望，这一创意的发明者也许还是中国人呢！

电子影片墙大屏幕的旁边，是一些建塔的历史资料和数据，透过小小的镜头，可以沿历史追溯到太空针塔从灵感电光火石般爆发到思想的逐渐成熟、从波折的选址到建筑材料的选用，以及之后的改进扩建维修的全过程。叙述语言简明而详尽，又不失风趣幽默。

在靠周边放着的几个电子大屏幕上扫描完票据号码，果然看见了进门时照的两张不同背景的照片，输入邮箱地址，顺利被传到邮箱。这里观景台上的装饰虽比不上上海世贸大厦顶部的豪华，但从设施的细致入微和现代化程度上讲，比世贸大厦更显人性化和趣味化。

当然，站在这样的高度，只为在电子影像旁边留个影，就失去了爬高的实际意义。沿着旋转观景台走一圈，整个西雅图尽收眼底。高高低低的楼

群，错落有致的别墅，海上渐行渐远的轮船，湖上扬起的白帆，高速公路上小爬虫似的汽车，街道两边小蚂蚁样的行人，还有眼前来也匆匆去也匆匆的雾团，都在彻底颠覆着人的传统视角视线。

　　站在塔底，世界呈现为立体，感觉到的是人的渺小；而身居塔顶，世界似乎成了平面，瞬间觉出人类的非凡。所谓的登高望远，原来是须先提升自己的认知高度，才能拥有把握全局的视角，看清世界的全貌。人世间大多事情之所以复杂，何尝不是因为个体胸怀和眼界的不够宽广。

　　在塔顶逗留了两小时，下楼在一家赛百味（Subway）餐厅吃了中饭，逛了梅西百货商城（Macy's）和盖璞（Gap）店，买了两件衣服，在小雨中步行而归。女儿明天有课，此时还在埋头做着作业，看着她的忙碌，突然觉得我们的到来成了累赘！

　　晚饭是 D 做的陕西正宗手擀面片。疲累但有收获的一天。

西雅图广场见闻

上午去了中国城，买回排骨、蔬菜、水果，为一上午都在看书的女儿炖了排骨汤。冬日午后的阳光，柔和温暖敞亮，和 D 出门去附近的街区游玩。路边枯枝上能看到蠢蠢欲动的嫩芽，脚下的草丛里已有小花偷偷开放，大街上的雕塑个性十足，木制电线杆上商业广告层层交叠，不管是自然还是人文，都有一种别样的新鲜。这个时段，行人明显较前几日多。

穿过两条街来到一个有坡度的广场，面积能抵得过十来个足球场。这里有各种标准的球类场地、齐全的健身器材、舒适干净的长椅、红墙上玲珑的鸟窝，蓝天白云，绿草如茵，再配上不远处做背景的红房和尖尖的灰塔，美得像步入了童话。

大草坪的正中央坐北朝南还建一袖珍水库，细水流经精致的水槽，缓缓流进清澈的水池，水面上几对野鹅、鸳鸯追逐戏水，可以想象得出这里夏天的美。

偌大的自然活动区，有人遛狗，有人跑步，有人静坐在草坪上读书，有人弹着吉他唱歌，有人直接躺在长椅上惬意地晒太阳。好一个太平盛世的情景！然而，与这里幽静、清雅、闲适的环境不匹配的却是附近随处可见的流浪汉。他们往往衣衫褴褛，蓬头垢面，要么蜷缩在街道的某个角落或十字路口昏睡，要么面前放着个脏兮兮的破碗，手里拿个写有"孤独无助，求善良、求拥抱"等字样的牌子，祈求路人的同情可怜。由于华盛顿州吸食大麻合法化，据说这些人大多是瘾君子。穿行在街道的人群里，时不时闻到那种刺鼻的怪味，听说就是大麻。大街上还随处可见不少行人，手里拿着或嘴里叼着烟，一副陶醉在云雾里的模样，且不分肤色性别和年龄。把民主自由挂在嘴边的美国人，竟也会无视他人的感受，把自己的自由恣意扩展成别人的不快和痛苦，这一点让人生厌。不知道在西雅图大街上走多了，能否染上毒瘾，然后每天不去街上熏熏，就会坐立不安。

懒散地坐在草坪边的椅子上，仰望天空悠悠白云，近看草地露珠闪闪，景色如画，心旷神怡，一时间找回二十多年前的浪漫和情趣。心里默默担心，在别人眼里，我们会被视为一对无所事事的中国老头老太，叽里咕噜地说着

"外语",在"无限好"的夕阳里唠叨着过往的岁月山水。不屑于被人框定,所以选择离开,走向市中心,在一家QFC超市里,为女儿选购了她平日里喜欢吃的水果和零食,漫步回家。

女儿晚上有课,下午5点钟没吃饭就去了学校,晚上9点多才下课回来。7点刚过,D就开始为女儿做她喜欢吃的饭菜。凉热有别,荤素搭配,晚饭吃到9点半。

古人把家人相聚的热闹提升为"天伦"之乐,其实家庭的欢聚,并非一味喧闹,有时候恬静悠然何尝不是一种快乐?你谈你的行动,我说我的憧憬,你雕琢着我的锋芒,我修正着你的主张,一张饭桌前,五千年上下浮沉,百万里纵横驰骋,文字激扬,思想碰撞,营构成一个别样精彩的精神天地,也是一种天伦之乐。

参观华盛顿大学

上午第一次在西雅图坐公交，耗时30分钟前往华盛顿大学参观，票价为每人2.25美元，比波士顿的公交票贵0.65美元。一踏进开阔的校园，就有一种被吞没的渺小卑微感。大气、豪放、厚重、威风，绿色满眼，鲜花争艳，这是个质感十足的校园，走进去有种一见钟情式的喜欢。

了解一下它的历史、现状和极不寻常的成就，就不得不承认它强悍的学术、人文、自然氛围和气场，绝不是空穴来风。华盛顿大学创建于1861年，是美国西海岸历史最悠久的大学。学术排名世界第八，医学领域全球排名第三，生命科学领域全球排名第五。全校有252位美国院士（人数全美排名第八），167位美国科学委员会学部委员，12位诺贝尔奖得主，12位普利策奖得奖人。产生在这里的重大发明，更是改变过人类历史的进程！发明了人体疫苗，驾驶了宇宙飞船探月，绘制出了人类基因图谱进而揭示出生命的奥秘，主持设计了月球轨道飞船，培养出了11位宇航员（中国只有9位），研制出了世界上最大的波音747客机，计算机操作系统DOS系统，第一台苹果计算机，改变了计算机历史进程的美国硅谷等，这些都是在这所美丽的校园产生的，当年投放原子弹到日本广岛和长崎的轰炸机也是这里的教授主导设计的。

　　这里坚实的科研实力和外在敦实的美，源自其雄厚的经济实力。从1974年到现如今的40多年里，华盛顿大学一直是接受联邦研发经费最高的公立大学。私人大亨的捐助也是其科研经费的一部分，其中著名的法学院大楼和另一所办公楼，是微软总裁比尔·盖茨分别以父母亲的名字捐助的。雄厚的研发经费得益于其斐然的科研成果，而研究成果的斐然又吸引来更多资金的投入，两方面相得益彰，互为滋养，共同成就了这座位于太平洋东岸的大学的辉煌。

　　这里课程种类的总量多的惊人。目前开设有上万门大学课程，几乎涵盖了世界上所有的学科，仅语言课就有70多种，华盛顿大学毫无争议地成为全球大学课程设置最齐全的大学之一。

　　漫步在校园以哥特式建筑为主体的楼群之间，古色、古香、宏博的气场使我觉得自己都开始有了种历史的深沉厚重感。主校区中央广场红场（Red square）由红砖铺就，比起哈佛广场（Harvard square）绿色草坪上随处放着的七彩的椅子，显得踏实和壮实。如果说哈佛广场像个曼妙的少女，红场则更像一位敦厚结实的少年，只需往人面前一站，你就会有一种踏实感。

　　我最爱的是这里不一样的图书馆。广场的右侧就有一座典型的哥特式建筑风格的图书馆，众多的拱门上镶嵌的是人物雕塑，门柱窗框上还雕有复杂的镂空花纹，单凭外观就足以吸引人的所有视线，好奇的脚步似乎是被视线拉着一点点地靠近的。步入大厅，左手边的小餐厅飘出诱人的咖啡香，人头攒动，但肃然安静；右手边直接是一间大的阅览室，每张桌子上的电脑前都趴着可爱的书虫。沿旋转楼梯上二楼，看见的不是传统的封闭的阅览室，而是开阔的大厅，书架有规律地放置在其中，光线明亮，视野开阔。楼梯口放置一玻璃架,里面收藏的是足有两米多长一米宽的世界上最大的艺术图书之一。两边彩绘微蓝的玻璃窗,透着浩气和华丽。开放式的阅览室看起来没有哈佛的舒适、肃穆和贵气,但有种坦荡荡的宽敞和明快的爽朗,唯一觉得不自然的是超大的阅览室似乎缺少点读书时所需要的空间感。

  尤其值得一提的是,这里的图书馆进去竟然不需出示身份证件,随意进出,或在一楼用餐,或直接坐在身边放置有电脑的桌子前,更可以径直走近一排排书架,取本自己中意的书,坐下来静静地阅读。来美后走访过8所知名大学的图书馆,这里是唯一一所进门不需要身份证件就可以大摇大摆地走进书海的地方。这需要怎样的胸怀和豪气,才愿意把自己所有的信息资源开放,张开双臂坦然接纳一切知识的渴慕者!其实人类的知识本来就是一种公共资源,理应为全人类共享。圈定在一己范围内的私欲,难道不是对先贤知识智慧的不尊敬和私自占有吗?喜欢华盛顿大学的图书馆,它把知性之美以实体的形式诠释成豪放!

  华盛顿大学校园之美闻名遐迩。今日,蔚蓝的天,碧绿的水,鲜而不亮的花,奇特却不失庄重的建筑,漫步在楼群之间的小路上,会有一种置身自然山水的清新和惬意。沿红场右前方继续走,左右两边的古式尖顶楼群,乍看上去,像是走进剑桥大学的王子学院,有着全方位的魅力。远处能看见一年四季不化的雪山,近处是著名的圆形喷泉,楼群之间点缀着绿油油的植物墙和已经盛开了的山茶花,还有匆匆走着的一群群活泼年轻的男女青年，连空中流动着的清新空气，都仿佛变成某种智慧或知识讯息。这里无疑是一个学知识、增见识、长才智的人间学术天堂！

值得一提的另一件乐事，是和回国前在西雅图小住的朋友霓相约在华盛顿大学校园见面。一个月不见，霓依旧穿着她多彩的外衣，满身洋溢着俏丽，一同游玩校园，之后步行30分钟去她的住处聊天喝咖啡，下午4点半返回。

女儿上午8点就出门去值班，下午有事，晚上9点才下课，一起吃了顿名副其实的"晚"饭。

今日是来西雅图的第七天，不禁感叹时间如白驹过隙。

特色海鲜大餐

早上起来，天色阴暗。一上午待在屋内做杂事。11点和女儿一起去海边游玩，中午在海滨的一座巨型船上吃了午饭。船舱里面上下分为三层，装修装饰皆以海为主题，有精品店，有造船的模型车间，其余大部分是特色餐馆。

女儿选的是特色海鲜蟹火锅。正餐前服务员上了茶饮和面包，还发给每人小叉子、小木槌和小案板，餐桌上铺一大张像塑料一样的餐巾纸，待各种海鲜烧烤好之后，端来往桌子上一倒，即可开吃。讲究的美国人在大庭广众之下绝不会张嘴上牙咬任何东西，准备的小木槌和案板是用来敲开螃蟹腿的。相比而言，价位比国内便宜很多，点了双份，两个人到最后还没吃完。因为没有带护照之类的身份证明，酒是不能点的。美国有严格的法律规定，未成年人喝酒，旁边的大人得受惩罚坐牢。外国人一般难以根据中国人的面相认年龄，所以像女儿这样的学生出来吃饭想喝酒，必须带护照。在超市里买烟酒也一样，年轻人必须出示带有身份年龄的证件，否则不能买。这种对未成年人的保护意识，不知道会有什么效果，但比起国内的某些口号，这样的爱护至少听起来仁爱得多。

餐厅里的服务员来回忙碌穿梭，脸上带着职业笑容和顺口溜出来的问候语，时不时跑来询问吃的怎么样，有没有别的需要。要知道他的殷勤可是冲着结账时10%~20%的小费而来的。在美国的饭店吃饭，只要不是自助，有服务员端茶倒水，小费是必须给的，通常都是在结账时写在结算价之后的菜单上，由他们回前台后直接从客人的信用卡上扣取的。

吃完饭在附近散步，沿途不断有创意奇特的设计、雕塑，街上横墙而立举着路灯的"锡人"，神奇而神气，路边巨大的灰色龙虾跃跃欲试，饭店墙面上的牛头、马面活灵活现，最具创意的应该算一条小街上的口香糖墙了。所谓的口香糖墙，是人们把嚼剩下的口香糖，粘在街道两边的墙上长达几十米，密密麻麻，五颜六色，从远处就能闻到一股股口香糖特有的味道。从嘴里吐出来的东西不能细看，更不能细想，也不宜久留，否则怎么都有点倒胃口。但把全世界的清洁工都憎恶的口香糖粘在墙上，并贴成风景，凝练成艺术，直至贴出名堂吸引游人观赏，也算得上一种高超多能的废物利用吧。说起来美国大街上随处可见的特色造型，并没有多大的技术含量，除了关涉民族文化和民族性格，应该还有一点点"仓廪、衣食"富足为前提的念想和情趣；如果再从老子的"天下大事必做于细"做逆向推导，大概也不难看出美国人做成"大事"的微细缘由。

海边雾起，逐渐遮住了西斜的太阳，一束光线从云层边上穿出，独独照到一座高楼上端的玻璃上，反射出五彩奇异的光，仿佛那里有个巨大的发光体，向四周怒射出万丈光华，从而把相邻的楼群比成萧瑟。这是今天留下来的最有特色的影像。

沿海边继续走着，冷飕飕的海风渐起，放弃去坐摩天轮，也没敢逗留多久，回到市中心购物。沿途买了西雅图最具特色的芝士蛋糕，回来后就着中国红茶当晚餐。

是为一天。

中国城的家宴

上午 8 点醒来，D 心血来潮，要为女儿做煎饼。看着他那份热情劲儿，我只好放下手里赶进度的活儿，帮忙打下手洗菜切菜。没有荆芥，切碎了葱叶子放进打好的面水里，并起名曰"葱托儿"，样子、味道都不错。难得周末，女儿起床较晚，吃完早饭已过上午 11 点。

饭后花了将近两个多小时在网上预订了下周的出行计划，机票、宾馆、来往交通，接下来就是认真做功课，查阅制订详尽的旅游计划了。下午 4 点半出发去中国城吃晚饭。

西雅图今日的气温低到 5℃ 左右，出外必须穿棉袄。转角步入中国城的一条街，两边的招牌变成醒目的汉英双语；路上的行人基本都是中国面孔；一个醒目的红色木柱黄色琉璃瓦顶的小亭子，机灵地昭示着自己的中国外表；从一个中药店门前经过，中药材的杂陈五味渗透成空气里的中国味道；一栋褪了色的红砖楼房的墙面上，竟深深地刻着"民国 12 年"的字样；不远处以红、黄为主色调的高高的门楼，是典型的中国城建筑式样。这是一个相对来说较为紧凑封闭的中国城，集中住着西雅图90%以上的华人。不了解这里华人的发展历史，也无从知道他们是如何穿过岁月的蹉跎，走到今天的平稳泰安。在想象中试图还原他们的过往，心中立刻多了一份对这些华人父辈的敬仰。异乡人，操着异乡口音，在一个异乡文化里，曾如何打拼，如何生存，如何生活，如何站稳脚跟，如何渗透到美国社会文化的血脉里，如何壮大到占有自己的一席之地？走过多少不平路，流过多少思乡泪，历练出何等的坚韧坚强，构筑过何等的理想梦想……眼前这一幢幢的楼房，朦胧但不失华耀的灯光，路边闪亮亮的高档车牌，还有他们如今气定神闲的模样，似乎都已掩盖了历史的沧桑，但我却明白，他们的过往，注定少不了身体和精神上的创伤。由衷地钦佩这里的华人父辈，是他们踩过荆棘、蹚过苦海，才成就了中国城如今的繁富。想用文字浅浅祭奠一下这里的华人祖先，也顺便祝愿他们的子孙福禄万年。

中国城的中心部分，有一家台湾人新开的小肥羊自助式火锅店，是没来西雅图之前女儿曾强烈建议要去解馋的地方。走进饭馆，里面是清一色的华人服务员，菜单上的汉语和菜品种类，华人顾客占95%以上，高分贝的说话声，空气中弥漫着火锅的辣、油、香，让人完全搞不清身在中国还是美国。在热气腾腾中，吃了1个多小时的中国味，晚上7点半返回。

2015年1月份最后一个夜幕下，一家人走在美国的街道上，冬天里空气的冷寒，裹不住内心的温暖。于是陌生的小路街角，便也成了家。

再游中国城

上午下着小雨，去了附近的中国城，白天的中国城和晚上看起来大不一样。始建于1861年、成型于1890年的西雅图第三大中国城，位于市区的西南角，临近交通枢纽，是一个集各种服务机构于一体、各项公共设施完备的城区，以服务性行业为主，酒店、饭馆最多，药店、诊所、杂货店次之。一家创刊于1982年1月的《西华报》的报社，在饭庄酒馆连连的街道上显得尤为醒目。据了解该报在当地华人圈里颇具影响力，还曾获得西雅图市颁发的相关成就奖。《西华报》每周六发行一期，宗旨是为西雅图及华盛顿州的华人服务，公正客观地传播中华文化。纯中文的版面以美国国内新闻、西雅图当地新闻、中国（包括台湾、香港地区）新闻及娱乐新闻为主。作为当地唯一一家中文报社，《西华报》在西雅图中国城特有的中国味儿中，在大都市的喧嚣与骚动里，安静地散发出一些知性的味道，宣示着对中华文化的守望。从报社门前走过，不由生出某种敬仰。

下午4点天放晴，打算出门去西雅图的景点之一奥林匹克雕塑公园看看，走到一半天气转阴，风雨欲来，于是转道城区的另一处住宅小区。街区的干净整洁安静，车辆行人的稀疏，路边的绿化和鲜花，都在告诉我们步入的是富人聚居区。人类生活的质量总是和环境呈正相关，是生活富足保障了环境的整洁干净，还是环境的优越促发了人们对富足生活的追求向往？这似乎又是个复杂的社会学或人类学命题。

晚上不想读带过来的专业英语书，在网上搜龙应台的新散文读。还记得多年前看完她的《目送》，曾反复看着她的照片，想知道寄居在扉页上那张扁平的图像，写起亲情来怎么会那样灵动？刚烈的思想锋芒与似水柔情的文法怎么可以出自同一人的笔锋？那是第一次通读她的散文，几十万字的记述里，写遍写透家庭情感，却只字未提爱情这两个字眼，就断定她的婚姻生活肯定不完整，那里必定有她不愿碰触的殇。于是穷追猛打，找来她所有的文字，才知道即使她在写专题"家"，也回避了两个儿子的德国爸爸。

龙应台既用尖刻鞭辟政治文化，又用柔情述说儿女情长。开阔的视界，深邃的思想，中西文化的融会贯通，再加上她厚实的语言文字功底，共同造就了她龙氏散文的不可模仿。她的散文没有琼瑶式的矫情，没有亦舒式的直白，没有三毛式的洒脱不羁，没有张小娴式的唯美幻想，没有毕淑敏式的家常，没有雪小禅式的惰性凉薄……在我看来，现当代的女性作家中，既不纵情，又不玩弄文字，让散文丰美成诗的龙应台，毋庸置疑地独领风骚。慢慢地竟成了她的粉丝（fans），喜欢玩味她所有的思想文字。

艺术博物馆和海滨

今天出游,像是上天安排好似的,把两个主题严丝合缝地连在了一起。本是去海边的奥林匹克雕塑公园,据说那里的雕塑原型都来自西雅图艺术博物馆里的珍藏品。在前往公园的路上,不经意间撞到博物馆的门口,且正好免费开放,幸运地参观了里面正在展出的艺术品,意外地享受了一场精神盛宴。

博物馆共四层,分别展出一些当代玻璃艺术制品、日本的和服画扇、澳大利亚土著居民用的图腾器皿、中国的瓷器、印度的摄影、古希腊的雕塑、法国的宫廷油画,还有一些美国人捐赠的抽象画和雕塑等。两小时的时间在宽敞的艺术大厅里,近距离观赏着这些无价的珍宝,愉悦感无以言表。

来这里的参观者,外行占多数,相信不是所有的人面对所有的展品都懂得欣赏,但艺术这东西本来就是见仁见智,也许它们的美正在于主题的模糊,我就是这样安慰自己的。站在一幅幅油画前,或被一种宫廷贵气所震慑,或被山水之魅所折服,或者只需想象一下画家们才情灵感涌溢，画笔挥动间，一草一山石，一发一胡须都变得灵动，本身就是一种美！

还有那些古代遗留下来的古物实体，把悠长的历史压缩固化为人文活化石，让人明白时光不竭而肉体生命有限，认清艺术之美原来可以清洗心的角落。

从博物馆出来步行十多分钟就是奥林匹克雕塑公园。公园濒临海边，里面不同的方位矗立着几个大型雕塑，有十几米高汉白玉塑成的少女面海而立，闭眼倾听海的"回音"；有象征着人类运动能量的单轮车；有展翅俯冲的红色的巨鹰；还有一个在海风下左右舞动的活泼可爱的符号"&"；入口处不知是谁的深色眼珠圆睁，好奇地看着纷繁的世界；圆形水池的瀑布里，相对站着一对裸体父子，貌似戏水，又像相互鼓励，伸出的双手却正好捧起远方的城市名片太空针。公园里雕塑并不多，但个个都是玄思妙想的杰作。

公园的旁边就是安静狭长的海滨大道，有点像古老优雅的回廊，因被海水和时间长久地刷洗过，流露出沧桑的神色，蜿蜒着消失在一个小岛的转角。海风轻轻缓缓地吹过，海鸥贴着海面低飞，海鹰在空中高叫着盘旋，海鸟一扑棱钻进水中，在你屏住呼吸为它担心时，却在不远处冒出来，带着美餐之后的得意神情，还有一群群乌鸦在海浪旁的草坪上嘎嘎地叫着，旁若无人。不知此时此刻海燕会在哪里？大概是在云层之上，"高傲地飞翔"吧？

站在海边极目远望，奥林匹克山藏在天边云雾的后面，近处海岛上古老的民房依稀可见，满眼青色的海水波澜不断，耳边的涛声拍打着海岸，远洋的航船正缓缓驶出港湾……海的世界永远在远方，在雾里，在朦胧里，在想象中。

相对于包纳百川的大海，人的身体如此渺小，但胸襟会被拓宽。海滩、白浪、沙鸥，游动着轮渡，没有蓝色和温暖又怎样？心中有阳光，雨雾天也是浪漫。

在西雅图吃川菜

　　中雨从清晨下到午后，只好待在屋内继续在网上细化行程，下午3点钟天突然放晴，阳光从西边的天空跌落下来，照亮了半边世界；被雨刷洗过的天空变成碧色，映蓝了一池池清水；白云聚聚散散，自由舒卷。这是一个美丽的下午时段，"雨后却斜阳，杏花零落香"。出外散步，连流动着的行人都成风景。

　　顺便去了趟超市，情人节将至，超市入口处鲜花的数量、质量、花色、品种比以往翻了几番，含苞的，怒放的，大朵的，小巧的，争奇斗艳，鲜嫩欲滴，从旁边经过，即使不买，也须捂紧钱袋。专柜旁包装精美的巧克力堆成了各种缤纷的造型，同一主题的广告语和广播里的宣传一样奇妙可爱。精明的商家总是明白如何从视觉到听觉挑逗顾客的自制力。

　　美国人和英国人的习俗差不多，情人节的礼物基本都是女性送巧克力、男性送花。只是从平时的观察来看，英国人更喜欢买花，鲜花根本不用写在购物单上，但凡超市出来的英国人，十有八九购物车里都放着几束。在美国，买鲜花的人似乎只占到一半。不同于国内花店里的插花，国外的鲜花都是按种类自成一束的，平均价位在15美元左右，从工资收入的比价来看，并不比国内贵，我们只是没有这种习惯而已。

买回家插在花瓶里的鲜花，也许没时间仔细观赏，但不经意间的一瞥或一缕暗香，却会给平淡的家常生活，添加情趣与色彩。雨果说："人生是花爱是蜜。"人的生命生活之美，不就在于某时某刻的细节点滴吗？我们的生活内容并不比西方人差，只是缺少一分一毫的细节，一丝一缕的生动罢了。

散步回来天色还早，上到楼顶花园看风景，轮廓分明的瑞尼雪山，波音飞机厂房处冒着的白色烟雾，远方一条长长的高速路上，汽车的红色尾灯组成一条移动的火蛇弯曲蠕动，建在四周山上的座座别墅民房，都让人浮想联翩。登高望远，原来满足的是狭隘的想象力和低浅的视线。

晚上6点钟女儿提交完本周的作业，去附近一家有名的川菜馆"七星椒"吃晚饭，一上楼就闻到了诱人的麻辣香味。里面一帮年龄相仿的中国学生坐了两张大桌子，大概是国内来此游学的初中生，上座率满格，美国人不少，就剩下门口的一张桌子。地道的食材熟悉的碗筷，再次吃出了十足的中国味。

晚上本想看一场电影，可惜D的英文水平不足以看懂纯英文电影，只好回来在网上一起看了史泰龙和施瓦辛格两位硬汉演的电影《金蝉脱壳》(*Escape Plan*)。影片集悬疑、动作为一体，加上两位老戏骨的精彩演绎、邪不压正的主题、西方电影一贯的半团圆结局，都成了一家人休息之前的争论话题。

初抵旧金山

今天上午 8 点起床，雨下得很大。9 点半出发，坐出租去机场，前往加利福尼亚州的州府旧金山（也叫三藩）。因空中管制，飞机起飞时间延误了 1 小时，下午 3 点才到达旧金山国际机场。

旧金山是加利福尼亚州仅次于洛杉矶的第二大城市，被誉为最受美国人欢迎的城市（不是之一），面积 600 平方千米，市区人口 80 多万。说起旧金山名字的来源，就不能不提 19 世纪中叶的淘金热，这里被华人称为"金山"，后来为区别于澳大利亚的墨尔本改成"旧金山"，是美洲华人最为密集的聚集地，同时也是美国西部最大的金融中心和高新技术研发和制造基地，是世界最著名的高新技术产业园——硅谷的所在地。听听这些盛名享誉全球的企业：谷歌、苹果、惠普……不敢不对它刮目相看。

走出机场，天气晴朗，阳光晒到身上感觉到的不是温暖，而是烤热，很少有人穿棉衣，衬衣短袖占主流。乘坐预订好的机场摆渡车到宾馆，已是下午 4 点。车开出机场区域，沿着蓝色的海湾行驶，海平面和路面几乎处于同一平面。公路上车流不息，海面上却风平浪静，蓝天下的这一动一静，构成旧金山的第一道迷人风景。只是不知涨潮或风起时，海水是否会漫过路面。20分钟后到达预订的位于市中心的奥珀尔酒店（Opal Hotel）。3分钟办好入住登记手续，放下行李洗漱完毕，在yelp(美国最大的点评网站) 上查到一家离宾馆只有4分钟路程的中国餐馆，点了这里的招牌炒面和两盘素菜。老板娘是福建人，会说一点普通话，热心地向我们提供了不少信息。比如这里治安还不错，晚上7点半后，除了饭店酒馆，一切商店都关门。说旧金山的房价特别高，一室一厅的房子租金要2000美元，一般的别墅售价都在100万美元以上。她这家饭店每月房租就6000～7000美元。还说这里冬天气候温暖，干燥少雨，属于典型的亚热带地中海式气候，冬暖夏凉，阳光充足，30℃以上的气温一年中只有大约1周的时间，而且大都聚集在9月。感谢这位中国同胞，她那简单的几句汉语和几盘中国餐，让我们来旧金山的第一顿饭吃出了故乡的味道。

下午5点走出饭店，街上华灯初上，缩在墙角的流浪汉一点儿也不比西雅图少。为了安全，没有去附近著名的联合广场游玩，在超市买好两张时限3天的公交卡，然后回宾馆休息。

明天打算去的是金门大桥、金门公园和艺术宫。旧金山，明天见！

壮丽的金门大桥

上午 8 点半在宾馆吃的早饭，包括各式面包、蛋糕、咖啡、红茶、果汁、酸奶、白开水、各式水果，剥过皮的水煮鸡蛋，如此丰富的西式自助早餐，反而远不及中国的粗茶淡饭可口妥帖。

9 点钟出门，乘坐 49 路转 30 路，顺利到达艺术宫（The Palace of Fine Arts）。下车走了大约 3 分钟路程，转过街角，艺术宫冷不丁地出现在眼前，一时被这里的美震惊到无语。蓝天白云绿草坪，碧波荡漾的一弯湖水，绚丽的阳光下，空气里都带着芳香。

艺术宫最早建于 1915 年，本是为巴拿马太平洋万国博览会临时搭建的。后在旧金山 3.3 万名热心市民签名要求下，1962 年由德国著名建筑师梅贝克设计而重修成，从此太平洋的海岸上，多了一座永久的艺术宫。

艺术宫的精雕细琢是建筑师细致装修风格的直接反映。金黄色的圆顶配上几十米高的拱门和石柱，拱门和石柱的顶端都有逼真、高雅的艺术雕像，可惜去之前没有备好课，想必是希腊罗马神话里的诸神。

绕艺术宫一圈,尤其是站立在圆顶下方,相当于站在大海边似的感到渺小,所有的感觉只是自己的轻,仿佛会被周围高大、厚重、敦实的巨型物吞没,第一次体悟到米兰·昆德拉说的"不能承受的生命之轻"。人类的高端艺术和周边如画的自然环境相烘托,使艺术宫的魅力向四处张扬,从任意角度观赏,都是一派天工和人工珠联璧合的和谐美。

大约11点乘车来到金门大桥(Golden Gate Bridge),这座世界上著名的桥梁,是世界桥梁工程的一项奇迹,也是旧金山的象征。虽然被称为金门,实则金门大桥是朱红色的,位于1900米长的金门海峡之上,由桥梁工程师约瑟夫·施特劳斯设计,北连北加利福尼亚,南接旧金山半岛。于1933年1月5日开工建设,1937年5月27日完工,历时4年,耗费10多万吨钢材,耗资3550万美元,总长度2737米,耸立在两端的铁塔高达342米,相当于70层高的建筑物,两塔之间跨度1280米。

天公作美,明媚和煦的阳光下,朱红色的大桥横卧于碧海白浪之上,不是很多游客看到的"雾锁金门",我们沿两米多宽的人行道和川流着的人群与自行车群一起走完全程,仰头远望,环绕海湾的三座山上白色高楼林立,相对于碧绿平静的海,显得有些凌乱。往下望去,皮划艇好像冬天里落在水面上的叶面卷起的枯树叶,而海边的冲浪者更像附在水面上努力求生的黑色蚂蚁。在桥的另一端稍作休息,放眼看去,大桥上竖立着的红色廊柱与蓝天上横向排列的白云在高空中交错,碧蓝色的海上风平浪静,青绿色的小山上花开烂漫,山脚下一排排红顶屋错落有致,高空中有飞机划过,大海上有轮渡穿行,天与地,高和低,动与静,人工与自然,共同构成一幅多彩的画面。

竭尽脑中"壮观、雄伟、霸气十足、威风凛凛"等一系列同等的词汇,都觉得不够妥帖。只恨自己知识浅薄,无法用拙劣的笔描绘出那一刻的景致。想说"到此一游"又显得如此轻薄,恺撒的"I came, I saw, I conquered"(我来了,我见了,我赢了),或许多少能表达那一刻的心境。

激动之余,觉得很幸运、幸福,应该感恩,来到这样的地方,巧逢这样的晴天,看到这样的美景,天地人神,不知更应该感谢哪一个。

下午2点乘车来到旧金山公园。这座公园始建于1871年,面积1017英亩,长约4千米,宽800米,横穿53条街,一路沿惊涛拍岸的太平洋之滨迤逦到市中心,有10多座不同主题的小公园,5千多种植物树种,是世界上最大的人工公园。里面还有高尔夫球场、网球场等体育场馆,美术馆、博物馆、儿童乐园等文化艺术场馆也应有尽有。这里最适合开车游览,步行到这里游玩不能贪心,单凭脚力走遍1千英亩的绿色公园,有点痴心妄想。虽是冬天,但一点也不缺少色彩,能体会到真正的鸟语花香。平时养在花盆里的马蹄莲、君子兰、郁金香、水仙等花种,在路边一簇簇地开着,随便坐在小路边的椅子上拍张照,都可以当电脑的桌面背景。

下午4点回宾馆,一进门前台的小伙子热情打招呼,说今晚赶上宾馆招待,5点到6点,大厅里免费供应红酒奶酪饼干,问我能不能喝酒,一点点,小伙子幽默地说坚持喝,一点总会变成很多点。5点半去大厅小坐,喝了点红酒,去上次的中国餐馆吃了晚饭。

满满的收获来不及细说,暂且记下要点,以后有机会慢慢雕琢。

斯坦福大学一日游

昨天被美景叨扰了一天，早上起床有点晚，9点才吃完早餐，坐47路到Caltrain Station，按计划买票前往斯坦福大学。等车时遇到中南大学一对夫妇和在温哥华求学的女儿一同来旧金山旅游，也准备去斯坦福大学，于是结伴前往。

坐在火车的上层，右边是连绵起伏的山的绿，左边是浩瀚无际的海的蓝，晃动在两色山水之间，丝毫没有对目的地的期盼。直到12点5分正点到达，才知道美景永远在远方。

被称为"西部哈佛"的斯坦福大学和哈佛大学颇有渊源。多年前一对穿戴朴素的老人要见哈佛大学校长，因没有预约被秘书拦住，等了好久才见上面，两位老人说想给在哈佛大学读了一年书、不久前在意大利患病去世的儿子在哈佛大学校园留个纪念，校长打量了一番后说，我们又不是墓地，不是随便谁想在校园建塑像就可以的。老太太赶忙解释说他们是想建座教学楼，不是建雕像。校长又瞥了一眼他们的穿着打扮说，哈佛大学的建筑物值750万美元你们知道吗？被打发出来后老太太说，建栋楼才花750万美元，我们为什么不为儿子建所学校做纪念？于是，加利福尼亚州的沿海边多了个占地33平方千米的世界一流私立大学，这所大学走出了10多位诺贝尔奖得主，创建了代表全球高科技水平的硅谷，培养了几十位赫赫有名的商界名流。这所大学便是斯坦福大学。

走进校园，门前平铺开来的巨大的绿色草坪，大约有200多亩（1亩≈666.67平方米），一开始就让人感觉到家大业大。比起华盛顿大学校园的宽敞，斯坦福大学简直是视野无边。校园内的建筑群不像哈佛大学、耶鲁大学或布朗大学那样每座教学楼都有自己的造型艺术风格和眼花缭乱的用色，这里的所有建筑物全是17世纪西班牙式的黄砖红顶风格。除了具有标志意义的胡佛塔（胡佛塔建于1965年，是为了纪念时任总统胡佛为斯坦福大学所做的贡献而修建的）和图书馆，其余所有建筑几乎没有高过三层的楼房。有的是地面面积，何必占用空间。

先到斯坦福大学的游客中心打听游览校园的信息，了解到下午3点20分会有免费的校园讲解，同时还有观光车环游校园，可以直达车站。因时间紧，左手拿地图，右手拿手机搜索谷歌地图，开始了校园巡游。反正一天时间转不完8000多英亩大的校园，所以先找到中心院落（Main Quad），每人花3美元买票登上了胡佛塔顶，从上面俯瞰了斯坦福大学的校园全景。

塔顶上有位上了年纪的志愿者，耐心地给我们讲起从六个方位看到的特色教学楼。蓝色圆形底面旁边是座大礼堂，本周五奥巴马将在那里就有关校园安全的主题发表演讲，这是自1965年以来美国总统第二次光临斯坦福大学。我们还算幸运，明天起这里将暂时关闭。老先生耐心地一一指给我们看哪里是惠普，哪里是硅谷，哪里是谷歌，哪里是英特尔的教学实验楼。听到这些大名鼎鼎的企业名字，就不能不说起他们和斯坦福大学的渊源。

1959年，斯坦福工程院有教授提出了一个高瞻远瞩的建议，他提议把斯坦福8000多英亩用地中的1000英亩以象征性的价格，低价长期租给工商界巨头和知名校友，与其共同开发合作并提供学生实习基地，从此斯坦福大学如虎添翼，在美国高科技研究领域展翅腾飞。

从这里走出来的知名校友不仅有美国第31任总统胡佛、国务卿克里斯托弗、以色列总理巴拉克、日本两任首相鸠山由纪夫和麻生太郎，还有商界科技界名流，诸如雅虎、惠普、耐克、盖璞、思科的创始人，谷歌创办人和英特尔的首席执行官。华裔诺贝尔物理学奖得主朱棣文，东京审判中唯一的中国法官梅汝璈，20世纪80年代中期用"冬天里的一把火"红遍整个中国的歌手费翔，也是这里毕业的。

走在似乎无边的校园建筑群里，不由得想起了哈佛大学。两所每年都有花不完的资金的私立学校，却各有各的风貌。从建筑物来看，哈佛大学相对集中的楼群让人觉出的富足，好似被揽在身边紧凑成堆的财富，但又并不张扬；而斯坦福大学散落开的楼群的富足则像是完全张开晾晒在海边的富有，你看，或者不看，我都在这里，不掩不藏。从学术专业成效来看，如果说哈佛大学表现出的是传统的人文精神的内秀的话，斯坦福大学则是外扬的现代科技精神的象征。两所名校，一东一西，把守在美国国土的两端，共同支撑着美国的了不起的科技文化。

走在斯坦福大学校园的各种美之中，只觉得自己似乎散发着土腥味儿，同时也想象着在这样的地方读书，也可能会陷入两难之境：一是若不全心读书，会对不起这里童话般唯美的环境；二是这样的校园更该是个储蓄美展示美的地方，更适合拍张美照留念，拿回家慢慢回味思量，怎舍得埋头读书？

匆匆过客，不必自扰。把美装在记忆里，下午4点16分乘车离开。斯坦福大学一日游，在一家泰国餐馆吃碗面结束。

流连渔人码头

今天的旅游以物质的满足为主。上午乘公交先去了旧金山著名的渔人码头。下车穿过一条小街,远远就看到了这里的标志性建筑:画有一只大螃蟹的圆形广告牌。这里尤其以北滩的39号码头最为著名,离此不远处还有几个著名的旅游景点:唐人街、小意大利、圣彼得保罗大教堂(Saint Peter and Paul Church)、九曲花街(Lombard Street)等。

来到渔人码头最前端,前方不远处的海水里钻出个俏皮的小岛,左前方是朱红色的金门大桥,右前方是海湾的外延。离吃饭时间还早,穿过叫卖声不断的购物广场,打算先去小意大利。途中被一家卖珍珠的小店吸引,驻足一观。这是一家几十年的珍珠老店,小店柜台边放着两盆珍珠贝,让游客自己从中挑选,现场打开取出珍珠,每个14.99美元。若里面是空的,则不用付钱。目睹一家中国游客选的珍珠贝中现场剥离出一颗粉色珍珠,心有所动。D选择的贝被打开后,里面是一颗不常见的偏蓝的银色珍珠,很是得意。微胖的店员说,这种颜色代表爱,正好可以当作情人节（Valentine's Day）的礼物。感谢这个有缘的贝，不知用了多大的耐心和宽容，把外来的杂质接纳并包容成这珍珠。

　　走出市场，乘车去了小意大利。所谓小意大利，其实是一条颇具意大利风情的小街，两边是装饰风格迥异的咖啡屋，从里面飘出的咖啡的醇香弥漫了整整一条街。屋外放置着精致的桌椅，带着浪漫，向来往穿梭的行人发出邀约。人们要一杯咖啡和一块点心，临窗或面街而坐，有的拿份报纸读着，有的捧本书翻着，大部分则轻松地聊着天打发时间。有打扮入时的年轻情侣，有穿戴讲究的老年夫妻，在阳光灿烂的午后，慵懒地坐在街边，在小小的咖啡杯里，细心品尝着生活的味道。不想错过这一难得的机遇，要了杯热巧克力、咖啡和一块蛋糕，当街而坐，一边看着身边的行人，一边喝着自己的生活，算是赶了一次时髦。

　　1小时后起身离开，去中国城转转。全天下的中国城似乎都一个样，除了街边汉语的招牌，黑眼珠黄皮肤的华人，脏乱拥挤的环境，就是空气里弥

散着的那种特有的中国味儿了。在中国城穿街而过没有久留，步行前往另一个景点九曲花街。从山头到山脚的一条街因坡度太大，所以盘旋而下有九个弯道，春夏两季每个弯道被各色鲜花包围，车下行在九个急转弯的坡道上，如同穿行在花海中，这条街因此得名。也许这种弯道国内并不少见，却没看到百花的簇拥和鲜艳。步行至街道的制高点，除了看到一条延伸至对面山坡的九曲回肠的街道之外，没看到想象中的美。倒是返回渔人码头时经过的著名的圣彼得保罗大教堂外部的气势恢宏和里面的肃穆奢华，让人心生敬仰。

下午4点返回渔人码头，走进滨海的一家饭店临窗而坐，点了啤酒和不知道汉语名字的海鲜。两位绅士范十足的服务生端茶倒水送主食，殷勤周到。一边看天海一色下穿梭的渡轮帆船，一边品尝着和价格并不匹配的美味。和味觉比起来，更满足的是感觉。

今天是在旧金山旅游的最后一天，感谢天公作美，一直晴天到底。明天下午飞洛杉矶，期待更好的景致。

初抵洛杉矶

计划乘坐下午 3 点 40 分的航班飞洛杉矶，上午 9 点钟吃完早餐，办理完退房手续，行李放在宾馆前台，去了旧金山旅游的最后一个景点——联合广场（步行只要 10 来分钟），这里集酒店、剧院、商场于一体，被誉为购物的天堂。才 10 点多，街上的人已络绎不绝，大部分都是游客。尽管对购物不是特感兴趣，但看到巨型的梅西百货商城、盖璞等店扎堆在眼前，还是管不住脚进去一转。时间有限，只在梅西百货商城为女儿买了件她可能喜欢的毛衣，其他商场不得不选择"橱窗购物"而过，那一刻比任何时候都感到钱的不可或缺。

旧金山的四日自助游，自然山水、人文景观、美食购物应有尽有，一路阳光相伴。那里天海一色，海湾飞桥，艺术宫的壮丽，公园里的长椅，小意大利的咖啡厅，渔人码头的海景，都将成为或深或浅的生命沉淀，在流年里徐徐消散。匆匆过客，留下的只有脚印。既然带不走云彩仙境，就带上悦然心情一路荡漾而行。

12 点 15 分离开宾馆坐摆渡车去机场，有稍许的不舍。

Farewell，SFO。（再见了，旧金山）

飞机在下午3点半准点起飞。座位临窗，透明的空中没有一丝云霭，没有慧眼，也能将沿途的自然山水和城市风貌一网打尽。人类留在大地上的任何杰作，都赤裸裸地呈现在天空之下。所谓的天网恢恢，不是没有道理。

飞机提前23分钟降落，走出机场，感觉到的是洛杉矶似夏天般的热。路边的植物大多是高高的棕榈树，穿梭的行人中有一半穿着夏装。酒店预定在机场附近，步行10来分钟即到。

喜来登酒店（Sheraton Hotel）前停满了车，大厅里出乎意料得人声嘈杂。顺利办理入住手续后回房间洗澡休息，在yelp上查找饭店，最近的中国餐馆还在2千米之外，陌生的环境，又是治安不太好的洛杉矶晚上，不可贸然外出，只好下一楼大厅的餐厅看看。

这家喜来登酒店在美国星级不高，但空间超大。左边餐厅的外面是个大酒吧，灯光昏暗，吧台周围高低三层的高椅上，坐满了喝酒聊天的年轻男女。嘈杂是美国酒吧的特色，和饭店里的安静反差很大。坐在酒吧，图的是身心的放松，觥筹交错间，只管高声谈话，不讲矜持优雅。前台的前方、右边，放置着各式各样舒服的桌椅沙发，后面还有个中式装修风格的空间，挂着大红的灯笼，贴着吉祥对联，想必是筹办中式婚礼的场所。晚餐本来就是美国人喝酒的时刻，再加上周末恰逢情人节，难怪偌大的宾馆餐厅里只稀稀拉拉地坐着几对客人，而外边的吧台却人气爆棚。要了份三明治，在嘈杂中将就吃完回房间，和女儿视频聊了会，继续细化第二天的行程计划，结束了来洛杉矶的第一天。

辉煌好莱坞

洛杉矶旅游第二天的目标是好莱坞、影视城和明星大道。好莱坞大片看多了，几乎是带着朝圣般的心情去看这个塑造过无数超级巨星的电影圣地。想起那些曾经让全球影迷神魂颠倒的动作片，想象力超群的科幻片，打破基本认知的伦理道德片，还有那些柔肠百结的爱情片，好莱坞都是不可错过的地方。

因宾馆离机场近而离市区较远，给出行带来诸多不便。今天的经历可以用折腾来总结。上午9点就出门，改变原来的线路，准备买个一天游的TAP（洛杉矶的一种交通卡）。以为机场附近肯定有卖，以为美国人个个都知道方向，凭着几十年英语能力的自信，结果光是找买卡的地点就耽误了近一个小时。首先，机场附近没有卖卡点。其次，现代人习惯于依赖手机智能信息，脑中连基本常识也不储备，所以打探讯息的结果常常是失望。最后，会认会说会听英语也没用，不懂得各个交通运营商的运行机制和服务范围，路牌、车身上只以绿蓝红橘黄的颜色写着大大的现

115

代缩写或根本没有号码或号码小得不知道是什么算术数字，一阵忙乱，才弄清机场上的不同颜色大巴可以免费送旅客到市区不同的站点。最后乘坐绿色大巴到地铁站买到 TAP 时，已经 11 点。下地铁换乘公交 212，路上行驶 56 分钟才到达目的地。

沿途上车的是各种肤色深浅不一的黑人，坐在车里的我们一时竟有白人的感觉，也再次证实了美国公交车纯属老弱病残穷的专属交通工具。一路颠簸着从洛杉矶市中心穿过，大致领略了这座沿山势而建的大城市的风貌：路面都是宽阔的四车道或六车道，高楼稀少，黑人很多，街边的棕榈树高到云层，樱花粉红了一路。

浓浓的商业气息和燥热的阳光笼罩了好莱坞影视城和整个明星大道，沿街两行是拥挤的小饰品、食品商店和潮水一般的游客，上千个刻有明星姓名的"星星"被游人踩在脚下，不再有任何光芒。影视城外面想参观的游人排起了长队，在外围的人群中找了两个熟悉的明星手印拍了几张照片，爬上三层远观了山上那几个闪花过全球影迷双眼的 Hollywood（好莱坞）字样，然后匆匆离开，前往另一景点比弗利山庄（Beverly Hills）。

这个举世闻名的全球富豪心目中的梦幻之地，其实是单独的一座小城市，有民选的市长，有警察局、消防等职能部门，市民由好莱坞巨星、洛杉矶富豪和来自全球的富豪组成，被称为人间仙境，有全世界最尊贵住宅区称号。

听听以下的名字：迈克尔·杰克逊、麦当娜、布兰妮、科洛·莫瑞兹、布拉德·皮特夫妇、贝克汉姆夫妇、成龙、花花公子杂志老板……蓝天白云自不必说，高耸入云的棕榈树，十米多高的绿色植物长廊，一座座门面装饰个性十足的豪宅若隐若现于各种名贵的花草之间，道旁梨花怒放，樱花漫天，鸟鸣是唯一的声

响，各色花香是这里共有的味道（据说这里住着一对年轻的华裔夫妇，曾花685万美元买了座法式豪宅）。

　　同一片天空下，竟有这样梦幻般的地方；同样是人，有的就在这样的环境里生活！无所谓羡慕嫉妒恨，换种心情，也只能说长了见识，连梦都做不起。而所谓的见识，无非是亲眼见了未曾见过的物像，且意识到自己今生无论再怎么努力也难以达到眼前的层次和高度，随即会慢慢变成交流中"我去过"一类的谈资语料罢了。其实人类生存法则中质和量的反差，正如同人与人之间肤色、长相、身材、学识、兴趣、口味等会有不同一样，他有他的生活资本，你有你的生命逻辑，相信各自都有在路上的难，但共有一个相同的终点。过客匆匆，看看当世的色彩、装饰、映衬一下自我生活细节里的单调、麻木和昏暗，也就够了。下午4点多坐上了返回的车。中间倒车时不留神来到加利福尼亚大学洛杉矶分校（UCLA）的门口，这里本是明天要去的景点，听从老天安排，进去一看。

　　加利福尼亚大学洛杉矶分校成立于1880年，1919年加入加州大学联盟，是美国排名第二的公立大学，以商业金融、高科技产业、电影艺术专业为长，10位教授获得过诺贝尔奖，体育和表演艺术课程尤为出名。时间有限，无法

看遍它的 174 栋大楼、用脚步丈量 1.7 平方千米的面积。也许是周末，校园里的感觉是地广人稀，建筑风格以现代的居多。就算一次走过路过没有错过的旅游吧。晚上 7 点多返回宾馆，结束了一天的行程。

如果说旧金山还有点像冬天的话，洛杉矶简直就是夏天了。市民都是夏装穿衣打扮，各种花开，满树的绿，30℃的高温，脸上已经晒出一个眼镜的印迹来。

明天去最有名的海滩——圣莫尼卡（Santa Monica）海滩，这个情人节的关键词：热。

靓丽的圣莫尼卡海滩

洛杉矶的最后一游,不急于赶时间,留出整整一天去加利福尼亚州最有名的圣莫尼卡海滩。这是洛杉矶最著名的度假胜地和阳光海滩,有着绵延5千米长的曲曲折折的海岸线。

上午10点出发,11点到达,海滨大道上行人如梭,奇特的绿色植物、各色鲜花和挺拔的棕榈树,湛蓝的天空、大海,红黄相间的海景房,共同交织成海边的醉人风光。长长的海滩上,游人星星点点,海浪、沙滩、棕榈、阳光,不知道该享受哪一个。卷起裤腿,光着脚丫,沿海岸线漫步,有些许冰凉的海浪打湿了衣裳。尽管没有海风,远处仍有两米多高的海浪,前呼后拥着滚滚而来,声音如雷震耳,冲到了近处却变得轻柔,拍打抚慰着沙滩;俏丽的海鸥和不知名的海鸟集结成群,相互追逐着在退潮的瞬间觅食嬉戏;勇敢的小伙子们在离岸最远处冲浪,小孩子们在近岸的沙滩上嬉水,少年们在不近不远处打闹,堤岸上的沙滩椅上坐着一对对安详的老人,或闲聊读书,或闭目养神；堤岸后方几百米宽较为平坦的沙滩上，横七竖八地趴满了穿着泳装甚至裸体享受日光浴的青年男女。我大度地给 D 解禁松绑，鼓励他摘下太阳镜，不失时机地肆意放眼观望。

走在浅浅的海浪中，在回头瞬间脚印被海水冲刷淹没。弯腰捡拾起一个个被海水冲刷成脚印似的黑色石片，坐在沙滩上摆弄，算是足迹再现。

午后 1 点返回岸边著名的第三街（The Third Street）吃了午饭。这是一条集购物和餐饮于一体的海滨大街，游人摩肩接踵。有艺人在卖力表演，有行人在喝彩配合。各国的特色美食飘出诱人的味道，咖啡的醇香和街上流动的各种香水味相碰撞，整条街都弥散出一种别样的后现代浪漫情色。

在一家美式餐厅吃过午饭，再次返回海滩，游人更多，海浪更高，沙滩更灼热，海鸟更活跃。在这样的景致面前，怀着一颗年老的童心，体验未曾体会过的童趣。忘了年纪，在美景中沉浸到心醉。

空旷的天地里，时间似乎跑得更快，不知不觉中已是下午 4 点半。在这个制造浪漫的海滩上，看不尽海浪滚滚，享不尽阳光灿烂，数不完浪花朵朵，走不完松软温热的沙滩……

动身返回前，一定要登上去看看的是圣莫尼卡海滩象征性的建筑——建于1908年的突堤码头，它也是美国很多电影、电视剧钟爱的背景。《泰坦尼克号》中Jack给Rose的承诺就是带她去圣莫尼卡海滩，享受坐摩天轮的梦幻感。电影《阿甘正传》中傻傻可爱的阿甘奔跑的经典画面，背景就是这个迷人海滩。站在上面如同置身深海，不仅可以横向观看惊涛拍岸，观夕阳下海上落日的奇幻景观，还有主题游乐园。尽管已是黄昏，摩天轮、旋转木马、云霄飞车的入口处仍排着长队。可惜返回的路程太远，不敢久留，没能等到夕阳西下时晚霞洒满海湾海滩的美景，留点余地给想象吧！

经验大于知识。有了昨天坐车的教训经验，今天的出行顺利方便。晚上6点多返回宾馆，整理行装，明天返回西雅图过中国年。

打车软件的便捷服务

预定下午1点5分的航班返回西雅图，上午无论如何也没时间在美国第二大城市洛杉矶找景点一游。11点离开酒店，楼前留影做纪念，这是今生都不会有可能再次涉足的地方。

洛杉矶之旅，相对于好莱坞的名声震天、比弗利山庄的豪华幽静、加利福尼亚大学洛杉矶分校校园的大气广博，我还是更喜欢圣莫尼卡海滩的梦幻，舍弃了计划中另两个景点，在海滩上驻留了整整一天。尤其是看到波士顿的朋友们晒雪景的心情由兴奋变成郁闷，更加珍爱加利福尼亚州冬日里温热的阳光。一周前准备行李，只注意到了如何保暖，到了才发现更应该知道怎样防晒避暑。感谢老天，8天的出行，一路的阳光温情陪伴。

洛杉矶国际机场航班准时起飞，下午3点25分降落西雅图国际机场。在优步（Uber）上订了车，坐着林肯车回到住所。优步是美国流行的一款打车软件，比预约出租车要方便，也便宜很多，而且都是豪车。在手机上通过信用卡（只能用信用卡）下载优步客户端，需要时打开页面，地图上马上会出现附近的车，一般会在3分钟左右赶到。还可根据人数选择大小车型，估算大致车费。点击确认键后，对方会定位到你的具体位置，而自己的手机上会同时出现车的品牌、颜色、车牌号、司机的照片，还能看到小图标向你移动的实时情况，也有短信随即发来，告知请耐心等待，司机几分钟可以到达。最方便的是，不需要现场付费，到目的地后说声谢谢直接下车走人，费用会从信用卡上直接扣除。优步还有个优惠政策，若是第一次用，直接省20美元，所以行远路时用它最合算；若有朋友介绍你用优步，朋友还可以同时得到20美元的返还金。当然前提是必须有网络。感谢现代科技的人性化服务，这次外出旅游，谷歌地图像一位贴心、耐心、忠心的朋友，需要时随时恭候，准确无误地帮我们找到任意一个想去的地方。

车行半小时到家，今天是美国国家节日总统节，全民放假一天，女儿不用上课，在家等候。国内已进入腊月二十九，明天该出去办年货准备过年了。

西雅图的中国年

上午计划怎么在美国过出中国的年味，为确定按照中国时间还是美国时间吃年夜饭，讨论了很久。若追国内春晚，国内的年夜饭应该是这里明天凌晨4点；按西雅图时间吃年夜饭，国内却已是大年初一的中午，太不像除夕。反正该买年货了，上午天气晴好，艳阳高照，去中国城购物，看看那里年的氛围。不出所料，大街小巷走出来的中国面孔，占了中国超市里的多数顾客，办年货的喧哗声，结账处排成的长龙，购物车特有的鸡鸭鱼肉，结账时顺便附上的羊年问候红卡，商店内外高挂的彩灯，到处都是中国年的味道，只是忘了问一句同胞，他们准备过的是什么时间的年。

午后再次出外，趁着天好，上楼顶看看远景，望一望远方的雪山，这是离开前想去看的最后一道西雅图风景。一周的时间差，街两边的树已开了不少花，梅花还没谢，樱花、梨花、玉兰花、小野花已急不可耐烂漫成景。顺道在美国超市买了些食品、水果，下午4点返回。

晚上包了顿饺子，算是年夜饭。没有鞭炮声声，无须新桃换旧符，也不用忙着清洁打扫，年的味道虽淡，心中的喜全有。女儿在忙明天的电话面试，我们都被幸福地淹没在短信、微信的拜年声里，也都忙着用心编写新年祝福，漂洋过海地送往世界的各个角落。

旅游期间没有查看邮箱，今天特意打开，有10封来自波士顿那边美国朋友的问候，说他们快被雪埋杀了，问我过得怎么样？谢谢他们的问候！有幸且不幸地逃避了波士顿几十年来最大的雪灾，免了受冻被困的苦，却错过了见识必将写进历史的异常天气。

"哈佛户外"是以来自国内的哈佛大学访学者为主建立的一个圈子，作为圈主，特意发给圈内朋友真诚的祝福："我们这个充满友爱的'哈佛户外'，从去年9月27日始，已圈起27位同僚。我们'响必应之与同声，道固从之与同类'，结伙相约，一起出游，一起购物。不舍地送走一个个老友，欣喜地迎来一个个新朋，但圈内玉壶冰心，友情常在。感谢缘分！"得到一片回应声。

新年将至，不管亲们身处地球的哪个角落，也不管是和家人团聚，还是和朋友派对，都把羊年的祝福送到：平安喜乐！

春节回忆舐犊情

上午去了中国城想看看年景，因时间太早，基本上是空城。没有鞭炮，没有灯笼，没有对联，没有一丝想象中年的红火。只好沿街向市区走，途经西雅图市著名的先锋广场，这是西雅图最古老的城区，楼群多是维多利亚式建筑风格，古朴典雅，阴天里还有些许神秘色彩。最后来到海边著名的派克（Pike）广场，无意间撞到了建于1912年风靡全球的星巴克老店，里面自然人不少，多数是捧着上百年的咖啡杯照相留念的。

几十年的习惯，没有了春晚，年的味会更淡。女儿忙她的事，和D午饭后在网上看央视春晚重播。泛娱乐时代，平时各地方台为抢收视率已经使出了浑身解数吸引眼球，制造娱乐，大大小小的网站更是为博取点击率恨不能从高手的脑子里直接挖出新鲜段子，因而以娱乐为主的春晚自然很难出新，也就如同大年三十的饺子，平时就不缺，所以可以小有期待，但别想吃出特别的味道来。

比较喜欢的节目是开场后三位铿锵的男演员合唱的

《中国好儿孙》，歌词串联起了一系列中华历史人物，唱出了中华民族的霸气、浩气和大气，只是把神话人物当历史人物一样敬为祖宗觉得稍显牵强。

语言类节目是观众更关注的春晚内容。除了媒体吵热的反腐主题外，基本没有包袱，就剩下看演员的表演。也许是应当下生活的景，冯巩主演的《小棉袄》尤其感人，相信身边有女待嫁的父母不会有人不感动。旁边的D看得泪流满面。想起有时在家看电视当我稀里哗啦流泪时经常被D嘲笑，他今天的表现像三年前一样出乎我的意料。那年女儿大二，晚上父女俩通话时女儿说了声爸爸想你了，让坐在沙发上的D关掉手机一时崩溃到哭出了声。西方人说女儿是父亲上辈子的情人，嫁女儿时最伤心的是父亲，也读过不少父爱如伞、如雨、如路、如树、如山、如天的文字，D对女儿爱的分量，完全配得上其中的深沉宽广、浓醇厚重。他说现在别人婚礼上看到新娘父亲的角色，自己都忍不住泪湿眼眶。真不敢想象将来某一天嫁女儿，D会伤心成什么样！也明白我们家的小棉袄无论嫁到谁家，D都不会放心，女儿一路的成长中D陪伴的时间最长，他对女儿的呵护和关爱、无微不至得让我惭愧，现在帮女儿倒水喝，还是得自己先试试烫不烫。近一个月来，D更是忙得像个大厨，严格按照女儿的菜单，变着法地投其所好。爱是世界上最美的字眼！

晚上精心准备了几个小菜，等女儿晚上9点下课回来吃饭，一起在网上重看春晚，算是美国的除夕夜，斟满红酒，举杯共祝来年一切如愿，幸福平安！

挑战女儿的作业

今天似乎才觉出了旅游回来后排山倒海的困，上午 8 点多起床，等女儿上午去值班后，我又躺在沙发上昏睡到 11 点半，连远处的鞭炮声都没听见，现在明白了华人是按照美国时间过春节的。

午饭后偶尔看到自己来西雅图时随身带的一本书，才意识到荒废学业已经太久，多亏来之前果断地把装到包里的三本书减到不能再减，剩下一本至今仍没翻完。也意识到除了是家庭主妇，我还有别的角色，还有学术任务在身，小有惭愧，不过过年是最大的借口。

晚上女儿去上课，把替别人做的作业留在桌上。我闲着没事，开始认真研读并尝试解析，于是调用自己所有逻辑细胞和综合分析本事，在一堆数据中分析网店里的一组商品要不要降价的问题。原题所给的数据列表依次是：15 个同类商品上个月的订单数、价格、利润率、同类商品别的商家的价格、自己和别的商家的价格差价、所剩库存。要求：根据这些数据，写出一个报告，论证哪些需要降价？

怎么降？为什么？参照条件有：保证存货够接下来 4 周的供货量；降价的力度可以和别的商家持平。一时间找到了当年上高中时做数学题的感觉，兴趣暴涨。接下来又是计算，又是推理，又是排列组合，又是并集交集，一阵手忙脚乱的对比分析后，终于从中找出规律，忐忑地等待女儿回来做评判，验证一下自己的思维逻辑。晚饭后，拿出几十年教师生涯练出来的口才，给女儿解释了一遍，得到了个"good job"（做得好）的评语，很是得意。下面是我的作业：

1. 目的：保证利润不低于或至少和上月持平。

2. 以上月的数据为参照，有关所列项目的降价问题可分为 3 种。

第一，不能降价的一组：要么因库存不足；要么利润最大，库存量适中；要么利润相对较大，库存量也较大，且价位高者。

第二，必须降价的一组：利润相对较少（或最少），价位又比同类商家差值最大；利润少且库存量很高；又或者利润高、库存相对来说很大、差价也大。

第三，剩下的几种产品，都属于可以降价的产品：要么利润还可以（中等水平），且和别的商家价位差别少，说明价格的调整不会影响到购买意向；利润偏低，且价位并不比别的商家高多少，说明利润低不是价格问题。

经过以上分析，所列 15 种产品基本归位，结论自然水落石出。

初一的晚上，D 忙着替别人写羊年成语接龙的谜语，我们几个偶尔会坚持写一两个字，加进去不伦不类，有点像混进羊群里的狼，太不合群。还有剩下的红纸，和女儿比赛剪窗花，尽管属于学龄前水平，但恰逢春节，年就这样被渲染得其乐融融！

造访西雅图的德式小镇

早上晚起,9点一起出去准备吃brunch(早午饭),这也是大多数美国人周末的生活方式。10点吃早午饭,各式面包、汉堡、炒蛋和煎饼,午饭直接省了,晚饭再吃第二顿餐。这是一家装饰特别的小饭店,小孩子可以随意免费点餐,服务好得小费都想提前给。花了40多美元,感觉还是不如豆浆油条好。

昨天已租好车,饭后去了华盛顿州著名的旅游休闲景点——德国风格小镇莱文沃斯(Leavenworth),这个小镇位于西雅图东北部,距离市区90多英里。沿路要穿越几座小山,高速路基本都是在山谷湖边,一路笑语一路景。

青山绿水,蓝天白云,森林雪松,宽阔的牧场,成群的马牛羊,森林边上神秘的小木屋,构成一幅幅流动的意境野景,自然也有说不出的美丽心情。

白得透亮的云,成丝成穗,成片成条,成队成堆,自由随性飘动,只把纯洁留给天空。深远博大的天空,也不忘以它的蔚蓝成就天下之瑰丽。于是湖离开了蓝天，落寞成灰色，云离开蓝天，伤心成雨。

车行一个半小时到达目的地，仿佛步入人间天堂。天是深色的厚蓝，云白得纯洁无比，空气像水晶般清新透亮，不远处东西走向的绵延的雪山，像是一道屏障，遮挡着不测风云，护佑着一镇居民的安稳。一条南北走向的主要商业街，以及外围的宾馆、酒吧、娱乐场所，一色的德国巴伐利亚式的建筑，式样和色彩极好地匹配了天地的自然色度。游人如梭，川流在小巷小店，或猎异寻奇般购物，或品尝当地的特色美食。平静安宁、玲珑精致的山里小镇，一个邮局，一座图书馆，一个加油站，一所银行，平日散住在各个天然牧场的几千户居民，隐居老林深山却迎来八方客人，需要多大的软实力和胸襟？这是一个值得作为游客的我探究的命题。

首先走进一家面包店，几乎是被挂在墙外以及门口那棵杉树上烤得焦黄的面包吸引进去的，店内的墙壁上同样挂着大小不一的面包，那颜色、味道让人看着流口水。点了几个特色咸面包，外焦内嫩，松软醇香。

之后在这条主街上各个特色店进出，有专门的帽子店，有名的核桃夹店，玻璃制品店，蜡烛店，圣诞主题店等，不同于其他的旅游产品小店，里面的商品除了价格不菲外，都特别新奇精致，创意超人想象。

下午2点半吃的正餐，是小镇里著名的烤肉（猪腿）加德国黑啤，价格不算贵，味道也算可以。

因为对肉食不是特别青睐，口感基本满意。

下午5点返回，追着太阳，迎着夕阳，斜阳红云，雪山绿草，大自然把颜色把玩得大气清冽。还有闪着灯光的小木屋，牧场上低头吃草的马群，渐行渐远的森林雪山，如同一幅幅生动鲜活的水墨画，感谢大自然的大手笔，让人向往、崇敬且陶醉！

临近西雅图市区，天已黑，山也灰，星星簇拥着弯弯的月牙，不厌其烦地向大地抛着媚眼，远离了现代科技和人类文明，整个世界都成了它们的天地，我们有幸也成就了它们其中的景。

吃了一天美国餐，特别想念蔬菜，绕道中国城买了好几种青菜，做了顿典型的中国晚饭。堪称完美的一天。

教 堂 游

西雅图难得晴天，上午 10 点多外出散步，街道两边的树一天一个样，有的发芽，有的开花，小草由嫩黄长成碧绿，阳光变得温暖，好一季新鲜的春天！

沿一条陌生的街道，向海边方向走，途经西雅图最大的天主教堂，走近观望，适逢周日，那里的礼拜仪式刚刚开始，门口坐着一位上了年纪的西装革履的老先生，慈眉善目，笑着迎上来，递上印有今日礼拜仪式内容的册子，他以为我们是来参加礼拜的教徒。我赶忙解释我们只是游客路过，想看看天主教堂的礼拜仪式，他笑着应诺。偌大的教堂大厅里坐了四五百人，个个神情肃穆，虔诚地倾听着牧师来自上帝的声音。可惜门口没有空位，否则真想坐下来听听他们宣讲的内容方式和基督教有什么异同。有一点肯定是相同的：但凡真正的教徒，看起来都很善良、宁静、平和。曾多少次听基督徒说过，信教之后的生活，不管有万险还是千难，心里都不会慌乱，因为有上帝的博爱护佑在身边，所以任何时候都会由内而外表现出踏实、淡然、平和，不急不躁。

有时候真的羡慕这些虔诚的教徒。周日上午是毋庸置疑的礼拜时间，一家人穿戴整齐来到教堂，和教友们一起聆听上帝的旨意，吐露自己的心声，许下自己的心愿，然后放逐俗世的繁复，放空重重心思。在当世的喧嚣与骚动中，有这样一方净土，怀揣这样一颗素心，相信世上有这样一种大爱，进而规约自己的一言一行都走向大善，宗教的功能和效果可见一斑。

走在另一条街上，又看到了一高层建筑物上的十字架，那是另一个教堂。走近才知道叫苏格兰长老会教堂。从门口走过，没有进去惊扰。相信里面正襟危坐的是另一群心里装着上帝的信徒，正在沐浴上帝之爱的温暖。不同于英国教会的同一性，美国的教派有七八种，除了历史背景的差异，实在分不清它们各自教义的异同。无论怎样，有了信仰，人心有所向，精神不会空虚，灵魂少有孤单。借周日的晚上，祈愿上帝保佑他所有的子民健康快乐平安！

又一次来到天水一色的海滩，不管是近处的海鸟，还是远方的雪山，在蓝天下都显得神采飞扬。海边护栏上挂着的同心锁，风吹雨打日头晒，已经锈迹斑斑，看不清字眼。渴望幸福的人们，总愿意把未来的幸福交给某些物质的象征，却往往被生活中山重水复的琐碎打击得忘了初衷，乱了方寸，于是家庭里会有矛盾冲突，唇枪舌剑，会有半途而废的婚誓，会有走不到头的婚约。同心锁锁住的必定是当时的美好愿望和心境，但愿也能护佑挂锁之人和谐美满的一生。

　　下午查看邮件，已经有学生催问硕士毕业论文了，说3月10日交定稿。看来今晚改论文成了没有弹性的硬任务了！

回味星巴克

下雨天，西雅图的温度一般都会回升。上午近 11 点外出散步，再次路过创建于 1971 年的全球咖啡店龙头——星巴克的创始店。店内保留了最原始的店徽——有两条尾巴的美人鱼，店外的顾客每天排成长队，门口弹琴演奏的艺人每天都不一样。有文艺范十足的青年人，有风度翩翩的中年人，有气质修养俱佳的老年人，他们的弹唱轻松自如，投入卖力，面前摊开的琴盒里自然换来不少美元，大概爱喝咖啡的人都有善心吧。

咖啡文化在西雅图文化中不可或缺，星巴克的存在功不可没。据说这里的民众每天平均能喝三杯半咖啡，也许与这里阴凉潮湿的气候有关吧。走在大街上，每个十字路口几乎都可以看到星巴克咖啡屋，咖啡的醇香无法抵挡，行色匆匆的上班族几乎人手一杯。店面很小，但内部装修布局讲究是星巴克的共同特点。免费的 Wi-Fi，舒适的桌椅，幽静的环境，还有专门的吧台供顾客短时办公读书。原本不过是海边一个小小的咖啡屋，几位教师以卖咖啡豆和相关杯具（悲剧）开始，一路开发创新，几十年间让星巴克咖啡飘香全球，醉了八方游客，演绎成如今的纯"喜剧"，靠的是什么样的制作技巧、经营理念、营销方式、服务宗旨和信誉，不得而知，但没有谁会随随便便成功，他们必定有着别人无法复制的成功秘诀，才使如今的星巴克产品，以喜剧成功替代了当初的"杯具"。

下午和晚上加紧批改研究生论文初稿，这是逃不脱的任务。痛并苦着开始了一年一度最难熬的时间段。

返回波士顿

又是一个 27 日，到美国访学计划的时间已经过半。12 点整从女儿住处离开回波士顿。下午 1 点整到达机场，航班是 2 点 5 分，时间不早不晚。D 的飞机 4 点多起飞，安检不在一处，同时说了再见。西雅图的最后半天，在匆忙中度过。

临窗而坐，心情很复杂。对女儿的各种不放心和牵挂，想起回去后必须要抓紧完成的很多任务，心里烦乱不堪，无法思想，索性戴上耳机一路看视频，直到快要耳聋眼花。

波士顿显然是晴天，从高空向下望，城市里万家灯火，繁盛着现代人的万象，肯定还有他们的希望，但那里没有我的生活，至少是现在。飞机航行时间是 5 小时，加上时差，到达波士顿已是当地晚上 10 点半。脑海中再现地理学知识，谁偷走了我 3 小时的时间？

走出机舱已开始体会到波士顿零下 12℃ 的气温。约定好的出租车等在机场外，半小时的路程，忙着见识车外的雪景。昏暗的灯光下，路边堆积的雪堆泛着黄褐色，没有想象中的晶莹。临近住处，家家户户门前的雪，堆成大小不一没有形状的包，人行道成了弯弯曲曲的地道，靠街景房廊的特征储存起来的方位感失去了作用。之前各具特色的房屋，现在看起来像是包了层厚实的围巾，只露出了眼睛样的窗户，傻傻地分不清。时隔一个多月，车子停下来后，才认出脚下的目的地。

开门的过程中，旁边屋内的房东出来打了声招呼后便进屋了。走进门是一种熟悉也陌生的花香，房门前的一张红纸做成的"欢迎回家"的牌子告诉我，今晚 Lida 不在家，但上面这几个字是来自她、Emma 还有猫咪 Nixie 的问候，顿时驱走了我身体的疲累和寒，还有心中的孤单感。Laura 还没休息，推门出来问了声好，还分享了她找到另一份工作的喜悦。

临近午夜，不想休息，独自在床沿上坐了很久。又要开始一个人的生活了，寂静从四周挤压过来，让人透不过气，而 D 此时可能还在太平洋的上空。我只给女儿报了声平安，又仔仔细细地整理了一下房间后，洗澡休息。疲累奔忙中过完了在美国的第一个半年。

欢乐踏雪游

　　早饭后坐在桌前，想着可以自由支配又一个全新的、从未经历过的一天，可以结识新的思想，也可以乱写自己的文字，觉得很惬意，这样的感觉还得感谢好天气！

　　得益于和国内 13 小时的时差，节日可以重复过。国内的国际妇女节还没开始，各种诙谐调侃、幽默调皮、任性讽刺、自嘲自黑的祝福，已经在圈里疯传，乐了笑了满足了得意了就够了！不过从来没有因为这种国际化的节日，国际妇女就可以翻身把歌唱。特意问了 Lida 美国女性过不过妇女节，她说从来没有，没有几百元代金券礼品，没有单位组织的活动，更没有假惺惺的放假半天。人世间，强调是因为亏欠，吹嘘来自于心虚。不管怎样，上帝（或女娲）在造人时既然选择了性别的不同，那就意味着有不同的必要。各有所长，各尽所能，各司其职，各行其是，既无须在任何时候强调二者的绝对平等，又不该在某些时候找借口言男女有别。尺有所短，寸有所长，都是肉体灵长，都有生命的大限，何必在一地鸡毛里计较你少挣了钱，我多做了饭。

下午 2 点半，和蓉、泓一起出去踏雪，重游了深秋季节里寻访烂漫秋叶的小路、湖边和草坪。这场雪还真是坑苦了波士顿的人们，就门口那一堆堆近两米高的雪堆，不知什么时候才能化完。勤快一点的人家，会把自家门前两边的人行道也清扫干净；而懒一点的，就只关心正门前和车库的进出口了。小心翼翼地碎步走在湿滑窄小的人行道上，不得已地舞动着双臂、扭动着身体保持平衡，也时不时冒险走在干爽的马路上，顾不上遵守交通法规。周围几乎看不到人影，周末的下午，美国人更愿意待在家里享受清欢。偶尔碰到的一两个铲除门前雪的人，都会抬头热情地打招呼，唠叨个不停，说着期盼春天的心愿，是雪让人变得如此寂寞。

　　左转右转，拐到了先前去过的湖边，几只可怜的野鸭缩在刚刚融化了一个角的湖面上，到处白茫茫的一片，秋色让位给了冬雪，树叶大概已经变成春泥，湖边小坡上拍过照的座椅，被雪埋得只剩下椅背。一时"聊发少年狂"，踩着没膝深的雪，倔强地寻乐。

　　百人百性，上海的蓉和已经回国的漂亮的霓，性格很是不同。爱臭美的霓酷爱照相，之前只要一起出游，总愿意在镜头前搔首弄姿。那次韦尔斯利大学之行，为了摄一张跳起来的美照，她不停地跳起，就差断了气。不过照出的效果让她很满意，她即刻发到朋友圈，得意了好多天。而蓉却很大气、理性，出来玩一般都不愿和我们一起疯癫。三角友谊像以前一样牢固，只是泓和我换了个角色。

　　不愿踏雪下到坡底的蓉，站在坡上面一边提醒我们注意安全，一边负责为我们拍照留念，还一不小心让我和艺术沾上了边：扭秧歌的架势，广场舞的动作，芭蕾舞的前奏……冰天雪地里，玩得忘记了年龄忘记了姓。本来嘛，在天地之间，在自然面前，人类永远都不会显老。

　　下午 4 点半返回，阴云遮住了太阳，早春的风里带着冷，连路上的车也稀少了。仍然还在活跃着的，除了一个个松鼠一群群鸟，还有我们情不自禁的乐。没有了太阳，心里有温暖，就像没有月亮，心中满是皎洁一样。

　　夏时制明天开始，和国内的时差正好 12 小时，再也不用加来减去地算了。斤斤计较最后一次，谁又偷了我一个钟头的时间？

开启纽约之旅

预订了上午 10 点半去纽约的 Megabus（美国的一家客运巴士公司），7 点起床做各种准备，提前 1 小时到达车站。多年养成的习惯，宁愿提前很长时间主动去等，也不愿被动地赶时间，不喜欢按时按点。会有点浪费时间，但求得心里的不急不躁。因为女儿放假时间有限，行程放弃了华盛顿哥伦比亚特区之行，把四天时间都用于游纽约。

双层客运巴士 10 点 40 分准时出发，有卫生间、有免费 Wi-Fi，空间也挺大，4 小时的车程，1 小时在梦中神游，1 小时在现实中颠簸（美国的高速不收费，路况没有国内的好），另外的两小时，则在对老家的想象和想念中度过，因为车窗前滑过的景致与从开封回老家时看到的山山水水，一草一木都颇为相似，于是想到了太白山前的那个小村，还有村子里童年的脚印。父母不在了，乡情还有，牵挂还在。记得母亲生前经常用"就是想那片地方"来概括她对童年生活环境的记忆，现在才真正明白，这一句话里包含着怎样的牵肠挂肚。触景会生情，老家，大概是最容易让人心动的字眼。

　　汽车中途只停了一次，为的是换司机。一路上阳光明媚，只是快到纽约时天开始下起了不小的雨。所以对纽约的第一印象也就成了雨中的昏黄。乘地铁到达预订的公寓式宾馆，房东已经在门口等候。这是曼哈顿东北部一所不错的公寓，卧房客厅厨房饭厅，设施齐全干净。房主是位中年黑人，态度谦和，耐心细致，不仅详细讲述了附近景点、超市，连线路图也详细标注在一张提前准备的地图上。临走前交代，几天后我们离开时只需把钥匙放在桌子上即可。再次见识了在美国人与人之间的信任，这种信任俨然成了催人加倍诚信的前提。毕竟，谁也不会在被如此信任的情景下，临走时带走任何东西，不打扫干净屋子，不带着感激。

　　下午5点多出外在附近的超市买回各种蔬菜、面包、牛奶、鸡蛋，晚上在厨房炖了排骨汤（厨房里各种调料、锅碗瓢盆、叉、勺子都有，只是没有炒菜用的油，所以只有炖菜最为便捷）。在纽约的第一顿饭，也有家的味道。

　　纽约的味道，不错。

繁华的纽约

上午10点半出门等公交，就感觉到纽约人的热情。住的公寓临近美国黑人聚居区哈莱姆，路上的行人多半是黑人。先是一位白人先生，见我们在查看车牌，主动停下脚步，问我们是否需要帮助，提供贴心的信息。再是旁边等车的一位黄肤色姑娘，主动提醒我们手中的metro（地铁卡）需要提前在旁边的机器上换成纸票；换票时旁边一位黑人女性又主动上前亲自示范。热情好心的纽约人，让这个潮湿阴冷的早上，变得阳光般温暖。

11点到达哥伦比亚大学校园。哥伦比亚大学是世界顶级私立大学之一。1754年根据英国国王乔治二世颁布的《国王宪章》而成立，是私立的美国常春藤盟校，由3个本科生院和13个研究生院构成。

哥伦比亚大学的校友和教授中共有82人获得过诺贝尔奖，包括奥巴马总统在内的3位美国总统出自该校。著名校友还包括5位美国开国元勋，9位美国最高法院大法官，20位在世的亿万富翁，28位奥斯卡奖获得者，29位国家元首。此外，学校的医学、法学、商学、国际与公共事务、新闻学都名列前茅，其新闻学院颁发的普利策奖是美国新闻界的最高荣誉。

20世纪上半叶，哥伦比亚大学和哈佛大学、芝加哥大学一起被公认为美国的高等教育三强。

著名校友有享有盛名的股市投资奇才沃伦·巴菲特，"价值投资学派"的创始人、现代证券分析之父——本杰明·格雷厄姆（Benjamin Graham）。中国校友的名字更是海内知名，国学大师胡适，人民教育家陶行知，中国幼教之父陈鹤琴，东南大学创校校长郭秉文，原北京大学校长蒋梦麟、马寅初，南开大学创始人张伯苓等许多中国近代杰出教育家，他们与中国教育有着悠久的历史渊源，对中国近代教育产生了深远的影响。

今天赶上阿富汗总统来美访问，哥伦比亚大学的老图书馆门口站满了警察，不可走近，只可远观。与老图书馆隔条马路和两个大广场的是大气豪放的新图书馆，门前上方刻着索福克勒斯、柏拉图、亚里士多德等几位哲学家的名字，一下子给这个水泥建筑物增添了很多人文的气质和学术的风采。哲学系门前的思想者雕塑，数学系前面的狮子雕像，工程系楼前的机修工人，都让哥伦比亚大学散发出务实的气质。如果说哈佛大学的楼群可以比作沉稳内敛的中年男子的话，哥伦比亚大学校园中特色鲜明的建筑，就如同一位健硕的青年男子，任性地伸展着四肢，四平八稳地躺在寸土寸金的纽约地盘上，健壮却不失灵魂，高雅、凝重中带着活泼，即使在雨中也掩盖不住富丽。

哥伦比亚大学的西北方向，是世界上最大的天主教堂——圣·约翰大教堂。教堂长180多米，最高处达70.7米，总面积达1.1万多平方米，始建于1892年，最初的设计是拜占庭—罗曼式，建造过程中又改成了哥特式。单是这样的建筑模式，就让人有被撞击的震撼感。每一根廊柱、每一个雕像、每一条石纹、每一处地方，都是悉心策划、精雕细刻的结果。这样的手笔如果是画布上的油画，还可以理解，但硬生生地雕琢在石头上，而且个个栩栩如生，活灵活现，确实让人心生崇敬。是什么样的人，用了多长时间，带着什么样的心情，有着什么样的天启灵韵，才完成了这样从里到外都透着神圣肃穆的建筑!

下一站是 3 个小时的美国自然历史博物馆游览。里面各种大自然的奇幻和天文景观,海陆空生物、动物、植物,使得 20 美元的门票物有所值。这里集中了几乎所有的人类智能,集结了人类所能想象到的时空,把宇宙万物的来龙去脉直观地呈现到人面前,不仅可以近距离观赏地球运动的轨迹,火山岩流入大海时海水升腾成气雾的壮观瞬间,动态的地震测量过程,目前世界上最大的陨石,海底、北极、非洲最具特色的动植物,还可以听到遥远的星球的声音,森林深处不知名的鸟叫。最大的收益是:真切地感受到自身如尘埃般的渺小,还有生命的尊贵。

从博物馆出来横穿纽约中央公园,跨过六七个街区,跟着谷歌地图找到了纽约有名的中国餐饮连锁店"西安名吃",终于吃到一次较为正宗的陕西饭。米皮、肉夹馍、臊子面,故乡的味道抵消了旅途的所有疲劳。

饭后来到纽约最繁华的第五大道,左手边是中央公园,右手边是各国的大使馆,摩天大楼鳞次栉比,从帝国大厦的门口路过,没有买票登上这一世界建筑高峰的唯一理由是天色昏暗,难以远观纽约全貌街景。

继续前行,就是见证天下最为繁华地方的时刻。街上的行人越来越多,从摩天大楼里走出的女性白领们的基本配置是 MK 包,修养气质里透着大都市人的时尚和气度。各种超级名牌店多得晃眼,两只眼睛根本不够看。唯一的中国商品店是"老凤祥",心里想得最多的人是刘姥姥。原以为这次注定见不到纽约的白云蓝天了,承蒙上帝眷顾,一阵热风起,太阳从一线天里露出了可爱的笑脸,摩天大楼之间清新的白与蓝,把第五大道两边的豪华高楼映衬成极端的魔幻。原来这才是传说中的高大上!

晚上临近 7 点来到时代广场。广场很小,游人如梭,人声鼎沸。四周高楼上彩色屏幕中五光十色的广告,让人几乎闻到浓郁的现代商业气味。一边的电视墙,是专门留给行人的,在固定的时间段内,把游人的影像留在屏幕上,旁边注的是"Love is on"(爱在这里),吸引着人们抢着占领高地,为的是让自己的形象留在影视墙上。广场上还有不少穿着经典角色服饰的生意人,争着邀请游人合影，然后收取费用。不过他们也很自觉，如果说"不"，也绝不勉强。最为另类的是一位年轻女性，穿着透明的可以省略的三点式服饰（如果可以叫服饰的话），主动邀约合影。零下5℃的气温，我们穿着棉衣还在冷风里瑟瑟，她却为了挣钱，勇敢得惹人怜惜。

近晚上8点了，广场上还亮如白昼，若不是远处苍茫的暮色，真能令人黑白混淆。大都市的夜生活，原来可以这么任性！

晚上9点钟坐地铁返回，路上顺便买了便当当晚餐。今天的旅行日程顺利完成。

富庶的曼哈顿

今天是来美访学满 7 个月的日子，游览了曼哈顿南部几个著名的景点。首先去的是华尔街，这条全长仅 1/3 英里、宽仅为 11 米的街上，林立的高楼和狭窄的街道形成名副其实的一线天景致。冬天的寒风穿堂而过，走在街上格外冷。

华尔街尤以"美国的金融中心"闻名于世。摩根财阀、洛克菲勒石油大王和杜邦财团等开设的银行、保险、航运、铁路等公司都集中于此。这里还集结有著名的纽约证券交易所，纳斯达克证券交易所、美国证券交易所、纽约期货交易所的总部，让"华尔街"早已超越一条街的概念，成为影响美国乃至世界经济的金融市场和金融机构，成为美国垄断资本、金融和投资高度集中的象征。

华尔街的东北角，矗立着古老国库的分库大楼（现为陈列馆），这栋大楼是在华盛顿发表就职演说的地点上修建起来的。里面一间 L 形的小屋，就是美国开国时的金库，里面象征性陈设着几袋金子，布满层层锁链的密码保险门，给人印象深刻。

拐弯来到华盛顿街那头著名的金牛雕像前，等候与这个象征着拼搏奋斗和财富的雕像合影的人很多，基本都是一人占据牛的一角匆匆拍照。还有实在不耐烦的，直接跟牛的屁股合个影走人。

今天正巧碰上希腊某要员（应该与财政有关）要在这个金牛雕像前发表讲话，大概与希腊政局不安需要被救市有关吧。一队穿着礼服的仪仗队列和两名军人，护佑着一位大人物从一栋大楼里缓缓走出来，摄像机已经放好了位置，周围是一群手拿希腊国旗的人群，旗杆上挂着美国国旗和一面不知代表什么的黑色的旗帜，在进行着升降预演。搞不清是什么活动，但却了解到所谓的新闻原来是这样做出来的。

接着来到了世贸大厦和"9·11"遗址上建起的纪念馆。原来高耸入云的双子座塔，如今已经变成了两个正方形的大坑，沿着坑壁上，有水不停地流动，最后流入中间一小的正方形的洞，四周的大理石面上，刻着遇难的近两千多名死者的姓名。水的流动大概象征着生命的不息，而那哗哗的水声里，大概也有这群国家或集团利益冲突的牺牲者的呐喊和对生的吁求。纪念馆前，排队等待进馆的人排成好几百人的长队，我们只在纪念馆后方保留的半边废墟建筑旁，伫立了很久，想象着2001年9月11日那个平常的日子，多少人出门前说的一声再见成了永别，多少人的心中还有尚未实现的心愿，多少人还在继续修订着或大或小的誓言，多少人还在因生活、工作、爱情而心有不畅时，一生骤然成了瞬间。日月更迭，人来人往，世界依然繁华，生命还在延续，而对这些无辜生命的缅怀，也只有这两池流水似乎滚动着亲人友人的泪，还有时不时插在名字缝隙里的一朵黄色的孤独的菊花。

149

之后步行 5 分钟，来到哈得孙河，隔岸远瞧了耸立在一座小岛上的自由女神像。离得太远，只觉出这位女神独处孤岛的寂寞，却看不出她的奕奕风采。不知道美国人为什么会把法国人送的大礼放置在哈德逊河的这座孤岛上，是想护佑美国的自由如河水源源不断永不停息，还是想向世人昭示他们的自由独立，不受任何外在力量的羁绊？

阴冷的天气，河边冷飕飕的风吹走了所有游客的兴趣。放弃了坐游轮去近观，坐地铁来到了曼哈顿南区著名的小意大利和中国城。和三藩市的情景一样，小意大利依然风情万种，中国城还是那样拥挤脏乱。在 yelp 上挑选了一家意大利咖啡馆喝了杯咖啡，在中国城一家川味餐馆吃了顿晚饭，味道和传说中一样好。

下午 5 点多乘地铁返回，结束了纽约行的第二天。

文明的哈莱姆

游纽约的最后一天，成了真正意义上的文化之旅。冒着凌乱飞舞的雪花，几个黄皮肤的中国人，走在白皮肤的人的地盘上，寻访黑皮肤人的文化。自己都有点被自己感动。研究美国黑人文学十几年，第一次深入纽约黑人聚居区哈莱姆，感觉进入黑人文化的腹地，激动得不知道累和冷。在兰斯顿·休斯（Langston Hughes，1902—1967）家门前合影，感受一下这位黑人"桂冠诗人"之灵气。兰斯顿·休斯集诗人、小说家、剧作家、专栏作家多种身份于一身，是哈莱姆文艺复兴的代表人物之一。兰斯顿·休斯活跃在20世纪20年代的哈莱姆文艺复兴时期，一生发表过多部诗集，写过多种体裁的文学作品，尤以诗歌闻名。其主要诗集还有《犹太人的好衣服》（1927）、《梦乡人》（1932）、《哈莱姆的莎士比亚》（1942）等。其他作品有长篇小说《不是没有笑的》（1930）；短篇小说集《白人的行径》（1934）、《共同的东西及其他故事》（1963）；幽默小品集《辛波尔说出他的思想》（1950）、《辛波尔孤注一掷》

（1957）等；自传《茫茫大海》（1940）和《我漂泊，我彷徨》（1956）。其晚年还编选了不少黑人作家的选集、短篇小说集和诗文集。

兰斯顿·休斯成名后没有离开哈莱姆黑人聚居区，他的创作始终描写黑人（尤其是下层劳动人民）的生活。他的诗歌从黑人民间音乐和民歌得到借鉴，有爵士乐的韵律和节奏，格调清新，热情奔放，用以表达对种族歧视的抗议，歌颂黑人民族的进步，对美国与非洲黑人诗歌的发展产生了积极而深远的影响。

步行穿过 Malcolm X（马尔克姆·X，20世纪美国黑人民权运动领袖之一）大街和 Frederick Douglass（弗雷德里克·道格拉斯，19世纪美国废奴运动领袖）大街，从心里敬佩两位民权运动领袖的魄力胆识和不屈不挠的精神。绕道几个街区，伫立在 Powel（科林·卢瑟·鲍威尔，曾任美国国务卿）的雕塑前，回想起他曾经的骁勇。

最后来到朔姆堡中心（Schomburg Center），这才算是到了黑人文化的"老窝"，这里是纽约图书馆的一部分，汇聚了与所有黑人历史、文化、文学、习俗相关的珍贵的影像书籍文献资料。一楼大厅的展览柜内，展出的是蓄奴制时期相关的手写文字，那几个刺眼的手铐脚镣，就是黑人受奴役的铁证。左手边的大厅内，展示的是黑人为争取自由平等几百年来趟过的血泪史。

出口处有位黑人姑娘独自坐在长椅上，自己放映着伟大的黑人领袖马丁·路德·金的纪录片的录像，凝神观望，黑白胶片，低沉凝重的音乐。金博士用他那浑厚低沉的嗓音喊出的"I have a dream"（我有一个梦想）激发起美国所有黑人，乃至一切有梦的世人追梦的勃勃野心。而他被人暗中枪杀，是否预示着黑人民权运动的艰辛和波折？世界上就有这么一类划时代的巨人，凭着自己的信念、毅力、雄才、大略、自信心和责任感，让乌有变成存在，让梦想成为现实，而马丁·路德·金就是这样一位铁骨铮铮的黑人民族英雄。

二楼展厅里展出的是一些著名黑人艺术家的作品、手笔、书信、照片。在这里，有帅气文雅的 Malcolm X 的日常家庭照片，有 James Baldwin 一张调皮的图像，有 Maya Angelou 的书信，还有一些画家的有关黑人文化民俗生活的画作。二楼的右侧是珍藏稀有录影、文献资料的地方，只需说出关键词，管理员就可以帮你找出相关资料，可以现场阅读，也可以免费扫描。

地下一楼是当代文学大家 Angelou 曾经跳过舞的舞台，她 2014 年 5 月去世前曾是这个中心最重要的成员之一，亲自参与策划过哈莱姆地区很多文化活动。

预定乘下午 4 点 40 分的汽车回波士顿，时间有限，12 点离开了这个集中了黑人文化核心的地方。途中逛了梅西百货商城，纽约周末的大街商场里，流动的人群一点儿也不比中国少。商场内栽种的各种花卉怒放着，挑战着顾客的喧哗和拥挤。在七楼一家意大利餐厅吃了午饭，刚好赶上了返回波士顿的汽车。

行驶 1 小时后，窗外的雪越下越大，路边的草地和树枝渐渐成了白色，在暮色里呈现出十足的苍茫。晚上 9 点到达波士顿，车站吃了麦当劳后，回到住所已经 10 点半。在疲累和快乐中结束了这次纽约之旅。

我家有女初长成

早饭尝试为女儿烙葱油饼，效果差强人意，没有看到理想中的层次感，把期待中的千层饼做成了一层饼，很是内疚。

饭后步行去超市购物，顺便买了蛋糕，想提前庆祝女儿的生日。回来的路上我一直在思考一个问题：不知从女儿成长的哪一个瞬间起，自己反而成了被关照的对象。和女儿出游的这几天，不知不觉中被照顾着，走路必须在前面；行李箱、购物袋，最轻的总是留给我。没有为女儿懂事感到欣慰，没有感受到关照后的欣喜，只觉得这样的关系对调来得太突然，来不及揣摩却已成事实。

下午在住所染发，推迟了出行时间，5点坐车出门去了最近的一家中国自助餐厅 Tin Tin Buffet 吃晚饭。这家餐厅在整个波士顿地区都有连锁店，每人11美元，加税。美国极少数的州买东西可以不加税，所有商品的标价只是原价，结账时才按照百分比加上税。而且除了自助餐，任何地方吃饭都需给小费，尽管小费多少客人可以随意给，但波士顿的规矩，小费一般都是实际价格的10%，比加利福尼亚州的20%少多了。而这家自助餐因为服务员会来桌前端走空盘，也算提供服务，自然小费是必须给的。

这家自助餐饭菜不仅价格合适，种类齐全，味道也很中国，食客自然很多，来晚了需要排长队领号。其中三分之一是中国人，三分之一是黑人，另外的三分之一是大融合的各民族。吃，倒不失为一种集结各族人民和平共处一室的好办法，在食欲的满足上，地球人兴趣相投。

晚上7点半乘车返回。女儿在波士顿的最后一个晚上，不急着休息，相互分享着手机里的有趣的收藏，聊着人生的态度、三观和意义，突然发现，代沟是再怎么不屑也不得不承认的事实。

给女儿庆生

女儿下午的航班，早饭我准备了果盘和昨天买的生日蛋糕，算是给她提前过生日了。女儿反复提醒千万别搞得太正式，生日歌、生日许愿类的都免了，平平常常吃蛋糕即可。连她都开始忌讳年龄了！说自己快要23岁了，还在学校读书，没创造过任何价值。而我不禁感慨，23年前当我躺在手术台上迎接女儿出生时，还是青涩的年纪。女儿的成长一点点地裹挟着我的生命时光，倒逼着我的生命空间。有时候对她小时候点点滴滴的回忆，分明也是在追讨曾经年轻的自己。尤其是读了那篇用一张A4纸划出人生命轨迹的文章，方才直观地看清楚，父母和孩子之间宿世的情缘，今生今世的交集却就那么几格，残酷得让人无法接受，不敢细想。

中午尽母亲的职责，在女儿临走前做了顿她喜欢吃的红烧鸡翅和炖排骨。女儿还特意发到微信上，写上"妈妈的味道"。很惭愧厨艺太差，做不出什么花样犒劳辛苦求学的女儿，感谢她对每顿饭的肯定和鼓励。

下午3点出发去机场,女儿除了交代我如何保重身体,还开玩笑说,一会儿可别一转身哭得稀里哗啦的,我说才不会,别自作多情。机场登机口,望着她渐行渐远的背影,心中还是翻江倒海,波涛滚滚,体悟到龙应台《目送》中所有的酸楚,尤其是那句"不必追"。父母对于孩子的情感,都会是以爱为中心,以时间生命为半径的圆,与空间无关,纵使离开视线,也还有牵挂。

在和女儿朝夕相处的这七八天的时间里,贴心贴肺地聊了很多,她时而成熟稳重得超越她的年龄,时而又幼稚天真得像个长不大的儿童。生活能力方面尽管她有所改善,但仍需要提高锻炼。最放心的是,她是个有思想的姑娘,有理想、有追求,永远知道自己在什么时间该干什么。

晚上6点半回到住所,屋子内和心里一样空。无心看书,整理房间洗衣物直到11点。算算在美国所剩时间不足五个月,还有很多的事情需要或必须完成,上次借来的书一本都没动过,需要认真调整心情和态度,不让光阴虚度。

凌晨2点,女儿回到西雅图报了平安。

同道畅游麻省理工学院

早上5点半，被窗外的鸟叫声吵醒，6点刚过，一道电光从窗前划过，波士顿第一声春雷响起，随即急促的雨滴敲打着窗户，难怪鸟儿早起，大概是预知到雷电天气，互相提醒着保重避雨吧。雪天刚过，雷雨交加，11点还一米阳光，12点又乌云密布，狂风四起。

下午1点赶到酒吧，今天的聚会来了10人，北京的尹，上海的玲和蓉，杭州的泓，分别来自石家庄、兰州和上海的三个张姓男士。老友新识，把两张桌子一并，相对而坐，推杯换盏，开始吃喝。酒吧是美国唯一可以大声讲话的公共场合，大家也就无所顾忌，一会儿忧国忧民，一会儿取笑调侃，从哲学、历史、教育等的高大上到油盐酱醋茶的平俗家常，纵横古今，转换跳跃，深深浅浅。4点半走出酒吧，风有点凛冽，但阳光格外耀眼。定是清早的那场雷阵雨，把天空的蓝和白冲刷得同样澄澈分明，绕道麻省理工学院（MIT）校园，来到查尔斯河畔游转。碧蓝的河面上，彩旗飘扬，百帆障眼。

尽管麻省理工学院和哈佛大学就隔一条查尔斯河，但我一直还没去过。麻省理工学院始建于 1856 年，目前为止出过 85 位诺奖得主的这所世界顶级研究型私立大学，无论在美国还是全世界都有着非常重要的影响力，这里走出了众多影响了世界的人士，有"世界理工大学之最"的美名。校园最具特色的建筑，除了穹顶的校门，就是那栋至今褒贬不一的宿舍楼了。从远处看去，没有任何规则的外形、线条、结构，要不是晴天的灿烂艳阳，还以为是一栋塌陷的烂尾楼。也许是它的丑成全了它的美。没有专业知识，不敢妄加点评。

从哈佛桥上走过，看到传说中的哈佛大学和麻省理工学院之间学生竞争的例证。MIT 的学生不甘于两校之间的桥取名哈佛桥，为了争回哈佛桥的命名权，他们颇费心机。1958 年，一个叫 Oliver Smoot 的麻省理工学院学生叫上几位同学，在 8 月的一天登上哈佛桥，美其名曰前来测量大桥的精确长度，而测量的工具——是他自己的身体。Smoot 同学从桥头到桥尾躺倒数百次，他要看看这座桥到底等于他身长的几倍，这帮 MIT 顽皮鬼给桥上留下数百个

Smoot 的身长记录，很快这些记号变成了这座桥最受关注的景观，桥还是那个哈佛桥，但人们经过时，心里想起的永远是一个 MIT 学生发明的全新"度量衡"。果然如此，走在桥上，忘了桥的名字，但桥上用黄颜色的油漆标示出的度量数字，却吸引着视线。看来，MIT 的学生这一招还真灵。

下午 5 点半返回途中，一行人去了著名的超市——全食超高（Whole Foods），分别买了些食品，最后来到一家有名的中国餐厅"御堂春"吃晚饭，一张圆桌 8 个菜，外加主食，入乡随俗 AA 制，一人平均 16 美元，吃到了近晚上 9 点。席间不乏含蓄的打情骂俏，讨论最多的是上周来哈佛大学东亚系的性学专家李银河。10 点多各自回家，网上的宴席还远没有散，各自藏在网络的后面，唇枪舌剑，你来我往，吵闹得不亦乐乎。快近 12 点，兴头依然如故，相约周六再聚。一言以蔽之，吃喝玩乐又一天。

在哈佛听音乐会

上午没有出门，在家读书，下午雨停了以后，5点出去散步并去超市购物。6点刚返回，朋友泓在微信中问晚上有场音乐会想不想去，剑桥有名的小提琴四重奏演出，地点在哈佛音乐楼，她和其他几位朋友在学校等我，手里有多余的票。毫不犹豫，拿起包出门赶车，周末晚上开往市中心的车上不但人很少，而且没有几个站点有人等车，平时半小时的车程今天只用了十几分钟。在科学楼前集合，晚上7点和朋友们一起进场。第一次走进有几百年历史的哈佛音乐大厅，里面说不上豪华，但绝对称得上厚重，以淡黄色为主色调的内部装饰，让人有恬淡雅静的感觉。舒适的座椅，宽阔亮堂的空间，天花板的一圈写有世界上最著名的音乐家的大名，位于舞台正上方的海顿、莫扎特、舒伯特、贝多芬、肖邦的名字，给整个剧院增加了一种历史声望和辉煌。不管听着什么样的音乐，抬头看到这几个赫赫大名，似乎也会把音乐的档次提高，如同端着自己的饭碗闻着别人家的饭香，只要你有足够的想象，照样能吃出醇香。

今天来演出的是剑桥镇有名的小提琴四重奏，两男两女，看起来都很年轻，除了一人是欧洲血统，其他三人都是亚洲面孔，从名字可以判断出，其中一个叫 Xue Ying 的肯定是华人。音乐会持续两个小时，分四节。中场休息 30 分钟时，编曲的人上台讲述了创作的过程和一些精彩桥段的基本技能，每一节的结束，掌声雷动，演员们不得不多次出来鞠躬谢幕。专注的神情加上卖力的演奏，小提琴表演也算是个体力活儿！心中纵有波涛汹涌，表情千变万化，但基本的坐姿却不能变，更不用说几个人在每一个音节上的细致入微地传承配合，每一个小差错都可能传出不和谐的音符声响。而能有这样的名堂和演出效果，根据人们常说的一分钟与十年功的比例，能够想象演员们幕后的不易。

音乐可能是全世界的共同语言。没有文字表述，不同音符音节的排列组合，照样能让人听出其中的美。其实不需要努力猜想某个曲子所传达的主题是什么，只需让心绪平静，随它带你去任何地方。深山幽谷，阳光沙滩，开阔的草原，喧嚣的闹市，一人寂寥独处，万马疆场驰骋……即使理解偏差了又怎样？作为听众，你有权利、有资格、有空闲恣意想象。这也许就是没有文字藩篱的优势，也该是音乐的无限魅力。

试想想，大厅里几百个听众，随着高低、长短、轻重、急缓的乐曲，同一时间各自咀嚼构想着属于自己的过往、现在和未来，喜与悲，酸和甜，苦与乐，都会在这有限的时间里，重新掠过。如果听众的思想可以看得见，那将会是怎样一幅复杂精彩的画面！因为音乐，现实的时空延展成无限，也是因为音乐，人的情绪情感在瞬间澎湃拓展。

真羡慕那些懂乐器的人，他们可以凭借一技之长，为自己创造一个全新的天地，在那里颐精神，避风雨，听虫鸣莺歌，吟一世风情。

聆听波士顿交响乐

这个周日，生活充实到外溢，除了没读书。

上午9点半出发，和朋友们约好去波士顿音乐大厅听一场交响乐。波士顿交响乐团的演奏水平属于世界顶尖级，他们经常到世界各地巡游演出，也曾到过北京、上海。适逢4月份波士顿的音乐季，今天是历史上首次免费公开演出，平日的门票50多美元。难得有这样被高雅艺术熏陶的机会，心情激动，提前1小时到现场，顺便参观了附近历史悠久的玛丽·贝克·艾迪图书馆（Mary Baker Eddy Library），里面的设施豪华到不敢想象。宽敞的大厅，高科技的装饰，一尘不染的地板，每一个角落都有着出乎意料的惊喜。一个名为 Hall of Ideas 的大厅，最为新奇。室内中央放置着一个高1.5米的大圆盘，里面呈浅绿色，中央向四周缓缓溢出的水面上，不断地有字母、单词从中心的水洞里滑动出来，组成精华妙语，很是神奇。门口附近的地板上，有一个直径1米的圆，每隔5分钟会有精确的时间数字突然显现，时隐时现，要不是几个人同时看到互为印证，还以为是幻觉。最后还忍不住拍摄了这个图书馆里面的厕所，其空间大小、设施、卫生条件，都可跟国内某些办公部门相媲美。

11点半进场，有着百年历史的音乐厅里面，主色调为浅黄色。不管是天花板那种拜占庭式的装修风格，还是周围门廊庭柱上的雕饰，都透着历史感很强的庄重和高雅。舞台上方的装饰远远超出眼界，用一句网络语来形容就是"不明觉厉"。

今天的音乐会分为三部分：第一部分是弦乐，由波士顿青年交响乐团演奏，里面的亚洲面孔占总人数的65%以上，而其中华人至少占一半以上。首席小提琴手明显是个中国姑娘。第二部分是管乐，美国人占到95%。这可能是华人的吃苦精神和心灵手巧使然，也许更与我国悠久的弦乐史有关。第三部分才是今天的压轴好戏，真正的波士顿交响乐团出动。演奏人员年龄看起来都是40岁以上，个个风度翩翩，气质优雅。首先是一位上了年纪的清俊的老先生，他手拿小提琴走到舞台前排往那一站，就让人觉得会有美妙的音符从他的四周飘落。加上后面站着的合唱团，舞台上的演出人员至少在300人以上，亚洲面孔很少。男士们一律黑鞋、黑袜、黑西装，浅蓝色衬衣，主色调为蓝色的领带，女士们一律一袭黑色长裙。而今天的指挥是目前世界排行前三，也是史上最年轻的指挥，今年只有36岁。他充满激情和灵动的形体语言，调兵遣将的细微和力度，让人觉得更像是在欣赏舞蹈。

不禁感叹，他的股掌手指之间，到底藏着多少的艺术因子和能量。整场交响乐，声响的震撼，肃穆的画面感，华美婉转的乐曲起伏流转，都是我这个井底之蛙未曾见识过的。

相比之下，如果上周听过的小提琴合奏，韵律似小溪的潺潺流动，那么今天的交响乐更像江河的咆哮奔涌。有冲动也有温情，有高歌也有低吟。春的烂漫、夏的躁动、秋的沉稳、冬的庄重，都在这音乐大厅几个小时内华丽尽显，只觉得脑仁不够精密不够大，没能力把这些高雅全部收下并消化。既然客观条件达不到，只有尝试用心靠近了。

音乐会于下午 2 点 40 分结束，我和几个朋友们相约，想走一走全长 2.4 英里的"自由之路"（The Freedom Trail）。在美国独立战争中，波士顿处在战争的风口浪尖上，"波士顿倾茶事件"和"独立战争第一枪"都与这座城市有关。这条用红砖铺成的路穿越波士顿中部和东部，把美国人民争取独立走向自由的这段历史蜿蜒串接在了一起。我们从中心公园——波士顿公园出发，途经市政厅、公园街教堂、纪念墓地、第一所公学遗址、大屠杀地址、纪念碑、海洋舰队遗址等 16 个景点，用了 4 个小时的时间。晚上 7 点从纪念碑返回，横穿查尔斯河时天色已近黄昏，到达地铁站时华灯初上，暮色苍苍。一群中国人，在这样的时间点，走在美国自由革命的路径上，寻索着美国独立的历史足迹，心生颇多感慨。

除了历史主题的游览,沿途经过的意大利城也让人印象深刻。那里周末的酒馆和咖啡馆里,坐无虚席,几家名店外面排起了长队,店里更是人头攒动,尽显风情。

这个周日,从清晨到黄昏,将怡情进行到底!

莱克星顿朝圣之旅

预报今天的雨昨晚已下过，清晨起来，晴空万里，上午9点半乘车出发，前往打响美国独立战争第一枪的小镇——莱克星顿（Lexington），见识那里从今天开始持续到周一的庆祝活动。莱克星顿是建于1642年的一个小镇，距我们住处1小时的车程，人口只有3万多人，面积42.8平方千米。

"莱克星顿枪声"是每个学过世界史的人都知道的一个历史故事。1775年的4月18日深夜，两匹快马从波士顿向康科德方向急驰，马背上的两个人是被后人誉为民族英雄的保尔·瑞维尔和威廉·戴维斯，两人都是北美争取民族解放的秘密组织"自由之子社"的民兵战士。在得知波士顿的英国驻军即将派军队到康科德搜查反英秘密组织的军火仓库并逮捕爱国者领导人的消息后，他们两人连夜骑马到近郊的莱克星顿村报信，然后又飞身上马直奔康科德。当地民兵们得到消息立即集合，埋伏在树林里、公路旁，等候英军的到来。

19日的清晨，800名穿着红色军装的英国轻步兵，在少校指挥官史密斯的带领下，在薄雾中偷偷来到莱克星顿村边，正要摸进村子，忽然发现村前的草坪上列队站着几十个村民。这些人个个手握长枪、怒目而视，史密斯发现情况不妙，举起军刀指挥英军向前冲杀。砰的一声，一名英军倒地，就是这一声枪响，揭开了北美独立战争的序幕。

在激战中，8位民兵失去了生命，英军小胜后继续向康科德镇进发，赶到时发现民兵们早已把弹药库转移，爱国者领导人也不见踪迹。一无所获的英军发现不妙赶紧撤退，却遭到民兵的围追堵截，枪声从四面八方响起，子弹从房顶、树林、草丛中呼啸交错，身着红色军装的英国士兵一批批地倒下，狼狈不堪地逃回波士顿。这一仗，北美民兵共打死打伤英国士兵247人。莱克星顿的消息很快传遍英属北美13个殖民地。从此，反对英国殖民统治的战火燃遍了北美。

独立战争胜利后，人们把莱克星顿当作美国自由独立的象征，赞誉它是"美国自由的摇篮"，并在莱克星顿镇中心区，树立了一座美国独立战争纪念碑。碑座上是一尊手握步枪、头戴草帽的民兵铜像。碑下刻着一段铭文："坚守阵地。在敌人没有开枪射击以前，不要先开枪；但是，如果敌人硬要把战争强加在我们头上，那么，就让战争从这儿开始吧！"

我们坐了一个半小时车后，一行7人从游客中心辗转来到镇中心，从游客中心拿的当日的活动安排表中我们发现，原来今天的活动内容是从上午8点开始。还好赶上了最主要的几个活动，先是镇中心大草坪举行的仪仗队活动，伴随着字正腔圆的现场讲解，整齐划一的队列队形表演演绎出那个历史事件的过程，期间枪炮声不断。午饭在镇中心一家中国餐厅"杨子饭店"吃了自助餐，每人加税和小费后的平均消费为18美元。偏南方口味，饭菜质量比之前经常去的"天天自助"逊色很多。饭后在这座漂亮安静的小镇中心转了转，春暖花开的季节，小镇的干净、闲适、秀气、清雅，再加上昨夜雨后今日更加清丽的阳光蓝天白云，恍惚间仿佛走在传说中的童话世界。

下午4点是历时1小时的大型情景表演，在镇中心1.5英里外的森林公园举行，再现240年前的那场改变北美人命运的战争。据说演员们的着装打扮零距离贴近历史，整个过程他们都全情投入，细节的精准，情境的逼真，场面的壮观，尤其是空旷中回响着的击鼓声、厮杀声、呐喊声、枪炮声，把整个森林渲染成两百年前狼烟弥漫、硝烟四起的古战场。以这种现场版的表演还原残酷的战争，充满了喜剧意味。看到躺倒在地上一动不动的敬业的演员，我不禁想，不管人们竭尽怎样的现代技能技巧来还原历史，表达对民族英雄的纪念，都无法还原那些为了各自的信仰而牺牲的生命。其实世上的任何胜利，都伴随着失去，更何况战争。

因为要赶下午5点整的汽车，没看完这场战争的现实版表演。6点半返回住所，累且快乐。

莱斯利大学的名人演讲

早上天气晴好,天边闲云朵朵,忍不住顺手拍几张照片。这里的云,成了所有回国朋友们的念想。波士顿今天温度只有7℃,快到五月了,上午在屋内看书还不得不开着暖气。前半天继续阅读资料,修订、细化提纲。下午5点出发,去参加Debra邀约的一个黑人活动。在哈佛站习惯性地坐上了inbound地铁,上了车才发现坐错了方向,在central站下车乘反方向地铁迟到5分钟到达Porter Square,好在Debra因为塞车还未到达。这里已经是剑桥镇的最边缘,隔条街就是波士顿另一个小镇——萨默维尔(Somerville),Debra指着路边蓝色路牌说,蓝色是萨默维尔的标牌,而波士顿其他地方和剑桥镇一样,路牌是绿色的。

坐上Debra的车拐了几个弯到达莱斯利大学(Lesley University)后才发现,其实这里距离哈佛广场并不很远,步行30分钟即可到达。

今晚的活动是由莱斯利大学的黑人女性协会组织的,特邀著名黑人时尚杂志 *Essence* 的前主编Susan L. Tailor做演讲。晚上 7 点钟在学生礼堂正式开始。走上台的是一位身高超过 1.75 米的黑人女性，上身穿一件宽大米黄色外套，里面是件黑色紧身线衫，下身是件宽松的黑色长裤，脚穿一双黑色高跟皮鞋，头发往后梳成十几个小辫子，雪白的上牙齿间有个不小的缝儿，高挑、洒脱、清爽、干练，光彩无限。下面坐着的 98% 以上的黑人女性观众长时间不停鼓掌，还有夹杂着的此起彼伏的欢呼声、口哨声，足以证明演讲人的知名度和分量。Tailor 一张嘴就让人领略到了她真正的厉害。持续一个半小时的演讲，没有稿子，手拿麦克在舞台上走来走去，没有任何停顿或重复、思维敏捷、逻辑清楚、有事实、有论证、有宽度、有深度，一会儿聊巴黎时装，一会儿说南部乡村，但始终扣紧主题：黑色是美丽的；女性要敢于挑战自己，更要学会爱自己。可以毫不夸张地说，就黑人女性这一专题而言，这是我来美国后听过的最生动完美的课。这样的口才、思想、学养、思辨，真是少见，由衷地为这位黑人女性喝彩：她 23 岁在纽约开公司，成了最年轻的美国黑人女老板，1995 年创办历史上首家黑人女性时尚杂志，是时尚界从业时间最长的（长达 27 年）编辑，编辑 8 本时尚界书籍，出版了 4 本自传。

演讲过后是签名售书环节，队排得很长，没买到她的书，但通过和她的短时攀谈，进一步了解到她的随性、热情和睿智。她不成功，谁还能？

最惊讶的还是 Tailor 的年纪，她，69 岁！能保持这样的身材面相，是神吗？

今天也见识了她的幽默风趣，听演讲过程中的各种回应和搞怪以及认真做笔记的态度，让她一下子变得立体起来。Debra 于晚上 9 点送我回家，停在路边直等到我开门进屋，她才开车离去。这样的用心很温暖。

免费日的波士顿校园游

今天是波士顿全城交通免费日，昨天晚上在微信朋友圈里讨论出行攻略直到12点，不想浪费这次福利，更不想耽误晚上的马友友的音乐会。于是上午9点出发，坐地铁先去了最远的肯尼迪图书馆和附近的麻省档案馆参观，肯尼迪图书馆由一位华裔设计师设计，获过大奖。里面陈列了肯尼迪总统从政前后的影像、书籍和实体展品，近2小时的游览，对肯尼迪的从政有了全面的了解。他的家族当年是美国最富有的四大家族之一，外交官父亲从政多年，其梦想之一就是希望他的9个孩子（5个儿子、4个女儿）中能出个总统。遗憾的是寄予厚望的大儿子在第二次世界大战中丧生，二儿子不负家族众望，成了美国历史上进驻白宫的最年轻的总统，当时肯尼迪儿子3岁，女儿才3个月大。民主确实是肯尼迪短暂的一生的最大追求，是他让黑人破天荒地有了选举权，也是他在任时美国宇宙飞船上了月球。最主要的是他极高的颜值直接帮助他击败竞争对手尼克松。博物馆之行印象最深的陈列品，便是当时的上过月球的太空舱。

耸立于大西洋畔的博物馆标志着肯尼迪总统的大志胸怀，而里面一处空旷透顶的设计，昭示的是他对天文学、宇宙的特殊兴趣。适逢天晴，透过钢筋、玻璃，蓝天白云一览无余。人站在室内，感受到的只有渺小。

今天，低空漂浮的白云、蓝绿色的海水都美不胜收。但海边有风，温度偏低，寒冷的海风把本打算在海边就餐的我们吹到了马萨诸塞大学校园。在波士顿这所最大的公立大学稍作参观后，便去学生食堂买午饭。相对于上次周日的校园，今天的学生多了很多，只是总觉着这里的学生言行举止、气质面貌，和哈佛大学的学生比起来稍显逊色。哈佛大学的学生看起来是凝重、庄重，可能与他们知识储备、心思，也许还与思想有关吧！不同的校风气场决定着学生的内外的模样。

离开马萨诸塞大学，坐地铁绿线直接到达波士顿学院（Boston College，简称BC），这所学校坐落于波士顿市区以西约6英里的栗树山山顶，古老的校园内拥有北美洲最早的哥特式建筑，现已被列入世界遗址保护名录。如果仅从校名来评判这所贵族学校，肯定会错到大西洋去。波士顿学院是美国一所顶尖级私立研究型大学，波士顿五大名校（其他有麻省理工学院、哈佛大学、塔夫茨大学、布兰迪斯大学）之一。知名校友有现任国务卿、前美国总统候选人约翰·克里及谷歌、苹果、JP摩根等众多跨国公司高管，2006年被列为全美25所"新常春藤"名校之一。2013年9月全美大学综合排名位列第31位，在美国高中生报考最热门的10所大学排名第8位，因学费很高，国际生比例较低，录取难度非常大。

学校的整体布局分三部分：靠近山顶的是学生宿舍，中间是教学区，最低一个区域属于健身娱乐活动区。所有建筑物都是淡黄色的石头墙面，带有花纹偏浅绿的房顶，哥特式的建筑风貌，既敦实厚重又灵巧生动，在蓝天白云的衬托下，显得干净秀气，整洁利落。适逢学生艺术节颁奖典礼，画展就安置在草坪上偌大的白色帐篷下，舞台上有学生的演奏，帐篷外的一排排桌子上，摆放着酒饮、水果、点心，还有烧烤，向参观的人群免费供应。有钱就是任性！美得有些虚幻的校园，也不敢久留，吃了点水果点心，喝了杯热的茶水，下午5点半匆匆离开，赶往下一站波士顿大学（BU）。

波士顿大学始建于1839年，是全美第三大私立大学。近期世界大学排名第87位。2012年成为美国大学协会的最新成员，昵称为"波士顿小狗"。2013年后，爱国者联盟修改了会员资格门槛，波士顿大学才得以成为爱国者联盟成员之一。该校有近3万名学生，来自全美50个州及世界125个国家，海外学生约有4700人。

波士顿大学位于波士顿市中心，沿查尔斯河东西绵延两千米，校区的建筑没什么特色，但学生的住宿楼外表看来像豪华的别墅，素有"学生天堂"的美名。因时间有限，只是沿路从西区到东区穿行而过，特意走进波士顿大学的艺术学院和图书馆，有机会目睹了陈列在楼道里的一架17世纪的钢琴和著名的音乐厅。很遗憾有人正在里面录音，门口有人把守没能走进里面感受这个大厅的经典。晚上7点整坐地铁离开。

如果说马萨诸塞大学像一位从穷家走出来的小伙子，占据着有利的地理优势，聚拢着成群结队的男男女女，晒着海边特有的阳光，不卑不亢的话，波士顿学院就是典型的小家碧玉，有内涵，有外表，有才华，有才情，最重要的还是有财产，因而处处都有遮掩不住的富。而波士顿大学则更像一位坐在街边的少年，身材高瘦，穿着朴素，不穷不富。对于别人家底厚实的"优"，它只是"有"。

穿过哈佛广场去纪念堂听音乐会，Winder 图书馆前还有哈佛学生艺术周的演唱会，火爆热闹。凭哈佛 ID 挤进去听了两首流行歌后离开。

马友友的演奏会在哈佛纪念堂的桑德剧院（Sander Theater）举行，上千人的剧场座无虚席。马友友是享誉中外的艺术家，仅仅以"大提琴演奏家"称呼会略显单薄。他以非凡魔力让美国五位总统和乔布斯敬仰，18 次豪夺美国艺术节最高奖项"格莱美"音乐大奖，成为"格莱美杀手"，是唯一一位在乔布斯的婚礼和葬礼上演奏过乐曲的艺术家。昨晚是他回馈母校哈佛，由他主导的"丝绸之路艺术团"的联合演出，成员来自欧洲、亚洲、美洲的不同国家，共演出 11 首各具民族风情、乡野风味的曲目，其中扬琴和琵琶合奏的"瑶族舞蹈"获得的掌声时间最长。相对于上次交响乐江河奔腾咆哮般的雄壮气势和震撼，昨晚的演出更像是涓涓细流，悠悠绕梁，沁人心脾。

晚上 10 点整音乐会结束后返回，真是豪华奢侈的一天。

余音绕梁的一天

今天的活动主题是音乐。

上午 11 点去了哈佛的欧洲研究中心旁边的德国教堂。这里有一场难得的演奏会,演奏者是来自波士顿大教堂的首席管风琴手,她将用那里一架 1957 年的古风琴弹奏表演,长笛伴奏来自哈佛纪念堂一位资深女音乐人。走进教堂,中央放置着一百多把座椅,管风琴就放置在门口正上方二楼。11 点 15 分演出正式开始,从下面望上去,演奏者只能露出一个头顶,给这场高水平的演出罩上一层神秘色彩。

高古、空灵的乐声响起,清越、婉转、悠扬、舒缓、流畅,不由得闭上眼睛静听,仿佛独处深山,涓涓清泉潺潺,松竹震颤,草飞虫鸣。长笛丝丝缕缕的幽怨,浑厚低沉的管风琴和鸣烘托,在大厅间如月游云宇般的回荡。所谓的闲云野鹤,空谷幽兰的意境,不过如此吧!可惜只有 30 分钟的演奏时间。自此之后,我相信能洗礼人的,不只是约旦河的圣水,不只有强势的意识形态,更有涤荡灵魂的乐曲。长期生活在一座闭塞的小城市,与这些精神层面的东西拉开了太大距离。这一流动的艺术形式和相对静止的书本知识相比，更直观、更猛烈、更具冲击力，这正是我平常清淡的生活书单里所欠缺的内容。

音乐演奏会后才有机会环视这一教堂的内部装饰。因其普通的门面平时路过都忽略了，今天有幸近观，被里面精致的雕塑和装修艺术震撼，十足的欧洲风格，拜占庭式的廊柱，形象逼真、历史感十足的圣经人物雕塑等让人肃然起敬。在美国的大地上有机会被欧洲文化熏染，是何等的幸运！

和朋友们在科学中心前面广场上的餐饮大篷车上，买了四川风味的烧烤加米饭当午餐，味美价廉（才 7 美元）。

下午 2 点半出发，按计划先去东北大学（Northeastern University，简称 NEU）参观。成立于1898 年的 NEU 的优势是跨学科研究，是一所研究型私立大学。在美国大学的排名由 2014 年的第 49 位提升到 2015 年的 42 位。从外部看这所大学没有什么特色，有点像走进中国的大学，新的楼不现代，旧的楼不古老。一栋楼的墙上，有人正在云梯上绘制一幅肖像。经旁边的一位警察介绍，画画人和妻子都是 NEU 校友，如今都是美国很有名的艺术家。他正在绘制的是明天即将来访问的妻子的画像。这位艺术家的功力和他妻子的美，互为添彩地出现在 NEU 的校园里，在春天的蓝天白云下形成一道别样的风景。

谢谢这位警察的推荐，为我们这次出游增加了一项新内容，参观附近的美国顶尖级音乐学院伯克利音乐学院。

伯克利音乐学院始建于 1945 年，创始人是麻省理工学院教钢琴和作曲的劳伦·伯克利教授。他当时只教还登不了大雅之堂的爵士乐。刚开始也只招收到一名学生，但随着爵士乐的发展，该学院吸引来越来越多的学生，随之发展壮大。20 世纪 50 年代，学院开始开设乡村音乐、蓝调以及摇滚乐。60 年代，增添了通俗歌曲写作课程。90 年代又设置了音乐商业企业管理专业，用以培养既懂音乐又懂市场营销的现代商业管理人才。随着音乐疗法在美国的兴起，学院又设立了相应专业，目的是培养超前的全新音乐医疗方法和技术。这种顺应时代发展的决策力，是伯克利音乐学院自成立以来一贯的做派，也是它能在短短的几十年内享有盛誉的法宝。

不得不佩服这所贵族中的贵族学校！尽管因时间关系只参观了学院最不起眼的一栋教学楼，却被里面先进的布局设置又一次震撼到了。还刚巧碰到晚上一场中东地区艺术演唱会，坐进一个小型的表演厅内，只看完前两个表演，档次水平极具专业性。但晚上6点半不得不撤出来，因为今天是爵士乐节，我们的主要任务是去隔两条街的新英格兰音乐学院听爵士乐。

音乐会晚上8点才开始，由这所学院的专业学生演出，第一次现场听爵士乐演出，没有想象的那么激动，可能与疲劳有关。最喜欢的还是爵士乐中的王牌萨克斯风，夹杂在打击乐和电贝斯中，如一人在狂歌、在呼喊、在私语、在哀诉。风行于20世纪20年代、受黑人青睐的爵士乐，原来是这样的味道。不过还是觉得欣赏这种音乐，应该是在夜幕降临后选择一家古老的酒吧，点一杯红酒，独自站在吧台边，就着心思慢慢欣赏为好。

演奏会9点半结束，回到家里已经11点。音乐也没稀释身体的疲惫，洗澡后倒头就睡。

今天，有点疯狂。

珍本图书馆和歌剧

周末开始是哈佛大学的艺术节，每天都有高水准的活动安排，上午在脑子昏昏沉沉中处理邮件。午饭后去学校参加 Houton 图书馆的巡展。Houton 图书馆是哈佛 70 多座图书馆之一，以英美著名诗人作品、诗歌善本的收藏为特色。整个观赏过程由专人带领，不许拍照。这里有专门的大厅，分别陈设展出了一些诗人的遗物、手写稿、书信，包括他们自己收藏的书。莎士比亚的第一本对开本《哈姆雷特》、约翰逊博士的桌椅书信、John Keats 的手稿、梅尔维尔的第一版 *Moby Dick*、Emily Dickson 用过的小小的桌椅和第一版诗集，还有 T. S Eliot 的手笔以及 15 世纪前的第一本《圣经》版本；中国祖先发明印刷术后欧洲第一本印刷体的书，内容是讲如何制造攻城用的利器。最令人激动的还是看到了 Jane Austin 1880 年的第一版《爱玛》，还有英国天才诗人、26 岁就离世的 Keats 在诗集首页用钢笔写的送给雪莱的几句整齐的文字。有人胆大，直接问能否看看哈佛图书馆里那本印在人皮上的书，导游委婉拒绝，说因争议很大，没有合适理由是不让看的。另外还专门解释了如何保证这些善本不会毁坏，才知道这里有科技公关人员，专门研究这方面的科学知识，秘诀是维持馆内温度、湿度恒定不变。近距离接近这些旷世奇才的善本杰作，心中涌动的是从未有过的奇怪的感觉。世事沧桑，斗转星移，有人却以自己的方式倔强地存在于天地之间，接受后人仰视膜拜，而他们的思想则能穿越、弥散、渗透在后世的人文时空里，历久弥新。

从图书馆出来，去听了英语系另一名女博士生答辩，与前一次场面大相径庭。听答辩的人挤满了一个小教室，她的父母亲、丈夫、弟弟、好友都穿戴整齐地坐在前面，旁边放着准备好的两束鲜花。答辩的程序没什么变化，5~10分钟的陈述，然后是答辩委员提问。只是开场前在座的所有人都需要简单地介绍自己，提问环节听众可以随意质疑问难。尽管照样是以肯定赞赏为主，但并不影响几位答辩委员问题的犀利。论文主题是"儿童文学在成长——以哈利·波特为个案分析"，一位教授发问，如何界定儿童文学中的"儿童"，它与成人文学的界限是什么？比如自己8个月大的孙子和13岁孩子们读的书完全不一样，儿童文学的反面术语是什么？这简直是釜底抽薪，直接否定了她的主题。另一个质疑论文的题目太大，没有做足够的互文性研究，怎么可以认定儿童文学在成长？还提出论文内容中必须将儿童文学中的虚幻现实主义和魔幻现实主义区别对待。总之，这个论文的漏洞确实很多，但不影响通过，清场几分钟的商议后，宣布通过，皆大欢喜。只是不知道她要出版书稿之前，如何修正几位教授的质疑。

下午5点又去科技中心几天前搭好的帐篷里，看哈佛师生的爵士乐表演，里面的桌子上放着免费的晚餐，一个角落里供应的红酒是要付费的，验证了我前一天的感觉，听爵士乐要以红酒作伴，才有感觉。今天的表演比新英格兰音乐学院的表演更正式，规模也更宏大。听了三首曲目后出来，和朋友们一起赶到纪念堂，看晚上7点整开始的歌剧。平生首次亲临这样的洋剧现场，小有激动。看着50人的合唱团，几十人的演奏团体，5位穿戴讲究的演员出场，还有穿得非常正式的老先生、老太太们的打扮，座无虚席的近千人的教堂，就明白今晚这场歌剧的档次分量。歌剧开始，那种气氛，不得不正襟危坐，不好意思跷腿、斜视、打哈欠。今晚演出的是意大利经典三幕剧《阿塔利亚》(Athttlia)，尽管有剧本台词在手，但还是觉得这种艺术离自己很远，感受一下西洋人喜欢的艺术种类就足够了，第一幕结束中场休息时溜出来。晚上9点多回家。

疯狂的不只是自己，整个走出冬天暴雪阴霾的波士顿每到春天都会疯狂，每天有各种艺术表演活动，各种画展，各个大的博物馆免费开放，全方位的艺术诱惑力让公众无法抵挡，既然遇上了，就别轻易放过。再说了，如今不是流行一句话"再不疯狂就老了"吗？

精彩的哈佛艺术节

上午 9 点，和 Ruth 一起来到沃特敦教堂（Watertown Church），参加了这里一季度一次的女性主题活动，人数在 50 人左右，大家各自从家里带来不同的吃食，教堂里提供各种冷饮咖啡，一边吃早午饭，一边开始活动内容。有猜谜语活动，印象深刻的是那篇长达 10 多页有关女性如何认知自我，怎样面对生活的主题发言，当然最终与基督信仰有关，重在鼓励女性朋友不管是悲是欢是喜是乐，都应该仰望上帝，他会让你放下心灵的重负过上你想要的生活。祝愿她们固守心中的主，从凡尘世事中得以宁静。单是这洋洋洒洒几十页的旁征博引，就足以见证这位文学专业毕业的女性的知识功底。接下来是对此发言内容有固定话题的小组讨论，一直持续到 12 点结束，大家讨论最多的还是与信仰有关的话题，都是一些虔诚的教徒，热情善良是她们共同的特点。总之，这是一次组织有方且不乏深度的教堂活动。

下午 1 点去了学校，哈佛艺术节活动今天进入第三天，校园里人头攒动，变成了热闹的集市。主会场设在科学中心广场上搭起的帐篷内,以国别区分的学生表演为主,从中午12点开始一直到晚上8点。选择性观看了墨西哥人的演唱、爱尔兰人的踢踏舞、中国学生的民乐演奏等各具民族特色的节目,以及最后各个舞种的大比拼。走马观花似的观看了其他一些节目:哈佛先生塑像前搭起的小舞台,主要是来自非洲国家的学生表演,纪念堂旁边有魔术表演,而教堂的里面是一些有老师参与的档次很高的交响乐团演奏、歌剧、舞剧表演。不得不说,古老的校园里,今日处处散发出青春的活力,下周就进入考试季,但丝毫不影响学生们参与观看各个节目的热情和兴趣。据说这个藏龙卧虎的校园里,人人都有"十八般武艺",奇才怪才比比皆是,一个小小的艺术节对他们来说小菜一碟,因为将从这里走出去的,没准会是未来响当当的艺术家、科学家、社会活动家,甚至不少国家的元首。

下午3点多去图书馆扫描了一本书,既然没时间把知识装进脑子里,就先存到优盘里给自己一点安慰。6点临回家前,和朋友们一起商量了下个月去芝加哥旅游的攻略,晚上在网上继续群策群力,修正方案。

近距离观摩学霸

午饭后才去了学校,先是和朋友们一起在图书馆查看芝加哥的住宿和交通情况。最终商定先去麦迪逊参观威斯康星大学,再回到芝加哥旅游,这样更便于订宾馆。芝加哥城到麦迪逊有3小时的路程,对比查看各种长途汽车运输公司的车票,很遗憾 megbus 上面显示的1美元的车票,时间都不合适。在美国预订长途公共汽车票有很多优惠,最便宜的车票是1美元,如果能抢到价格,只有正常票价的1%,便宜得不可思议。最终在"灰狗"(美国的一家客运公司)和 megbus 上分别买了单程票。

临近下午5点,一起去桑德剧院(Sander Theater)参加了由哈佛研究生院举办的一年一度的哈佛大学新视野专题会(Harvard Horizon Symposium),这是由研究生院院长华裔教授梦晓梨于4年前发起每年开展一次的活动。本活动的内容是从哈佛每年毕业的博士生中,评选出最有成就、最具影响力的若干名优秀毕业生并给予重奖。专题会上每人只有5分钟的时间,利用多媒体向观众展示自己的新发明、新发现、新理论、新观点。今年获奖的共有8位不同专业方向的学生，涉及天文、哲学、有机生物、人类进化生物、公共健康等学科，其中的两名男生中，一位是研究应用物理名叫雷宇的中国学生。

如何把几十万字的博士论文，长达数年的苦心钻研，在短短的5分钟内向零基础的观众陈述清楚，这几乎是一个难度不亚于博士论文开题的挑战。据说为了今晚的展示，他们训练了两个月，最终达到一个字都加不进去的精炼程度。所以这项活动每年都会吸引哈佛内外的很多观众，地址选在了桑德剧院本身已经证明它的规模。虽然凭哈佛ID可免费领票，但一周前消息发布的当天，票就被一抢而空，这也足以说明这项活动受哈佛师生欢迎的程度。说这是一场学术盛宴，一点儿也不夸张。短短的1小时内，相关行业最领先的研究成果，被研究者本人以新颖、独特、直观、简便的方式传播，不仅给观众普及了基本知识，还让其了解了行业前沿，更有可能激发出学生们"学海无涯苦作舟"的斗志。这可是一石多鸟的收效。

8位获奖者中只有中国学生雷宇今晚没有发言。会后的招待大厅里，我们几个好奇地问了问他原因，原来他研究的纳米和基因项目申请专利时没有通过，并且同样主题的硕士论文是在麻省理工学院发表的，所以还涉及专利权的归属问题，因而不便于公开宣讲。

不管是台上的镇定自如还是台下的侃侃而谈，这些哈佛的博士生们都表现出谦谦学者的风范。没有学究式的老气横秋，没有书生惯有的呆板迂腐，能看到的只有他们外扬的秀气和灵光。真正的学识见解，不单是透过厚厚的眼镜片从书中挖掘而来的，一定会有天生的聪慧和丽质做铺垫，再加上后天的坚持和努力。不是人人都能成为学业上的佼佼者，大部分的成功不可复制。

晚上7点结束后和几个朋友再次来到图书馆，最后在网上选定宾馆并付费，临近9点一切总算搞定。

今晚是哈佛大学学生本学期"裸奔"的时间。一年两次，地点在校园内，时间是每学期停课复习周开始的当晚12点。有人决定留下来看实况。泓和我选择回家，等着看朋友圈里朋友们的现场直播。

麻州州府一日游

今天的活动内容，充实多样。上午11点40分和朋友们先去市中心麻州州政府图书馆参观。室外的光线强得刺眼，温度从8℃一下子升到28℃，空气有点燥热，车厢内刚刚由暖气换成冷气，原来波士顿的春天开始还不足7天。

因提前在网上注册过，今天又有专门的导游领着参观，所以有幸见识了储藏在这里的好多历史珍品。有保存完好的麻州1786年的电话本，按照字母表顺序第一位就是大名鼎鼎的塞缪尔·亚当斯（Samuel Adams）；1814年麻州的地方志；1857年的剑桥镇地图；1760年的波士顿市区地图；1840年的彩色世界地图；1716年的《波士顿新闻报纸》；1776年的《新英格兰报纸》，上面赫然登着独立宣言的内容，一个版面上竟看到一条关于奴隶买卖的广告。最让人感慨的是1620年"五月花号"船上的一名英国人William Bredfed完好的日记本，里面详细记载了船上120个开创者的姓名，还有第一个感恩节的盛况。相对较近的是这里保存的第一次世界大战中牺牲的士兵的照片，共2500多张，照片的背面是家人或恋人的地址和一些简单的遗言。那些尚显稚嫩的年轻人的照片，以这样的形式尘封在历史的褶皱中，让人不知道该为他们能受到自己国人的敬重而点赞，还是该为人类互相残杀而悲叹。

参观完图书馆后，来到了东侧的州政府办公区参观。除了进门时例行的安检，游人可以自由参观楼内的任何地方，包括州长办公室、议员合议庭、议员的会议厅，且有专人耐心细致解说。有幸碰到里面的工作人员 Paul，为我们开了绿灯，竟然站到了合议庭的主席台上，他还用钥匙打开一个抽屉，拿出州长用的"定音"的木槌，让我们照相留念。

只有 160 个席位的议院大厅内从不让游人涉足，Paul 今天破例让我们走上主席台前合了影。一楼透顶大厅的两边，挂着美国 50 个州的州旗，中间悬挂着价值 75 万美元的挂钟。幽默风趣的 Paul 说真不明白为什么会花巨资制作这样的挂钟，还不如做成手表，给麻州人民人手一个呢。

这栋建于 1798 年的州府大楼是美国持续使用最久的州府大楼之一，尤其以闪光的金顶著名，走廊的墙壁上有几百年前的油画和历史人物画像，几个招待大厅装饰得分外高，整个感觉豪华大气，古色古香，大楼内外透着浓浓的历史文化气息。

我们的历史不算短，我们更不缺文化，我们也说是人民的国家，可是不知哪一级的政府部门可以如此不设防地欢迎四方宾客，游人如闲庭散步，畅通无阻。当我以一个游人的身份，上上下下走在美国麻州府办公大楼内的时候，那一刻的真实感觉是某种自由。不知这里的政府部门有多大的胸怀和自信，向游人、市民敞开，竟不怕他们监督、上访、报复和扰乱。

下午 3 点半从州府办公楼出来，穿过 Common Wealth 公园，花红柳绿，湖水粼粼，人影绰绰，人们或坐或卧，或停或荡在满园撩人的春色里，充分享受着春日里的阳光，好不自在！似乎只有我们几个拿手遮挡着太阳，向着下一个目标进发。

波士顿公共图书馆，位于著名的三一教堂对面，是我们今天出游的又一个地方。同样是敞开着大门，不需要出示任何身份信息，就可以自由出入这座典雅的四层楼图书馆，既可以借阅书籍，又可以在任意一间宽敞明亮舒适的自习室里学习，快速免费的 Wi-Fi，历史展览馆，一楼侧面的花园，贴心的休息喝水的地方……这大概才是传说中真正的公共设施吧？不知主导他们的是什么样的理念？在这样高大上的空间，提供这么多人力物力财力的后盾，就是为了给你提供如此舒心贴心的读书天地？渴望读书的人大概值得拥有这样的场所，渴望学习的人大概不必设防吧！

晚上 6 点钟开始的 Paramount 剧院的戏剧演出，才是我们今天的重中之重，由爱默生学院（Emerson Couege）主办，照样是在网上免费注册，先是规格不低的招待，再是专门有人领着的参观，最后是下一年戏剧表演的序曲演出。

今晚的艺术顾问和导演是位留短发穿西装打领带的女性，她毫不顾忌地回放了她当年演出的节目片段，那时候的她还是长发及腰的姑娘打扮。如今的她，俨然一位谦谦君子。难怪刚才参观剧院内部时，导游还专门强调有同性恋专场，单独提供他们看电影戏剧的时间。今天重点推介的节目单中，有

189

一个后半年即将出演的话剧《快乐先生》(*Mr Joy*)，作者是一名黑人，主题人物是20世纪90年代生活在美国黑人区开一家修鞋铺子的华裔老人，内容是如何用自己的人格魅力和道德风范赢得社区人的尊重和爱戴的故事。可惜只演出了一个片段，没法完全欣赏这部不多见的正面宣传华人的艺术作品，但作为他的同胞，我们心里满是自豪。

晚上9点半演出结束，回到家已是10点多，星光熠熠，春风徐徐，走在寂静的街上，内心全是惬意。

乔治岛的自然海景

已经记不清什么时候6点起过床了，今天起了个大早，天色微暗，大雁在空中排成八字欢唱，小鸟在树丛中细语呢喃，我们一行11人（2个孩子），乘免费的邮轮登上今年第一天开放的乔治岛（Georges Island）。该岛上有150多年前（1850年）修建的军事要塞沃伦堡（Fort Warren），曾帮助美国人成功守住了本土波士顿港，内战期间（1861~1865）也是关押普通囚犯、政治犯、军事要犯的监狱。从1970年起，本岛才成为波士顿港口的旅游地之一。

7点40分在地铁口聚齐时，意外地碰到了另外一大帮中国学者，都是圈子里的朋友，加起来二十四五个，这种浩浩荡荡的队伍，开往一个免费的旅游区，大家都有种说不出的忐忑，担心去了现场都是中国人的面孔，让老美以为就我们中国人爱占便宜。红线倒橘线再坐蓝线，临近8点半到达码头，领票的队伍已经排了几百米的长龙，而且美国人占多数！之前的担心略显多余，美国人才不会放过这种免费的出海机会，平日里每张票30美元左右，能省则省是全天下穷人的生存准则。

渡轮共分三层，第一层有间小小的咖啡屋，一次能收纳游客 700 人左右。10 点准时起航，航行 45 分钟后到达乔治岛，一路上有导游耐心讲述波士顿港在历史发展过程中的重要性、远处的各个摩天大楼，还有路过的星罗棋布的各个特色小岛。

波士顿的神天气，注定了今天不会从记忆中被轻易抹去。前两天连续 28℃，到了今天，上午只有 9℃，出地铁时还下起了零星小雨，到达港口时，太阳露出了半张脸，温度还可以。一开船才知道自己傻得无可救药，查看温度时忽略了海风，于是 45 分钟的航行，恨不能缩成球形，把背包换前换后，用来挡风，和同样傻的一个姐妹相依为命。连导游幽默风趣的讲解听着都带有丝丝寒意。刚刚爬上第三层时还挺得意，可算是占了个好位子，终于可以登高远眺，欣赏海景了。没想到差点被海风吹僵，这时候又在想，怎么死大概都比冻死强！

渡轮靠岸，海风温柔了很多，和大队伍汇合，装备齐全的聪明人Coco给我一件鸭绒背心，才让海岛游有了快乐的温度。从要塞狭窄的门口一走进去，就被眼前那一大片绿晃醉了！偌大的绿色草坪，敦厚、均匀、柔软，上面布满了怒放的黄色蒲公英花，一股浓浓的青草味从脚下四散，海水的腥味瞬间被击退。大家不约而同地放弃跟着导游听取近200年的历史细节，寻访一座座炮台，参观一间间牢房，听取一个个传说，都开始忙着说笑、忙着拍照、忙着呼吸，美国的人文故事此时此刻怎么也比不上它的自然对我们这帮人的诱惑。联想到展览室里战犯们的饮食，除了那只贼溜溜的老鼠，囚犯被关在这样的地方实在算得上幸事。

　　上上下下转了一圈后，选择了一个避风的地方野餐。大家把各自带来的干粮往地上一摊，午餐进入自助模式，鸡腿、鸡翅、包子、米饭、面包、蛋糕、鸡蛋、饼干、葡萄、橙子、草莓、香蕉，中西结合，应有尽有，吃了一顿名副其实的南北大餐。

　　为限制岛上人数，每趟渡轮都有时间限定，下午1点返回前在海边小转后，便排队挤进船舱，缩在没风的一楼取暖。

　　时间不到下午2点半，和朋友们一起逛了几个商场，买了几件小衣服回家。明天一早还要出发去哈佛生物系的农场，那里有明天开幕的一年一度的丁香花节。这个热闹凑定了！

快乐的母亲节

今天适逢哈佛大学植物园（The Arnold Arboretum of Harvard University）的丁香节开幕，和朋友们一起结伴前往观看。这座建于1872年的植物园，占地281英亩，里面种植了主要来自亚洲的野生丁香花树种好几百种，是美国最古老的公共植物园。今日免费开放，且允许游人在园内野餐。

上午8点20分和朋友们集结，10点赶到，植物园里已经人头攒动，有扶老携幼的，有领着宠物狗的，有朋友结伴同行的，很少见到这么热闹的场面。人们大多找一块凉爽的地方，铺一张特制的户外床单，或坐或躺或聊天，或吃或喝或游玩，满园的芬芳馥郁中，到处都是自在、舒适、和谐、安闲。第一次目睹了这么多花色、品种、范围、数量的丁香花，差点被丁香的醇香迷醉。唯一的美中不足是波士顿水火两重天的任性气温。话说昨天乘船离岛出海差点被冻僵，今天却遇到这30℃的炽热高温，不仅体验到今年夏天首次的汗流浃背，还被畅通无阻的紫外线晒伤胳膊。我们一行人大部分时间坐在如茵的草坪上，呼吸带着泥土香的空气，就着花的芬芳，谈古论今，谈天说地，摆出各种拍照的姿势，高兴得忘了年纪。

下午3点离开植物园，时间还早，直接坐地铁红线穿过哈佛到了Summervil，参观塔夫茨大学（Tufts University）。

塔夫茨大学也是美国一所著名大学，在波士顿近百所大学中仅次于哈佛大学和麻省理工学院，和布兰迪斯大学、波士顿学院一样，属于波士顿"五大名校"之一，也是25所"新常春藤"成员之一。这里拥有美国最古老和最负盛名的国际关系研究生院之一——弗莱彻法律与外交学院。著名的生物医学研究中心——塔夫茨新英格兰医学中心，是塔夫茨大学医学院的主要教学医院。杰拉尔德和弗里德曼营养科学与政策学院在营养学上也是久负盛名的。这所大学在2012年《美国新闻与世界报道》杂志美国大学综合排名中位居第27名，在2015年美国权威排名机构College Factual全美大学综合排名中列第39位。

主要建筑位于一个很高的绿色草坡上的塔夫茨大学，掩映在一片片花丛和绿色之中，校园景色的典雅精致自不必说，单单门前那十几亩大如绿色地毯的斜坡，就足以让人留恋。拿本书坐在松软的草坪上，读出来的大概都是清香。

大家一致同意这是见识过的治安系数最高的美国大学，所有的公共楼群建筑都得凭本校ID进入。这样的小心谨慎，莫非曾经遭遇过不测？否则这样的小气，太不可思议！在哈佛除了学生宿舍，路人可以随意穿梭校园各个教学楼内外，蹭课、喝水、休息、解决内急，还提供免费的Wi-Fi "Harvard Guest"，为游人提供方便。而塔夫茨大学，以其紧锁的各个大门，留给了我们一个奇特的记忆。

下午5点钟坐车返回。

女儿在母亲节的第一时间，发了这样一条信息：

我妈是那种为了看一眼喜欢的作家的雕塑能在纽约的鹅毛大雪里走10个街区的疯女人。既能雄心勃勃地为理想穿越地球，又能深情款款地为家人炖排骨汤。祝你在每个年纪里都能活出最棒的自己。

——参与母亲节炫妈活动

还在后面贴了有代表性的三张照片，藏不住心里的美，沉浸在被女儿吹捧、祝福的幸福里，但也没忘自己的另一个身份——女儿，于是以这个身份，把无法送出去的祝福化成思念，在生命的传承和轮回里感念着母爱的厚度和温暖。

网上感恩母亲、怀念母亲的文章这几天打成结、排成队，铺天盖地，不想打开任何一个看看。毕竟，别人的情感地图里很难标识清楚自己的生命路标。总相信世上有多少母亲，就会有多少种母爱，你想你念你挂牵，皆是专属于自己的生命刻度，也只有自己明白它的深浅。

今天在和朋友们寻花寻柳的拍照期间，忍不住对她们说，"我妈特别特别喜欢花"，说完之后才发现现在和别人谈起母亲，不是每次都偷着抹泪。

还记得在上高中时都无法理解，同年级一位女孩没有了妈，竟然每天还笑着生活；后来渐渐明白，再深再痛的思念也会随着时间沉淀，在日新月异的空间里变成淡然。这种对亡者不公的健忘，是人性的本色使然。

于是我在想，如果不能让母亲的坟前开满丁香，以后回老家，一定买一大束鲜花，祈祷母亲能在天上闻到花香。

如果不能时刻把母亲怀念，愿在心里留一处圣洁的地方，让母亲和我的命脉恒久相连。

如果来生无缘和母亲再见，祈愿化作一滴水，沉在海底修炼，除非海枯，不见不散。

如果因生命的中断无法让母爱永恒，我会坚持用文字书写母亲，让她待在我的文字里永垂不朽。

妈，母亲节快乐！不管你身在哪里，灵魂在何方。

过了一个快乐的母亲节，在女儿和学生们的吹捧和祝福中自足，在丁香花园中欢喜，在塔夫茨大学的校园里自娱。因为我始终坚信，我快乐了，爱我的人也一定快乐，妈更快乐！

晕头转向的啤酒节

周六的上午,早起了也不想读书,大清早在网上搜了一部英国电影,闲看打发时间。相对于剧情,我还是更喜欢英国英语里把所有的双元音和长元音发得夸张的伦敦音。午饭后和朋友们相约一起参加在沃尔瑟姆(Waltham)举行的啤酒节。不会喝酒,纯粹是去看热闹,美其名曰"我替你们收拾残局,大家放开了喝"。

出门经过附近的一片八个足球场大的草坪,有两组男孩子在进行足球比赛,边上坐着一排观战的学生家长,多云天气,凉风习习。

下午1点半和泓、蓉一起步行到 Watertown 乘公交70A。适逢周六,又是出城,太阳下等待40多分钟,等得花儿差点谢了。沿途经过莱克星顿,意外碰到了约好在目的地汇合的三位分别来自上海、兰州、石家庄的张姓男士。他们记错了站牌,提前30分钟下了车,守株待车45分钟,闹了不少笑话。

过了28个站,好不容易到达目的地,分不清南北东西忙问路，被告知沿右手一直朝前走不要回头，埋头走了10分钟，忽然发现路边的门牌号越走越小，恍然大悟，美国人好心也会犯错误，体验了南辕北辙的苦恼结局。

更雪上加霜的是，唯一有流量的兰州的张，手机下载的谷歌地图是盗版的，不仅方位不准，查任何地方都会显示只剩1分钟路程，这种安慰人的奇葩软件，一路上差点把我们一行人笑趴下。调转脚尖调整方向，穿过十字路口就远远看见那家店面。原以为啤酒节该是在某个小镇或至少是某条小街上举行，人山人海，热闹非凡，并且一定还会有别的民俗活动。到了才知道，原来是一个专营酒的商店主办，目的是促销。不小的店面，长长的货架上，摆满了各式各样的红酒白酒，最贵的一瓶是1942年产的苏格兰威士忌，标价1779美元，折合人民币1万多元，而一瓶1965年产的白兰地，标价2500多美元。其他的红酒价格相对来说比国内的便宜很多。据说在美国，10美元左右就能买到上乘的红酒。不过今天是所谓的啤酒节，货架上的陈年老红酒，只是水中月雾中花，只有过道里摆放的上百种啤酒才可以免费喝。不仅有专门的服务人员帮着倒酒，还免费提供三明治。既然是奔着瞧热闹去的，所以只尝了一点点带有甜味的啤酒。反正对于我来说，啤酒都一个味道。同去的上海的张，今天运气不错，抽到了20美元的奖券，买了一瓶威士忌。

因为也没别的什么活动，男士们把想喝的啤酒都尝了个遍之后，随后离开这家店，到了附近的森林边上去游玩。这里基本上算是乡下，景色美得比啤酒还醉人，清新的空气，嫩绿平整的大草原，落英缤纷的小路，庄严厚重的雕塑，高雅秀气的民宅，陶渊明构想中的世外桃源大概也不过如此吧。草坪上坐到下午5点半，起身去等来时的公交车70A。在马路对面等返回的车，在我国是毋庸置疑的正确做法。可是50分钟过去了，只看见路对面有辆反方向的车经过，索性坐在一家银行的台阶上耐心等待。我们向对面刚刚下车的一位老先生打听，他口齿不太清楚，告诉我们70A没有返回的车，赶紧去赶对面最后那趟车吧。飞奔着穿过马路赶公交，没有成功。蓉怀疑刚才指路的老先生可能说的是醉话，怎么可能来回在同一个站点等车？旁边有一位在门口坐着的老人，两位张主动请缨去确认信息，结果捂着嘴笑着返回，原来那位先生才是位真正的老年痴呆症患者。一行人又灰溜溜跑回路对面继续磨炼意志耐心，这时等待时间已过1小时，显然哪里出了问题。再次找人问路才知道刚才说话口齿不清的老先生说的是真话，70A确实绕道走圆形，而且刚才开走的那辆是最后一班车。美国交通！简直服了！我们这群规矩惯了的中国老实人，怎么可能知晓这样的事情！

　　大家统一意见，开始了破釜沉舟步行回家！一路上美色美景、热冷笑话。一次失误，换来了预料之外的累和快乐。1小时后，平时经常去的Star Market竟赫然出现在眼前，原来没有想象中的那么远。下的是长征的决心，走的是一段阳关道，收获的是意外的惊喜。将走路进行到底！73站路口和大家说再见，抄近道步入一条小街，四周的静谧吞没了大半天来的吵吵闹闹，竟有点不适应一个人的脚步声。

　　回到住所是晚上7点半，手机里的计步器再次亮出了金黄色的奖杯：您已经破了个人最长的纪录21196步。

　　除了没看书，算得上完美的一天！

奥本山公墓赏景

Does the early bird really get the worm?（早起的鸟儿有虫吃吗？）近一个月了，每天凌晨4点就被各种鸟鸣吵醒。起来透过窗帘偷望，两只黄绿色的小鸟在窗外深情对唱，还没等我拿好手机，鸟儿就受惊飞走了！想起了美国作家霍桑说过的一段话："幸福就像一只蝴蝶：当你追逐它时，你难以得手；但当你安静地坐下来时，它却可能降落到你身上。"幸福看来也像只鸟儿，我愿意被动地等它的光顾。

上午基本没务正业，午饭后和泓去了奥本山公墓（Mount Auburn Cemetery）。这是美国最大的自然历史圣地，始建于1831年，占地面积174英亩，集合了9400种树，号称囊括了全世界所有的树种，四个美丽秀气的小湖区，是各类迁徙鸟的天堂。这里有9.8万座公墓，其中包括麻省理工学院及Star Market的创立者、作家、诗人、建筑师、哲学家、著名演员等历史名人62位，两座古老的教堂只有周日开放。正值春暖花开，是观赏鸟类的最佳时机，园内的游人不少。大多是休闲散步，有的带着相机专门拍鸟，只有少数人是带着鲜花来凭吊故人的。

在一个湖边，幸运地近距离观赏到一对火鸡，公鸡带着火热的激情，穷追不舍，展翅秀爱，高傲的母鸡却视而不见，自顾自地寻觅食吃，不理不睬。待我们兴奋地拍完照才意识到，路对面还远远地站着几个人在那里静静观赏，有人还撑起单反相机，等待捕捉精彩的瞬间。他们表现出的对火鸡的尊敬和不惊扰态度，让我们有点无地自容。

继续前行，偶遇一位60多岁穿戴讲究的女性，蹲在一个墓碑前，正用手里的一捧鲜花替换已经枯萎的花束，还用双手抚摸平置着的墓碑。这是一个不忍直视的场景，不忍心打扰，只能猜想她对安眠在那里的人的不了深情。阴阳恒相隔，生死两茫茫，她的痛，我懂。

另一个让人内心震颤的画面，是柳树湖畔座椅上安详坐着的一位老妇人。她挺直身板，一动不动地盯着湖面，右手边是一颗开着洁白素净白花的树，身后是参差错落的绿，左手方向有一条走近湖边的蜿蜒小路，从远处望过去，美得像诗，静得像画。单就眼前这一个景致，也使我们今天顶着烈日炎炎的出行变得超值。

今天只是在外围看了看，有点累，下午4点多返回。

富人区的内与外

近些天习惯了在外面放空大脑东跑西颠,养成了习惯性的懒!早饭后找各种理由不看书,疲累、鼻塞、头闷,在网上回邮件、读杂文消磨了几小时。索性从 11 点半开始动手做饺子吃。前两天在韩国超市买的韭菜,还有三周前买回冻在冰箱里的肉馅,再不吃就不新鲜了。既不是出于情愿,做起来也是负担,煮熟的饺子和开封的小笼包一样大,都不好意思发照片。要是在老家,把饺子包成这等模样,会被别人鄙视到死。还有盐放太多了些,吃起来咸是唯一的味道。扔掉的话连投入的时间都对不住,留着又有点难以下咽。看来没有心思、兴趣的强求,是做不成任何事的。

午觉一直睡到下午 4 点,经不住泓的吆喝,一起步行去了附近的鲜湖,湖区还是那么安静,绕湖跑步散步的人还是那么多,周围树林里的鸟儿唱得还是那么悠扬动听,旁边水池里的天鹅还是那么自在悠闲。沿途经过贝尔蒙特(Belmont)真正的富人聚居区,我们寄居的社区对比之下相形见绌。没见过天堂，想象不出爱丽丝梦游过的仙境，但这里的环境让人觉出了自己的寒碜和渺小。前庭后院花团锦簇，台阶幽幽，人影绰绰，门廊设计独特，流光溢彩，这里的人分明是住在花瓣中、绿色里！想蹭人家的门口照张相又担心会玷污那里完整的美景。犹犹豫豫也没抵住泓再三怂恿，回来一看照片，连当时的心绪心思心情都能从中分辨出来，那叫一个心虚！不同层次不同世界的东西并置在一起，不是不自量力，就一定是在自取其辱。大白天给自己找不自在，何必呢。

先后碰到两个屋的主人刚好出门，他们的表现让你觉得他们做这里的主人理所当然。先是一对母女，穿着打扮并不奢华，但得体优雅。打过招呼后问我们为什么要拍照片？解释过后，她们马上笑得像她家门前的花，亲切得像是见到失散多年的姐妹。女主人称自己叫 Abby，说没关系，自己也是哈佛的，前后左右随便拍，握手说完祝愿和再见后，开车离开。我们非常理解她起初的警觉，同时也感叹怎么如此轻易就相信我们不是坏人在踩点。泓的解释是，我们本来看上去就不像坏人。是吗？我问自己，从未想过这个问题。也许还有别的理由：她已经习惯了诚实处事、诚实为人、诚实的人文环境，未曾有过怀疑别人的习惯。无须怀疑他人诚信的生活状态和心理状态的人，无疑是幸运和幸福的！毕竟，心里干净了，眼里自然干净。

另一位是出来送客的一位男士，气质如谦谦君子。打过招呼后以为我们是学建筑的，要不然怎么会对这里别出心裁的房屋设计感兴趣。我们说感兴趣的其实是房前屋后的景致，他盛情相邀，说我们可以去他家后花园

拍摄。不愿得寸进尺，我们婉言谢绝。说你们很幸运住在比花园还美的屋子里，他说很知足也很感恩。说再见时还不忘给我们找平衡，连用了两个"great"（伟大的），描述我们国家的伟大，顿时心里泛起某种荣耀感。

这一天，又没读书。

参观当代艺术馆

打开邮箱，一条好信息猝不及防出现在眼前，导师和秘书同时发邮件，告知已经联系好了托尼·莫里森，可以和她的秘书直接联系做采访了！兴奋地心跳加快，一时不知道该怎样回邮件、约时间了！第一时间把这个消息分享给了D，随他怎么嘲笑！反正比当年想要见他激动得多。

一上午的慌乱，再加上昨天下午喝咖啡引起的睡眠不足，没有精神头看书。午饭后和朋友们约好去波士顿中心看空中雕塑，顺便参观当代艺术博物馆。下午2点半从校园出发，坐地铁直接到达。找到地方后才发现当地被媒体大肆报道的所谓空中雕塑，其实是被系挂在高空几个楼群之间、稍泛着红色的巨大的网，不管是远观还是近看，都看不出什么形状、什么寓意、什么美。难道仅仅是因为有难度？艺术作品真是见仁见智！不过网下的广场上平展的绿色草坪和上面供游人休息的红色的座椅和秋千，确实为环境增色不少。上海外国语大学的林是个聪明心细的女性，是她提前做好攻略，说近旁的当代艺术博物馆下午5点之后免门票，所以我们先来到大西洋边的水域游玩。刚从云层里露出来的宝石蓝的天，蔚蓝的海面，白色的帆船，绿色的树荫下舒适干净的桌椅，隐藏在草坪里的喇叭里传出来的缠绵的爵士乐，用流连忘返描述当时的心情，再恰当不过了。海边坐了约40分钟后，太阳露了脸，码头上帆船点点，大西洋洋面上风平浪静，还是自然环境的美更能让人心醉。下午5点整免费进入当代艺术馆，和我们一样蹭免费的游人还真不少，馆内只有四楼陈列的是反映战争的残酷和后果、艺术和实体间的张力两大主题的照片和实物造型，眼花缭乱，看得我云里雾里，也许这才是现当代艺术的特点。相对而言，还是更喜欢波士顿美术馆里的油画。转了1小时后离开。

慕名而去的景点多少都有些令人失望遗憾，而不经意间遇到的海滨美景却让人咋舌。

晚上6点坐车返回，回到家后借来针线缝好了裤子上的纽扣后，算是收拾好了行李，明天早上6点出发，去尼亚加拉瀑布四日游。今晚必须早点休息。

夜宿美国牧民家庭

尼亚加拉瀑布行，是由美国东北区国际学生联合会组织的一次出行，时间是5月22日到25日，行程安排：免费吃、住在当地美国人家里，游世界第一大跨国瀑布——尼亚加拉瀑布，每人收费165美元，游新娘面纱瀑布和风洞，门票共22美元自理。

早上6点15分出门，7点整专车正式出发，行程11个小时，一路上美景不断，车窗外望不到边的绿色森林和平原，湖泊河流纵横静卧。不禁感叹，美国这么广阔的田地不用来种植庄稼，任其生草长树，想到世界上还有好多国家的人民还没有解决温饱问题，多少让人有点心酸。

中途在纽约州的 Glassgate 一个很大的购物商场吃了午饭，顺便逛了这里的几家店，物美价廉，可惜时间太短。美国的服装，除了那些国际超级名牌，比起国内服装的价格，几乎便宜到后面少了个零。

晚上6点到达 Hamburg 市的 Irie 镇，和厦门大学的唐一起被安排在农场主 John 和 Amy 家。他们家有8个孩子

（5个儿子，3个女儿，老大 Michaela 19 岁，最小的 Evie 只有 2 岁），个个金发棕眼，漂亮温顺，可爱得让人嫉妒。

跟随 Amy 来接我们的，是今年 6 岁的老七 Weasley，略显腼腆，但只要有话问他，他会说个不停。行车 30 分钟，几乎都是穿行在森林湖泊绿草地和一眼望不尽的青青牧场之间。临近 7 点到达被绿色包围着的主人家。北边和东边有成群的奶牛在青色的牧场里吃草，边上有个风力发电装置，在黄昏的微风里转动着，带着悠悠的浪漫，让人想象和向往。西面依稀可见青色的伊利湖（Erie）——美国五大湖区最大的一个。房前屋后，到处停放着机械设备和叫不上名字的车辆。屋子的南面有两座高高的水塔状的储草仓库，两个很大的牛棚就在仓库的旁边。

跟随 Amy 上楼，突然被眼前冒出来的一群漂亮的孩子们看得眼花缭乱，根本分不清谁是谁，连刚才聊了一路的 Westley 也找不准了。家里上上下下干净整洁，井井有条，算上地下室共三层，四个卫生间，感觉有无数个房间。留在家里做饭的是老二 Addie，穿着打扮让人想起 19 世纪初简·奥斯汀笔下的人物。男主人 John 还在牧场。Amy 说，近来是牧场割草的最佳季节，需要及时收割才能保障成色，所以 John 近来经常早出晚归。晚餐上桌后，John 才回到家，看起来本分、结实、有点帅气，但不善言谈。

平日里一家人吃饭的座位，看来是从小到大排列的，除了最小的 Evie，每人都在忙。有的摆放餐巾刀叉，有的在厨房帮忙，有的帮忙抱妹妹。饭桌上孩子们相互照顾，不争不抢不喧哗。牛肉、玉米、色拉、甜点，当晚吃的是一顿典型的西餐。

大概是家里不常有客人，而且四周最近的邻居也得开车十几分钟才能看到，所以孩子们都显得特别兴奋，争着抢着说话，介绍自己心爱的玩具和故事书，带我们去看自己的床铺，还神秘地互相揭点老底，找找自信。从来没有跟这么多这么小的美国孩子有过这么近距离的接触，听着他们讲的嫩声嫩气的英语，还有可爱的表情和乖顺的行为，心都醉了。

饭后气温降至只有 10℃ 左右，Amy 带着我们和 8 个孩子一起参观了他们的挤奶场。挤奶、传送、保鲜、灭菌全程机械化。400多头奶牛中有200多头产奶，每头牛日产奶45千克，隔一天会有奶厂的车上门来拉。

一间比较小的牛棚里，养的是年龄不一的小牛，有的只有几周，除了喂草，还得喂奶和专门的饲料。

从牛棚出来，Amy带着5个小孩子回了家，让两个大女儿和大儿子开车带我们去了路对面的牧场，看看在那里收割草料的John的工作流程。天气异常的冷，站在收割完的如茵的草坪上，听几个孩子讲发生在这里的故事，讲四季的天气，还有活动在牧场上的鹿、狐狸、火鸡、兔子、松鼠等动物的有趣之事。之后还特意坐着John的价值25万美元的德国割草机，转了好几圈才返回。John说他们家共雇了5个工人，负责开车拉草，喂养奶牛，打理牛棚的卫生，定期会有专门的兽医给牛检查身体。第一次接触美国农村牧场生活，很是新鲜。平常会看到牛奶瓶上写着有机奶，今天正式见证了什么是有机。

从牧场返回已经是晚上 9 点，孩子们已经在各自的小床上入睡。老大 Michala 打开电脑给我们看她每天都要写的以"The farmer's daughter"（农场主的女儿）为主题的博客。同时也得知她没有固定工作，夏季会有两个礼拜的时间义务跟一些组织外出参与一些与文化历史有关的演出，比如重现 19 世纪中期的美国内战等，其余时间就跟着爸爸在牧场干活，一看就是个善良勤快纯朴的牧场姑娘，专长于织毛衣、裁剪、缝衣服，一家人的毛衣帽子几乎都是出自她的巧手。

晚上洗完澡已经接近 11 点。11 个小时的路程，终于安静下来时，已经没有任何力气写日志。

这个远离城市、拥有几百亩牧场（始建于 1850 年）的现代家庭，充满了和谐、幸福和满满的爱。待在一家人中间，只感觉被爱包围着。那种氛围，除了温暖还是温暖。

Amy 家的宝贝们

早上 7 点起床，听到楼下有动静，Amy 和二女儿已经在做饭了，随后几个小家伙都相继起床，收拾床铺，各自换上干净的衣裳，乖乖坐在饭桌前等着吃饭了。9 点 Amy 开车送我们到集合地点，一路上给我们讲她们家的故事。

两岁的小女儿生下来后因严重的肠粘连，导致心、肺、肝严重变位，离开母体后几乎不能呼吸，在医院住了 44 天，做了两次大手术后，奇迹般地生还。到现在还不能平躺着睡觉，否则食管里的食物会倒流引发咳喘。本来就没敢抱什么希望，Amy 说感谢上帝她能活到今天而且一天天地好转，幸运地成为医学界五十万分之一生还比例中的那个一。

说到教育，意想不到的是，两个大女儿上了几年小学后，Amy 不喜欢集体教育模式，决定留她们在家由自己教育，开始了真正意义上的家庭教育，而且一直坚持到现在。如今 8 个孩子都没有去学校接受所谓正规的教育，Amy 按自己的方法给不同的孩子单独上课。老大算是已经高中毕业，喜欢读书，尤其喜欢 19 世纪的英国文学，简·奥斯汀是她的最爱。《傲慢与偏见》是她最喜欢的作品。平时除了每日挤时间读书、写博客，还写诗歌。

很健谈的老二 Addie 上了两年学后，十分不适应学校生活，现在算是高二的学生，不像姐姐喜欢农场工作，她更喜欢做饭做菜做家务，是家里除了妈妈之外的权威和主心骨。她每天把自己打扮得清清爽爽，漂漂亮亮，喜欢穿裙子，梳个花辫子，头上戴花式发卡，整个人看起来很维多利亚。《爱玛》是她最喜欢的小说。

家里两个女儿的生活状态、穿衣打扮和思想意识，似乎完全在照搬 19 世纪初简·奥斯汀小说里人物的生活方式，乡村、教堂、牧场、家务、安静、安宁、充满幻想、挤奶的姑娘……只是她们多了现代化、多媒体的交流沟通模式，把用鹅毛笔写信记日记，变成了用电脑、手机沟通交流、发送信息。

大儿子即老三 Markes，今年 15 岁，已经长成帅气的小伙子，没有丝毫叛逆，绅士风度十足而又未失童心，总愿意跟小弟弟们在一起，总是找机会说话，分享他的喜好和主张。他尤其喜欢并精通电脑，在网络上自学计算机编程，已经自创了好几个游戏软件。还拽着我去了地下室，看他自己组装的计算机。看他在厨房熟练地做着鸡蛋羹，还有他抱着小妹妹玩的画面，始终让人心有所动，无法忘记。

老四 Mason 是唯一一位脸上长着雀斑的帅气的少年，看起来比哥哥小很多，个子也矮不少。他还处在变声期，梳着酷酷的发型，带着一枚心爱的电子手表，在湖边给我讲了很多贝壳的知识，还帮我捡了他所谓的宝贝。野餐前的球类游戏运动中我的表现，得到他好一通羡慕和夸奖。

老五 Sam 最爱说话，刚开始我们总和老七 Wesley 一起玩，他静静地站在旁边听，只是到了讲故事的时候，他才发挥了自己的口才优势，在弟弟还没有组织好语言之前，他就煞有介事地叽里呱啦，把故事讲完，还带着掩饰不住的满足和得意的神情。在我们试图策反 Wesley 跟我们回中国时，被忽略的他怯怯地说："我愿意跟你去中国。"我们这才意识到他更愿意跟着我走来走去，更愿意走路时被牵着手。离别时也是他要求跟着妈妈送我们到集合的地方。

老六是全家公认的机灵、调皮、捣蛋鬼，喜欢自己一人玩，喜欢跟爸爸去牧场，他的状况最多、问题最多、建议最多、主意点子也最多，爸妈都说他将来很可能是一家人的希望，也是牧场不二的传承人。他们家的十几个功能形状各异的机械化农用车辆工具，都是他一一告诉我的。他自己开着那辆玩具卡车绕着院子转圈，而且每次都不忘停下来做鬼脸的神态，超级可爱。我们临走时他还提意见，说我忘了抱抱他说再见。

老七 Wesley，我们来时见到的第一位男孩，长得最帅最可爱，话不是很多，属于家里常常会被忽略的孩子。但能感知到他很愿意接近你，愿意跟你讲话，愿意和你一起玩游戏，愿意分享他的故事和小心思。他的金发是一家人中最为鲜亮的。

这群生活在美国乡村的可爱的孩子们，不缺爱，有大把大把的自由和幸福，但或许也有寂寞，他们的心中大概都藏着对大城市的向往，所以聊起来就会问你们那里是不是大城市，有没有摩天大楼。

Amy 对传统学校教育的挑战现在看来是成功的，因为孩子们不仅学会了读书而且喜欢读书，更重要的是，他们也学会了善良、礼貌、宽容、相让，学会了爱，而这不正是教育的本色吗？

今日的主要行程安排，上午是以"如何认识上帝"为主题的会议，参会的有来自不同国家的留学生和访学人员，因为是教会人员组织的旅游活动，所以普及宗教知识是必不可少的内容。不管信仰与否，不管是否接受，有这样一群人，愿意不计报酬，牺牲自己的时间，劳力费心地组织来自世界各地素不相识的人出游，都是一种精神和爱心。12点半在布法罗（Bufflo）的大教堂活动厅吃完午饭后，坐车去尼亚加拉大瀑布参观游玩，晚上9点返回集结地，再由寄宿家庭接回他们家。

215

和 Amy 一家外出游玩

今天恰逢美国纪念日，官方以纪念战争中牺牲的老兵为主题，百姓往往会买束花去墓地扫墓祭祖，很像中国的清明节。上午 9 点 45 分，和 Amy 一家去了她们常去的教堂（男主人 John 依然去了农场），一家人盛装，5 个儿子个个穿戴整齐，头发梳成各种酷，3 个女儿打扮得如花似玉，连小女儿的手指甲都被妈妈精心染过，行车 20 分钟到达 Hamburg 镇的一个小教堂。和英国传统的基督徒做礼拜时开场合唱隆重肃穆的赞美诗不同，这里的唱诗班是由 8 人组成的现代电子乐团演奏现代音乐，没想到极富现代气息的摇滚乐，也照样能唱出对上帝的感恩和崇敬。其他的程序基本一样。12 点过后，开车到当地一家有名的比萨店吃了顿地道的午餐。随后赶回农场接了 John 一起回了家。大家换好休闲装，带着各种球类和游戏工具，Amy 一家 10 口人外加我和朋友唐，一起来到伊利湖边的公园野餐。烧烤过程中，和几个孩子在草坪上踢球扔球玩游戏，去湖边捡宝贝，乐坏了这群漂亮的小宝贝，虽然不时因照顾不周冷落了哪一位，但不会有严重的后果，他们只是脸上露出小小的失望。John自然负责生火烧烤，主食是热狗，外加草莓、樱桃等水果，当然还有可乐和薯条。

晚上6点赶往教堂观看那里的表演，主要是旅游团队里一些人的才艺展示。之后有盛大的招待，和Amy一家八口席地而坐，吃着甜点，喝着咖啡，看着几个孩子玩游戏，讨论着各自国家的民俗、艺术和文化，其乐融融。

晚上10点回家，车上看到动人的一幕，我替Amy抱着他们家的小公主，途中Wesley跑过来，高兴地看着妹妹说："你今天会爬了，Evie。"（Evie在学会走路之前，从来不会四肢着地向前爬），说完还很动情地在妹妹的额头上亲了一下，当时感动得我差点流泪，被孩子们之间这种爱感动，被美国人这种表达爱的方式感动，被这个家庭里浓浓的爱感动。

回到家已经晚上11点，快到12点时，Amy轻轻地敲门进来，坐在床上和

我们聊天，聊她的信仰，她的过去，她的梦想，当然还有一大群孩子带来的麻烦和小忙乱。说晚安时已是凌晨1点。

这几天来从来没见到 Amy 高声说过话，只是温柔地叫一声孩子的名字，似乎就会有神奇的效果。她在孩子们中的威信和地位是毋庸置疑的，孩子们说起话来时常会重复的开场"Mum said this, Mum said that"（妈妈说过）便是证明。

做个农场主的妻子，不容易。

从牧场回来

尼亚加拉旅游最后一天，7点半下楼吃早饭，带着Amy送给我们的地方特产，和孩子们说再见，还有点小小的不舍。

行车9小时，晚上6点半顺利到达波士顿，30℃的高温，空气里带着燥热，中心公园里人头攒动，中心广场突出的草坪上插满了美国国旗，远远看去像是盛开的夏花。没有停留，坐地铁返回。几天来的西餐已经吃腻，只炒了点青菜当晚饭，洗完所有的衣物后，已经累得差点找不着床。

尼亚加拉大瀑布之行，收获了满脑满心的感念和感叹，留着慢慢回味。明天中午和朋友们约好参加欢送甘肃敦煌的张回国的午餐，晚上还要去市里参加一个大型的聚会。

疯了。

今天的主题是送别

昏昏沉沉中醒来,已是上午8点。吃过早饭回邮件,不知不觉已经到了约定的时间。11点出发,和朋友们一起买了两瓶红酒,赶往老张住的燕京学者楼,为他送行。张是我们圈子里唯一的一位燕京学者,由哈佛提供每月近5000美元生活费,6月3号回国。他为人低调真诚,学术能力超强,著作等身。法语能听懂,英语能交流,日语讲得像母语,让我们几个学语言出身的人羡慕嫉妒恨。

12点到了哈佛主校区附近他的住处,一进门就闻到地道的炖羊肉的味道。老张坚决不让我们买任何东西,承诺炖西北风味的羊肉汤。中国西北羊肉汤,再加上两个意大利比萨,一瓶日本清酒泡青梅,一顿名副其实的东西结合午餐,吃到了下午2点。饭后共7人分两拨玩扑克牌,吵吵闹闹,各种各样的笑话掺和着各种高大上的话题,热闹了一下午。大家还不断感叹,来自国内南北东西的一帮学者,聚集在哈佛的地盘上打扑克,怎么有点后现代的味道!

6点吃完晚饭,一起去了哈佛已经开始沸腾的校园。毕业季临近,参加或观光2015级毕业典礼的亲友、校友们从五湖四海涌来,校园内肤色服饰各异的人群,喜气洋洋的气氛,随处搭建的帐篷,摆放整齐的桌椅,甚至还有那些匠心独运置放整齐的垃圾袋,都为校园的美增添了不少色彩。只能说,有钱就是任性。哈佛就像一个要操办婚嫁喜事的大财主,张罗得眼花缭乱让人羡慕嫉妒。Widener图书馆前的主会场,整齐地摆满了成千上万的椅子,哈佛先生雕像前摆满红色的招待家长校友的桌凳,绿荫下泛着诱人的喜庆和舒适。盛装之下的哈佛,美得像诗像画。

今天开始,本科生的分部典礼已经开始。明后天要封场,图书馆闭馆,持票的人才有权凭票进入主校园。28日将是哈佛一年中最隆重的节日,又将会有多少人从这里迈向社会,走到世界各个领域的顶级层次,我们拭目以待。

盛大的毕业季校友会

尽管是燥热的一天，有点疲惫不堪，但还是经不住诱惑，午饭后去了学校，再次经历哈佛大学一年一度的盛大毕业典礼。

毕业典礼活动持续三天，昨天开始的是部分院系各自独立的庆典。今日是比较盛大的校友会，由各院系以官方形式请来著名校友，为毕业生加油助威。

一走进场内，就被毕业典礼的浓烈的气氛包围。下午2点主题发言已经开始，Widener图书馆前是主会场，属于嘉宾席，必须凭票才能进入。其他地方摆放整齐的桌椅，有大屏幕现场直播，随处都可以找个椅子坐下来，听哈佛校友们激情四射的演讲。有政客、有商人、有作家、有演员、有社会活动家，个个锋芒毕露、气吞山河，颇有试问天地万物、谁主沉浮的气度！

除了激情四射，风趣幽默是演讲者的另一个特点，人人极尽幽默之能事，引得观众席笑声、掌声、欢呼声不断，好像谁不能抖包袱把观众逗笑都不好意思上台似的。基本套路都是先抑后扬，回顾在校时的美好时光，表达对母校的感恩，且都以高调张扬的荣誉感、认同感、归属感和自豪感，传达哈佛的精神，抒发着对母校的真爱。

大概在守门人的眼里我不像坏人，很轻松就进入主会场，找了树荫下的一把椅子坐下，完整地听了几个校友的演讲。穿红裙子的女生一上来就感谢哈佛曾经的包容；穿绿裙子的姑娘为职场女性鸣不平，结束时公开征婚，多次重复着自己的手机号码；帅气和痞气兼有的公司高管高声宣布，没有我们这群学生，校长、院长、系主任什么都不是；毕业10年的奥斯卡影后娜塔丽·波特曼带着款款深情，回忆起自己在哈佛的校园生活。激情、才情、热情、诗情共同构成这些著名校友的演讲特色。哈佛大学是他们的荣耀，他们是哈佛大学的骄傲。

下午 4 点整是我们研究院的毕业典礼，参会的人大部分都身着盛装，招待餐空前丰盛，导师穿身黑色西装系条红色领带，帅气十足。人太多连招呼都没打成，不过见了好几位之前认识的朋友，一位是 Gilda，另一位是波士顿大学的 Arling，匆匆拍照留念，和 Arling 约好回国前一起喝咖啡。

正式活动还没开始，因人多大厅里异常闷热，只好选择提前离开会场，和几位朋友在充满喜庆的校园里合影留念。

今天，也是来哈佛大学满九个月的日子，借着这几天校园里爆棚的喜庆气氛，也给自己的访学生活提前做个仪式性的告别。

我爱你，哈佛大学。

隆重的学位授予典礼

今天是哈佛大学第 364 届毕业庆典的最后一天，因为需要门票才可以进入，所以退而求其次，我们几个便去了商学院的毕业典礼现场。上午 8 点半到达指定地点，一路上碰到的都是盛装的人群和喜庆的笑脸，感觉整个剑桥镇都在沸腾。

上午 9 点开始的直播一直延误到 9 点 40 分才开始，据说这也是哈佛特色，讲究自由，上课迟到早退司空见惯，拖延时间被默认为常态，没人急躁、抱怨或不耐烦，人人精神饱满，兴趣盎然。

悠扬悦耳的钟声响过，商学院的典礼正式开始，一位身穿黑色礼服头戴黑色礼帽的老先生手拿拐杖从主席台侧面正步走到中央，转身面朝观众，用文明杖在地上哐哐哐连击三次后，拖着洪亮的嗓音宣布毕业典礼正式开始。接下来是哈佛合唱团成员唱的一首带有基督教感恩性质的圣歌，随即全体起立，共同祷告，感恩上帝给予哈佛绵长辉煌的历史和光明的未来，感谢上帝给予哈佛的蒙荫和慈爱。

这样的场合这样高调的宗教情怀，真是出人意料。

紧接着是学生发言，第一位走上台的是英语系本科生用拉丁语朗诵诗歌，字正腔圆像是表演莎士比亚的戏剧。一位硕士生的发言从日常生活中的接听手机开始，阐发出多给他人一点爱，多给世界一点爱的倡议。一位叫王菲菲的华裔女博士，则以社会学为切入点，强调了自由与责任。学生的发言中没有国内模式化的报效祖国的宏志，也不表为国效劳的决心，他们的心愿具体、实际、理性、务实，反倒让人听出了真心实意和真诚。

主题发言结束，进入授学位的环节，各个院系的院长或系主任先后走上前台，先脱帽向坐在主席台正中间上方的校长 Frost 问好，再用三两句话，高度简练地汇报各自院校毕业生皆圆满完成任务，顺利毕业。他们共同用的称谓不是学生，也不再是男孩女孩，而是先生女士。被提及的院校学生则站起来高声呼喊回应。一个亮点是唯一一位女性，商学院的院长，特意用了停顿和强调，把称谓的顺序改为女士先生，引来一片欢呼声。另一个亮点是哈佛研究生院终身院长、复旦大学1978级数学系毕业生华人孟晓梨的出现，给华人争了光。每位院长或系主任报告完后，身穿一身黑袍像皇帝一样正襟危坐在正中央的校长就会一一宣布，"我以被赋予的神圣职责，准许你们毕业，

227

特发学位证给你们,希望你们能以所学知识服务、促进、改变相关领域和世界"。校长发言宣告之后,学生们才算正式获得学位。

商学院的毕业典礼进行到一半,有朋友发微信说哈佛大学的毕业庆典现场可以自由进入了,我马上背起书包坐学校的摆渡车返回主校区,想感受一下典礼现场。高温天气助长了热烈的气氛!入门要经过层层把关,不仅把随身的书包(包括钱包)全部翻遍,而且像要登机一样全身扫描安检,之后给书包上贴个标签才能进入会场。这么大的场合,这么高的人员密度,聚集了这么多世界级的精英,安全当然是重中之重。

仪式的最后一项是授予麻省州长荣誉博士学位。11点半,依然是那位穿黑色礼服的老先生以同样的翩翩风度,执手杖连击地面三下,拖着长长的古英语语调,宣布典礼结束。下午2点半开始的第二阶段主题发言会在一个教堂举行,贵宾在此时才会亮相。大家最为好奇的是,今天到场的神秘贵宾会是哪路神明,后来才知道,今年没有大家期待的社会名流或商界精英或艺术界的明星,而是前麻省州长,追星的希望落空,多少有点失望。好在还有10年前从哈佛大学毕业的、演过《黑天鹅》的美女Portman。

不管是学生的发言还是导师教授的感叹,哈佛人共同传递着这样一个信念和雄心:为了人类生存生活,为了文明,为了世界,我们有责任站在认知

客观、主观世界的最前方。这种自信和决心大概也是哈佛的特点吧！

　　下午3点多返回，待在闷热的屋子里无心读书。整理近来海量的照片，回了几封邮件，确定了和日本朋友Yuri喝咖啡的时间，蹉跎到天黑。

　　像哈佛的毕业生一样，对于自己，这也将会是我永远铭记在心的一天。

观者如潮的飞行表演

早上 6 点起床,打点行装,和朋友们包车一起去罗得岛州(Rhode Isand),看美国最盛大的一年一度的航空飞行表演。天上浮云淡淡,身边青草悠悠,路旁夏花怒放,走在漂亮幽静的小路上,深吸一口清凉透明的空气,惬意清爽,想起了很多美好,祈愿这就是生活!

8 点半正式出发,行车 1 小时 40 分钟到达这个富裕的州岛海滨飞机场,临近目的地,高速路上几乎没有堵车,有军人指挥交通,远瞧停车场,车仿佛停在了海面上。等待入场的人群排起了几里长的队,美国人机械地规定,不许背双肩包入场,不管大小。而不管多大的单肩包却畅通无阻,这是什么逻辑?现场几十辆公共汽车免费从停车场将观众转运到现场,公交车上的每一个细节,都反映出美国人的素养。烈日下排着长长的队伍,先上车的人都会自觉从后面开始坐起,把方便留给后来者。而下车时后面的人纹丝不动,只等着前排座位上的人离开才依次站起来。这样的意识值得国内学习。

说人山人海毫不夸张,沿海岸线停放着不知名的十几架仍然服役的飞机，游人可以排队免费爬进里面参观。飞行表演上午9点正式开始，一直持续到下午4点。首次近距离接触高空飞行表演，最大的感觉是震撼。从单架飞行到2架、3架、5架、6架直至10架列队表演，每次升空都挑战人们的神经极限。那种呼啸、空中翻滚、直线上升和俯冲、队列瞬间的排列组合、各种造型的七彩喷雾，都引来人群一浪高过一浪的欢呼声和惊叫声。不同的高度呈现出不同的具象，像苍鹰、像海燕、像蜻蜓……晴朗的天气、刺激的现场感成为今天出行的最大亮点。

朋友中有人是第一次来罗德岛，所以观赏表演至下午1点半离开，行车1小时来到岛的另一边著名的别墅区游玩，这一区域最著名的海景房有五家，都有上百年的历史，其中两个著名别墅The Breakers和The Marble因缴纳的地税太高，后人没有能力供应而赠送给了当地政府，供游人参观，组合票价35美元，可以走进屋内，看看那时富人的奢侈豪华和一些历史珍品。相对于室内设计，大家更喜欢外部如诗如画的环境。古朴的花园挺拔的树，厚厚的草坪碧蓝的海，诉说着穿越千年的故事，彰显出它们曾经的辉煌。斗转星移，时光终将把一切卷进历史的河流里，那些曾经的宏图大志、呕心沥血、披荆斩棘如今都化为相向海滨的建筑，尽管依然凛然威风，但少了温度，乏了生气。

也许是第二次参观，没有什么新奇。返回来时途中经过的一个海湾，临时起意下车去了海滩，临近黄昏涨潮时显现出的美丽景致，给今天的出行添了一笔壮观。

晚上 7 点返回住处。今天出游，既见识了现代化的飞行表演，也领略到了田园自然景观。虽累但快乐。

抵达芝加哥

今天气温 6~11℃，波士顿的气温真对不起一头撞过来的夏天！和朋友们（西安的清、杭州的泓、厦门的梅）一起开始芝加哥自由行。早上 6 点起床吃饭，Lida 迷迷糊糊从卧室出来道别送祝福，上次去尼亚加拉大瀑布，走到半道收到她的短信，说自己没来得及说再见，很是抱歉。出门时 Ruth 发短信说好久不见，问候一切可好。感谢这些美国朋友，不管她们是出于礼貌还是发自内心，都让我在早上的寒冷里感觉到了温暖。飞机 11 点准时起飞，当地时间下午 1 点半正点到达芝加哥，这里气温 18℃，艳阳高照，3 个小时内，又从冬天回到了夏天。

芝加哥位于美国中西部，在伊利诺伊州境内，东临密歇根湖，是美国第三大城市。地处北美大陆的中心地带，是铁路、航空枢纽，同时也是美国金融、文化、制造业、期货和商品交易中心之一。芝加哥常被称为"风城""芝城"等。芝加哥也是重要的金融中心之一，美国第二大商业中心区，是美国最大的期货市场。芝加哥都市区也被誉为"摩天大楼的故乡"。

下飞机后没有停留,坐地铁蓝线40分钟穿过部分市区到Clinton路,再坐"Greyhound"(灰狗,美国一家公共交通运输公司)直奔威斯康星州府麦迪逊,一路向北,夕阳为伴,两旁参差错落的绿色大草场,带着某种梦幻神秘,勾人魂魄。又一个3小时后,打车到达预订的宾馆,此时夕阳映红半边天空,蓝色的湖水荡漾成妖娆,这是一个多少带点梦幻的地方。

办理完入住手续后已经快晚上9点,在宾馆叫了附近中国餐馆的外卖,洗完澡躺在松软舒服的床上,开始狂聊,上下五千年,纵横十万里,老公孩子,国内国外,政治经济文化,敏感刻薄话题,快12点了还欲罢不能。和朋友们在一起,整个过程都是愉悦的。

芝加哥之旅的第一天,大半天都在路上。疲累但快乐。

游览威斯康星大学和州府

闹钟于早上6点10分响起，大家纷纷起床，洗漱的同时还不忘相互斗嘴吵闹。吃完早餐，宾馆有免费的摆渡车送至市区，第一站参观世界顶尖级名校威斯康星大学，这里号称是全美最美的校园，占地面积两千亩！

创建于1848年的威斯康星大学在世界大学排名中列第19位。其工程、计算机、经济学、工商管理和社会学闻名于世。而麦迪逊分校是威斯康星大学系统之母和旗舰校，历史上曾有18位教授或校友获得过诺贝尔奖。

威斯康星大学麦迪逊分校是一所综合性公立大学，隶属于十大联盟（Big Ten Conference），在校学生4.4万人，其中包括1.2万名研究生。1848年，威斯康星成为美利坚合众国第30个州，该州创立伊始就立法决定在州首府麦迪逊（Madison）成立威斯康星大学。1971年威斯康星州立法成立"威斯康星大学系统"（University of Wisconsin System），它吸收了威斯康星大学（UW-Madison）等13所大学、14所社区学院。

两千亩大的校园！先是在泓的朋友带领下坐校内观光车绕校园一周，穿过茂密的森林和两个鳞浪层层的湖区，尤其是掩映在古树中两层楼的学生宿舍，从旁边经过，有种能碰到七个小矮人走出来的感觉。然后选择性参观了校区的建筑亮点，主体大楼前的草坪比起斯坦福大学门前的巨形草坪要瘦长得多，但位于草坪上方的威风凛凛的主体大楼，有种狭小但能震慑天下的豪迈和自信。历史文献大楼、科学中心、人类生态学大楼、商学院大楼等建筑主体，各自优柔秀美但也锋芒毕露，都传扬出名校该有的豪气、富丽、端庄和涵养。

总体感觉威斯康星大学麦迪逊分校，建筑古朴而不失活泼，稳重但不乏朝气，像一位饱读诗书的小镇姑娘，美丽、大方、有学养，远离闹市却不缺朝气，兀自卓然向上。

从麦迪逊市中心唯一一条主街道穿过，来到了州府大楼参观。街上行人稀少，一点儿没有州府该有的人流穿梭。除了路边的咖啡屋和几个百货店面，没看到像样的超市。250万人的美国中部城市，学生占了五分之一，暑假期间，街道上自然空了不少。

下午1点整，仔细参观了建于1906年的威斯康星州府，据说不管是高度还是室内装饰都堪比华府的议会大楼，刚好碰上一群人在集会，抗议州府近期颁发的某项条例，限制了联合会的自由，大约有20几位男女老少在进门的大厅里打着横幅围成圈大声唱着歌，声明政策不改我们不走。而州府内的官

员们依然在里面办公。美国人总会把他们的自由发挥到我们的想象力之外。游人有专门的导游带着，一一参观里面的众议院厅、参议院厅、立法厅、最高法庭等政府要员工作场合，展现出其工作的透明和自信。既然是人民的公仆，为人民服务，还有什么是人民不可以看见和知晓的。

下午2点半返回到威斯康星大学校园，从朋友处拿回行李，坐车赶往市外megbus停车站，4点50分乘车杀回芝加哥城，将近7点到达华灯初上的市中心，从乡野村镇返回到摩天大楼林立的市区，感受到大都市的现代气息。

晚上9点20分下地铁，转乘77路公交，步行15分钟到达预订的民宿，主人发短信说钥匙留在后门的钥匙盒里，并告诉了我门禁密码，开门进屋洗漱，晚饭用几块饼干凑合解决。聊天到午夜，这是奔波劳累但快乐的一天。

芝加哥公园游

早上6点钟爬起来，环视暂住的民宿。三层楼民房，三楼是主人的卧室，二楼有客厅、饭厅、厨房、卫生间和一间卧室，一楼其实是半地下室性质，网上信息没有说明，有种被骗的感觉，好在环境干净整洁，床也舒服。再说日行百八十英里，哪儿有精力抱怨，睡得天昏地暗，不知道饥饿。

上午8点半出门在附近一家店吃了早饭，用昨天花25美元买来的三日游通行卡，乘车前往林肯公园。步行穿过几个高大上街区，石头建造的连排房，昭示着房子的历史及原房主曾经的富足。不过，如今真正的富豪们早已搬离这样的地方，独自临湖而居，独享一份山水。10点到达林肯公园，宽广的草坪，盛开的鲜花，多样的植物，随处跑动的松鼠，身边飞着叫着的各色鸟儿，都无法把眼前的景和心中"最大的工业城市"联系在一起。今天才算见识了原来发展工业也可以不污染环境。

今天适逢这里的小学生放假，公园内部的动物园内，老师带队来参观游玩的学生，家长推着的婴儿车，把整个动物园拥挤得嘈杂沸腾。大约1小时后，乘车来到了著名景点——濒临五大湖之一的密歇根湖边的海军码头（Navy Pier）。这里的游人以小学生为主，此时天色放晴，太阳直射在码头上，湖水呈现出迷幻的蓝绿，远处有游轮帆船驶过，近处人声鼎沸，空中海鸟盘旋，热闹的码头上，有在国内旅游的气氛和热闹。下午1点半在码头上的麦当劳吃了汉堡。不得不说，吃西餐是在美国旅游唯一让人提不起劲儿的事。不管有多饿，一闻到那种奶酪黄油味儿都倒胃口。为了吃而吃，会影响情绪。

下午3点离开码头，坐了一段公交，步行穿过市中心著名的购物街——密歇根大街，摩天大楼鳞次栉比，赫赫有名的希尔斯、汉考克、水塔楼，各具风情，威震天地，走在街上一下子找到了蚂蚁的感觉。开玩笑说，这里无疑是治颈椎病的好地方。特意在H&M匆匆买了件裙子做纪念，之后来到千禧公园（Millennium Park），差点被眼前的美景惊呆了。除了带着浪漫色彩的薰衣草和各种离奇的花卉，公园里的云门（Cloud Gate），像个大大的肥皂泡，上面映出后面错落有致的楼群，晶亮的外观，透明得像面球形的镜子，游人纷纷站在前面自拍。

除了奇特的云门，皇冠喷泉也是千禧公园的另一别致景点，两个相隔50米的高柱从上到下涓涓流下的水流，稀释了燥热的天。儿童们戏水，小鸟儿觅食，游人如织，和纯纯的自然构筑成多彩的美！

离开千禧公园，步行到号称世界第一的芝加哥美术馆，接近5点关门的时间，到里面简单游览了一圈，倒是两边的雕塑公园，成了今天最好的景致。

乘地铁返回的路上下车去了超市，里面的食品价格比波士顿常去的超市平均低1美元，很是震惊。于是像白拿一样，买回各种水果蔬菜，牛奶鸡蛋面包，晚上做方便面，奢侈地在方便面中放满了所有蔬菜，一顿没有半点油星的晚饭，吃出山珍的味道。也终于在来芝加哥的第三天，享受到民宿的好处。

晚上，有几个大学生模样的游客搬进了二楼，厨房的冰箱里多了很多啤酒饮料和各式美国食品。几个小伙子显然已经用过餐，简单地打了声招呼，前呼后拥着出去喝酒了，凌晨1点才返回。除了上楼的声音，没有一点声响，感谢他们的文明素养。

晚饭后时间还早，洗过澡后几个人开始在网上互传照片，无比夸张地调侃、吹捧、嫌弃、赞誉，不放过对每一张照片主人的评头品足。好朋友在一起，斗嘴、互赞、嘲讽、鄙视，欢乐无比。

神游橡树园

芝加哥的第四天，早上7点起床洗漱做早饭，准备好午餐，9点出发前往位于芝加哥市最南面的芝加哥大学。今天最高温度18℃，虽然天上下着毛毛细雨，刮着冷飕飕的风，但丝毫没有影响到心情。

行车半小时来到芝加哥大学校园，这所由美国石油大亨约翰·洛克菲勒出资、建于1891年的私立大学，是美国最负盛名的大学之一，先后共有89位诺贝尔奖得主在此工作或学习。核反应堆就是由这所大学的一位教授发明的，校园的一角专门建有蘑菇云雕塑以示纪念，只祈愿这位教授的伟大发明是为了造福人类，而非毁灭世界。连战、李政道、杨振宁、梅汝璈等都是这里的著名校友。

芝加哥大学校园，美得让人意想不到！校园整个建筑透着厚重的历史感和文化气息，各具特色的教学楼、宿舍楼、实验室和图书馆，皆以其独特外观、个性和风韵，静卧在校园里，而其赫赫名气和实力则从别样的门窗、贴心的设施、豪华且务实的装饰中徐徐绽放。芝加哥大学校园最突出的特点，还是几乎爬满每幢建筑的常青藤，青翠淳美将楼群温柔相拥，把剩下来的窗户、大门和门廊小灯衬托得神秘、神奇和俏皮。芝加哥大学美丽的校园，用它的绿，挑战并颠覆着"工业城"定义。

这里的图书馆建筑也个性十足，外观看上去竖直、错落、结实的围墙给本应舒适静谧的图书馆平添了城堡的威武霸气和森严。大概是为了弥补这种建筑模式的紧致和保守，旁边呈透明状肥皂泡式的阅览室，稀释了不少主体馆的森严。

校园内部还有座著名的东方艺术博物馆，里面展览着远东地区的古玩、雕塑和艺术品，为这座百年名校增添了不少任性和豪气。

近12点乘地铁来到了芝加哥市著名的橡树园镇（Oak Park）。并不长的十字大街上，竟建有七座教堂，可以想象小镇居民的宗教生活的富足。最重要的是，这个听起来有点浪漫和艺术气息的小镇里，走出了影响世界的两位大家：著名作家海明威——我最爱的小说家之一；还有美国20世纪最有名的民宅建筑师富兰克林·怀特。先在小镇的公共图书馆里干净暖和的地方吃了自带的午餐，接下来便带着崇敬和激动的心情，来到海明威博物馆。走出馆门的那一瞬间，密布的阴云里神奇地露出了一缕阳光，难道这是海明威的《太阳照样升起》？莫非是我们跋山涉水远渡重洋去拜谒的精神，打动了这位作家的在天之灵？接下来步行到海明威的故居。一栋灰色的三层小楼掩映在门前三颗高大的橡树树冠中，稳重、肃穆、安静。而后来参观的建筑师富兰克林·怀特的故居，直接以自己的外在和实体证明着主人的天才和实力。

橡树园整体的美，让人很快忘记了身处芝加哥。走在橡树遮掩的小镇的小街上，几乎被两边梦幻般美丽的别墅震惊了，可惜自己的拙劣的词汇描绘不出那种宁静闲适与祥和，除了感叹还是感叹！之前总以为美国小镇富人区的美，是蓝天白云的功劳，今天天阴，甚至冷风习习，但橡树林镇上的民居，照样美成诗，美成画，美成虚幻。你会想，在这样的环境，这样的地方，出什么样的名人都不为过。

下午3点返回途中，下车参观了市政厅，

一幢威武霸气的百年建筑。敞开的大门，奢华的装修，人性化的公共设施，舒适的办公条件都让人感叹不已。

晚上 7 点返回住处，重复前日回来后传照片、评照片、笑照片的过程，又是快乐的一天。

参观巴哈伊庙宇和西北大学

芝加哥旅游最后一天，必须从今日凌晨3点说起。因房间里的室温是自动调整的，只要室温高于或低于设定的温度，装在地下室的中央空调主机会自动运行，后半夜里的噪声可想而知。更有半夜3点才返回的楼上的六个小伙子，今天可能喝了酒显得分外激动，说话的分贝偏高。我们几人同时被吵醒。于是拿起手机，半夜给房东发邮件，用了不太客套的语气，为我们争权益。一是房东应该在一个月前我们订房间时就阐明是地下室，且会有噪声；二是房东承诺的不许在室内举办聚会，没有对其他客人形成约束力，因而严重影响到我们的睡眠，给我们带来不便。特提出给预交的房租打折扣，以弥补对我们的亏欠。上午8点房主回邮件，先是道歉，再是同意打折，问我们的折扣额度。一番商量后，先提出降30%，再等待讨价还价。其实并没有抱希望，只是表达我们的不满，听天由命。若他同意算我们赚，他不同意算我们冤和怨。于是带着好心情，上午9点出发前往位于芝加哥北部埃文斯顿镇的西北大学

（Northwestern University，简称 NU）参观。坐汽车倒地铁红线再转紫线，快到达终点时看到地铁里的广告，原来巴哈伊教堂就在附近，于是临时起意，下车先去巴哈伊教堂看看。

步行穿过两个静谧豪华的街区，眼前呈现出的人居环境的清雅，直叫我羡慕嫉妒恨。猜不透什么样的人靠怎样的努力经过多长时间，把家装扮的这等豪气。之前也曾努力想象自己的"祖国像花园"时的美，现在才知道原来有些人的家园可以比花园美得多！

远远就望见耸立在碧蓝天空里的巴哈伊庙宇，威严肃穆。塔身呈白色，顶上镂空。走近看，庙宇的周围，对称装点着长方形的水池、喷泉、草坪、花床、灌木以及一些人工装饰。丝毫没有一般宗教陵园的森严肃穆，也没有世俗花园的喧嚣俗艳。传说中的所谓的"净土"，大概就该是这样的环境。

巴哈伊教也叫"大同教"，创立于19世纪中叶的伊朗，其宗教观点构成了被认为是满足人类现阶段即迈向成熟阶段所需要的最新启示体系。其最高宗旨是创建一种新的世界文明，真正实现人类的大同。它的基本教义可概括为"上帝唯一""宗教同源"和"人类一体"。而"巴哈伊"是指接受巴哈伊信仰并按其准则生活的人，他们在提升和完善自身的同时，也会竭尽所能，促进他人及社会的福祉。巴哈伊信仰在世界各大宗教中最为年轻，在新兴宗教里发展得也最快。目前，巴哈伊分布于全世界235个国家和地区，包括2100多个种族和部落。

作为一个新的独立宗教。巴哈伊教没有神职人员和地方教堂，每座庙宇都有九面，每面有一大门，代表可以从各方向加入巴哈伊信仰。庙宇中不出卖纪念品，也不接受馈赠。宗教经费只来源于教徒的捐赠。据说礼拜仪式非常简单，没有固定的地点，只是由一人朗诵巴哈欧拉的作品。中国名人潘石屹是国内目前最有名的巴哈伊信徒。

其实世界上共有8座巴哈伊庙宇，今天有幸得以参观其中之一，而且是计划外的偶得，多了一份出人意料的惊喜。透明的阳光、翠绿的草坪，宽敞静穆的外围环境，想来都利于信徒们内心渴求的安慰、安静和安宁。

离开巴哈伊庙宇，穿过 Gillson 公园，来到密歇根湖畔。密歇根湖是美国五大湖之一，也是唯一全部属于美国的湖泊（其他四个和加拿大共有），该湖水域总面积达 57757 平方千米，平均水深 84 米。湖区气候温和，大部分湖岸区为避暑胜地。而芝加哥市几乎大部分被湖水环绕着。今天应该感谢天气的晴朗和明媚的阳光，让波光粼粼的湖面，从远处看像一个蓝色的镜面，呈现出有层次的深蓝、青蓝、淡蓝和青黄。微风吹起，白色的浪花层层叠叠翻涌，拍打着堤岸，奏出有力且轻柔的声响，和着虫鸣鸟唱，交响成牵人魂魄的自然奏鸣曲。站在这样的湖边，感受到的不是自在安闲，更有心的不安分和贪婪。

在公园内的桌子上吃过自带的水果和三明治后，前往西北大学。西北大学是一所享誉世界的美国顶尖私立研究型大学，十大联盟高校之一，2015 年在最权威的《美国新闻和世界报道》（US News）美国大学排名上位列第 13 位，《泰晤士高等教育》（Times）全球大学排行榜排名第 21 位。至今共有 8 位诺贝尔奖获得者，38 名普利策奖获得者在该校学习或工作过。该校 2014 年科研经费超过 5.5 亿美元，仅次于哈佛、耶鲁、斯坦福、普林斯顿等顶级名校，其声望、认可度和实力竟大大超过康奈尔大学、布朗大学、加州大学伯克利分校等。

西北大学由 John Evans 先生创办于 1851 年。其著名的法学院、医学院和商学院分院坐落在繁华的芝加哥市区 Streeterville 所在的密歇根湖畔。西北大学还是美国最富有的 10 所大学之一，2014 年总资产约为 98 亿美元。

走进西北大学校园，被满校园的橡树林所吸引，古色古香是其建筑的主要特点，绿色是校园的主色调，美丽的密歇根湖成了校园的天然的蓝色屏障。总体感觉，西北大学有一种华丽的秀美，也许是楼群建筑太错落、太分散，绿色空间又太大，比起哈佛大学校园的紧凑却显得磅礴，总觉得这里少了些人文意义上的深度和厚度。不过单就远望去烟波浩渺的湖泊及其他所带给人的无尽遐想，这所名校也值得跋山涉水拜访。

预定了下午 5 点 5 分飞往波士顿的航班，2 点坐车返回民宿取行李，房东 Scott 已经在家等着。之前在网上已经付过费用，需要交涉的是我们提出的折扣问题了。狡猾的 Scott 只是连声道歉，只字不提打折问题。在我们的提醒下，他才同意考虑，说会给我们一个交代。时间已是 3 点，因急着赶飞机没空停留交涉，匆忙离开，但愿他能信守诺言，不过我们也不抱什么希望。

下午 4 点赶到机场，安检之后就开始检票进站。一路飞行 2 小时（时差 1 小时），波士顿时间晚上 9 点到达机场，乘地铁坐公交，回到住处刚好晚上 10 点。休息前共享了照片，半睡半醒中道了声再见，芝加哥之旅愉快、完满地在子夜正式结束。

龙舟竞渡波士顿

早上6点刚过，波士顿的上空已经响起了中国人传统的锣鼓声，波士顿第36届端午节的龙舟赛正式拉开序幕。

"哈佛户外"微信朋友圈里，7点已经开始欢腾雀跃，心急的人早已到场，发着状态现场直播，还没出发的人发送手势、图标以示配合，还有位未到哈佛先入伙的中国人民大学的老师唐，人在北京，也嚷着听到了喧闹声。

"龙"舟催发，不好意思赖在周日的床上，带着节日里的快乐心情，匆匆吃完早饭，瞧热闹去！

端午节（Dragon Boat Festival），一个以龙舟竞渡形式举行的部落图腾祭祀节日，与诗人屈原"问天"不成、投江自绝之日重叠，因而也成了华人纪念带着爱国者光环在中国历史中闪亮了两千余年的屈原的传统节日。

今天注定是波士顿华人的节日！公交车上一大半都是华人，还没走到查尔斯河边，就已经碰到微信圈里六七个朋友，结伙同去，一路上好不热闹。只是到达目的地时，没看到想象中火热的场面，想象中怎么着也得有宋丹丹小品中"锣鼓喧天、鞭炮齐鸣、红旗招展、人山人海"的阵势,有百舸争流的壮观吧?

尽管查尔斯河畔今天熙熙攘攘的人群,按照美国人的标准,已经超级热闹了,但和国内的阵势比起来还只是小巫。河的右岸搭满了卖亚洲美食的帐篷,以中餐为主,还搭建了一个不小的舞台,下午有武术舞狮表演。河的左岸是50多个参赛队伍安营扎寨的地方,空隙里也不时安插着自己搭帐篷瞧热闹的闲人。参赛团队以在美留学的中国学生为主,从国内来的大学生团队有清华大学队、复旦大学队、浙江大学队、上海交通大学队、南开大学队。在美国一次性集中看到这么多中国学生的脸,心里还稍有激动。

蓝天、白云、太阳光,把清澈的查尔斯河映衬得迷离而神秘!河岸上的一群群野鹅,河面上的一队队野鸭,五颜六色的队旗和帐篷,为今天的查尔斯河增添了有点错乱的景致和靓丽。

不得不感叹华人的威力!想象着要是作古千年、忧国忧民的屈原,此刻站在波光粼粼的查尔斯河畔，望着华人的端午节龙舟影响到全球，赛到了波士顿的查尔斯河，有没有些许心安？还会不会"问天"？会发出什么样的感念感叹？至少不再会"陟陛皇之赫戏兮，忽临睨夫旧乡。仆夫悲余马怀兮，蜷局顾而不行"了吧！

去过了、看过了、经历过了，没等看完表演，12点就返回了。周日下午，读书有些心不在焉，只翻了几页，后读了一些散文打发时间。

晚上7点出去散步，路遇一遛狗的姑娘聊了几句。说起她那只有8个月大的宠物狗时神采奕奕的样子，很是可爱。在这里如果想找人说话，碰到个遛狗的，可以放开了夸她的狗，不管你心里多害怕多嫌弃，也不管狗的模样有多丑！今天碰到的这只小狗，主人说他每天其实只喝三杯奶，但丝毫不影响它长得那么壮。这是基因使然，上帝早已安排妥当。就像刚才在草坪上玩耍的几个华人小姑娘，尽管满口标准流利的美国音，也丝毫不会改变她们的黄皮肤黑头发一样！

Widener 图书馆百岁庆典

暑假以来，第一次起来这么早，上午 8 点半去学校，和杭州师范大学的朋友詹昨天约好去麻省理工学院旁边的购物商城修眼镜。上班高峰期，公交车上的人比其他时间多了不少，满满的车厢里静悄悄的，大部分人手里握着手机，寻宝一样专注地看着，连那些站着、身子扭成"S"状的胖子，也努力保持手机的平衡。有人在读书读报，也有人在全神贯注地阅读文件资料……我什么也看不成，瞅着眼前的景猜想，这只是美国人的生活习惯还是为了充分利用时间，他们到底是在突击完成滞后的任务还是做着新工作的预热？不得而知。印象中公交车内的嘈杂和喧嚣，被旁若无人的专注和阅读所代替，大清早的车厢里，似乎被"挤"出了知识的味道。

9 点整坐学校的摆渡车到达麻省理工学院，步行十几分钟后来到 T. J. MAX——美国连锁购物商场。本商场经常搞些五花八门的促销活动，今天赶上美体小铺（The Body Shop）里面的商品打 75 折，买回了一些必需品。最后找到一家眼镜店，店员们热情的服务态度和敬业精神，让人印象深刻。在商场里面吃了午饭后赶回学校，参加下午2点开始的Widener图书馆百年庆典活动。

哈佛大学的Widener图书馆，不仅是哈佛几十个图书馆中的老大，也是目前世界上第一大的大学图书馆，书架连起来长达57英里，馆内实用面积达32万平方英尺（1英尺＝0.30米）。以1907年毕业、1912年随泰坦尼克号（Titanic）一起葬身海底的Harry Elkins Widner先生的名字命名，其母亲按照他的遗愿，把他生前收藏的书全部捐献给母校。哈佛大学官网上说，Titanic沉没了，Widener图书馆建起来了！Widener，是一场悲剧后的大胜利。

下午1点半后的图书馆，各项准备工作正在紧锣密鼓地进行，一楼大厅的两边，放着一些珍贵资料的展览和宣传页，发放纪念章；通向二楼的台阶两边，挂上了红红的气球，楼梯拐弯处的一张大桌子上摆放着为前来参观的人准备的礼物。挂着Widener遗像的大厅内，准备了各式各样的蛋糕和饮料，供大家享用，蛋糕的形状和颜色，美艳得让人不好意思下口吃。二楼宽敞的门廊内平时放着的几组沙发，被一组乐队和另一桌蛋糕饮料代替。

2点刚到，人们陆陆续续走进来，吃着喝着聊着，好不热闹。2点到3点之间还有个巡展，有专人领到地下二层，参观那里针对古书、破书的修复和装订工作流程。墙上贴着的一幅标语，足以证明这些工作人员牛气冲天的自信！

3点整哈佛大学的一位副校长站在楼梯口致了辞，最后全体在场人员齐声共唱生日歌，把这次百年庆典推向了高潮。成百上千人在同一屋檐下，和声唱的生日歌，有不少感动留在了心里！

"哈佛户外"微信朋友圈里今天来了不少人，尽管平日里圈内像死党闺蜜似的聊得很开心，但很多人还是第一次见面。相互介绍后，人越聚越多，快结束了才想起来照合影留念。照片传到圈内，羡煞了那些信息不灵通的朋友们，强烈呼吁一定找机会把大家聚在一起，至少可以让名字和人对上号。我不小心当上群主，便开始在网上呼吁，等美国国庆那天正式聚一次。

有幸在图书馆门前碰到哈佛燕京学社鼎鼎大名的张凤教授，久闻大名，今天有幸接触，发现张教授漂亮、低调、谦逊、随和。很钦佩她著书那么多，也很敬佩她在哈佛为传播中华文化所做的开创性的工作和贡献。我们的微信圈目前有成员 97 个，大家早已开始讨论如何迎接幸运的第 100 位吉星。有人建议把张凤教授拉入我们的微信圈，把第 100 名的位置留给她，让我们的圈子生点辉！

下午 4 点多大家解散，相约再见，回到图书馆趁 5 点关门前扫描完一本书后返回。查看邮件，莫里森的采访时间定在 8 月的 18、19、20 日中的任意一天，具体地点详情再商定。还有足够的时间准备这次访学的重头戏，顿时觉得轻松了许多，只不过需要重新调整手头的工作任务，也可以开始和朋友们商定 7 月份美国中南部游的攻略了。

热热闹闹又一天！

端午节诗餐会

周六的早上，不读专业书，打开收藏了很久的文章，竟迷醉了几个小时。从历史哲学到生态学，从天文学的奥秘到地学原理，生存、生命、生活，事业、家庭、婚姻，文章的作者大到各路泰斗，小到网络写手，从古到今、男女老少，都有着共同的特点：均属揭开生活的华丽面纱给你看生命本真的文字。没有刻意的辞藻堆砌，没有或寡淡或浓腻的说教，没有煽情和矫揉造作，诙谐调侃而又不失真情，尖刻犀利但不失厚道。不知该给这些偏爱的收藏，起一个什么样的名字以涵盖所有，就算是专属于自己的心灵鸡汤吧。

世上总有些人，能够用智慧把凡尘俗世一箩筐的悲欢离合、酸辣苦甜，喜怒哀乐，表现得字字珠玑，透彻分明，如同心灵的X光，照得清人的"空"，让人品出认同和滋味。这样放任几个小时，心甘情愿。

由哈佛学生学者联合会举办的端午节诗餐会下午5点正式开始。这是该联合会组织的第15届端午节诗会，地点在离哈佛十几分钟的一栋本科生宿舍楼内的活动厅内。和朋友泓一起跟着谷歌地图外加问路，才找到地点，方知原来这里还有如此大的一个哈佛本科生宿舍楼区。宽敞的院落里绿草青青，楼群是清一色的哈佛红，清净舒适，旷达宜人。没有蓝天白云衬托，依然不乏神采。

举办方显然是做足了准备的，诗歌朗诵，歌曲独唱、合唱，诗词演唱，京剧经典曲目反串清唱，钢琴、小提琴、京胡独奏，尽管没有舞台没有化妆没有服装，但演员们的倾力表演却将端午节的主题烘托得像模像样。在美国广袤土地上的一隅，在一个狭小的室内活动厅，有这样一群华人，在一个夏日的傍晚，把中国一个传统的文化节日，以赤子之心，款款深情，过得有滋有味，有声有色。

晚上7点多表演结束，草地野餐开始前，还举行了个小小的仪式，点起蜡烛，奉上粽子、茶叶蛋，所有人面朝东方三鞠躬，以示对诗人屈原的缅怀、敬仰和纪念。那一刻，连草地上奔跑的孩子们都安静了下来。俯仰之间，心里泛起一丝虔诚和庄严。

野餐每人一份，有粽子、茶叶蛋、面包、火腿，外加一碗酸辣汤，据说后者是屈原老家人偏爱的风味。其间还有高水平的京胡独奏《夜深沉》、武术表演等精彩节目上演。

因为近来波士顿连发几起持枪抢劫案，表演尚未结束就提前撤离。适逢波士顿哈佛广场第八届音乐节，70多位来自美国、加拿大的音乐家，将广场街道的12个地点作为演出舞台，倾情表演。演出时间从下午2点持续到晚上10点。悠悠扬扬的爵士乐、荡气回肠的流行乐、激情奔放的打击乐，和着霓虹灯光，给波士顿本来就不眠的周末，带来了别样的声和色。匆匆转了一圈，坐车返回。

很庆幸选择了波士顿这个文化大都市，只要你愿意且精力充沛，每天都有各种花样的文化活动可以参加。更庆幸被哈佛大学接纳，有机会在这样的文化圣殿见识并接受全方位的洗礼！

虽败犹荣

上午看书的间隙，彻底打扫了房间的角角落落，洗了一切可以洗的衣物，准备打包搬家。许多从国内带来、当初就准备丢弃在这里不带回国的东西，现在哪个都舍不得扔，这算是我的美德——喜新不厌旧，还是人性里的贪？只是觉得一事一物，都有时间的印记，都是自己的过去。"断舍离"对我来说怎么就像场灾难似的。穿了大半年的鞋子，嫌弃得再也不会穿的裤子，没有一点用处的旧门票，还有横七竖八写满了关键词的纸片……这个习惯一直都有，在家时 D 打扫卫生，凡是征求我意见问我要不要扔掉的东西，我的答案一般都是"不"，被他看穿后的结果是，直接偷偷扔掉不让我知道，倒是让我眼不见心不烦。

从张凤教授的博客中能明显读出她一言一行中体现出的儒家仁义礼智信忠恕孝悌的思想，今天的任务是对传统的儒家、释家、道家思想的系统研读。儒家"仁"的基础上的"敬"、道家"出世"的"静"、佛家"超世"的"净"，都让人有久违了的醍醐灌顶般的开悟。可惜这些民族思想的精粹，经过五四新文化运动之"新"和"文化大革命"的"革"之后，在中国断了传承，倒是在台湾人的身上，能清楚地看出祖先智慧的印迹。这也不难理解台湾的学人甚至艺人，普遍表现出比大陆同行们更浓厚的真、善、美。

晚上 7 点，波士顿市长邀请市民在旧市政厅广场的大屏幕上，观看女足世界杯中美之间的 1/4 决赛，这个在广场上看球赛的机会绝不能错过！9 个月前同样的地方，举行了第 65 界波士顿华人国庆典礼，遇到了几个朋友，建了个微信群，如今扩展到 101 人的既有学术氛围又不失情趣的小团体。和朋友们约好晚上 6 点半哈佛地铁口碰面，到达广场时大屏幕前已经集聚了百十个球迷，美国人居多，官方没有准备椅子，大家各自想办法，椅子、坐垫、毛毯、报纸，地面上还有浓浓的晚饭味儿。还没坐定转播已经开始，看着大屏幕上中国姑娘们的中国红球衣，听着国歌响起，"爱国"这个字眼一下子从抽象变得具体。民族的归属感、认同感差点升腾成眼泪。

关注女足的人，都知道这是一场没有悬念的比赛，我们只是祈祷不要输得很惨，毕竟本届中国姑娘们的实力，没有前几届那样威武铿锵，也没发现有谁超过孙雯、刘爱玲，除了一个吴海燕。整个比赛过程揪心加虐心！从一开球到最后一声哨响，94 分钟都在担惊受怕中度过，控球权几乎都在对方，足球几乎有 80 分钟在中国的前场滚动，真难为了中国队的守门员王飞了！波士顿今晚的气温只有 15℃，穿着夏装感觉有点冷，估计同样冷的，还有美国队的守门员吧！

中国队全场总共只有三次角球，六次射门，都没有形成太大的威胁。但值得肯定的是队员们的顽强和意志力。被动的防守型打法是对队员体力的绝对考验，姑娘们能坚持到最后，0：1 的比分让美国队赢得那么艰难，也实属不易。回来的路上才敢跟朋友们讲，其实下午拿起包出门的那一瞬间，脑子里莫名其妙地冒出来一个词"虽败犹荣"，迷信的我在比赛结束前一直没敢说。这样的结果也是预料之内的事了，享受了竞技体育的过程，见识了足球场上中国姑娘们的拼劲，所以和大家一样，没有失望，虽败犹荣。

且说说广场上三四百美国的球迷。美国国歌响起时，吃着的、喝着的、聊着的、笑着的，男的、女的、老的、少的、胖的、瘦的，都齐刷刷地站起来，欢闹的气氛瞬间变得安静、严肃，这完全出乎我们的意料，感叹再也没有这样的场合能直接表达民族的情感了！比赛过程中更是喝彩声加油声吹哨声不断，这种阵势，感觉今晚的比赛不多进几个球，都对不起美国球迷的热情。比赛后半场时，广场上也有中国人喊起了"中国队，加油！"我们当然也卖力附和，只不过很快被主场的美国观众"USA"的声浪淹没。可以理解，人家的主场！

晚上10点40分返回住所，结束了一天有静有动的生活。

趁节日卖力花钱

美国国庆节，各大商场大打折扣，和朋友们一起拼车去奥特莱斯（Outlets）购物。其实不确定真正需要买什么，只是不想错过回国前这最后一个时机。

早上6点钟起床做准备，9点在哈佛广场集合，提醒自己理性购物，至少不重复买一些可有可无的东西。女儿昨天鼓励我下手要狠，连什么守恒定律都用上了，说如果买的是自己喜欢的，那些花出去的钱其实并没离远，还会在某个地方守候你。听起来既可爱又荒谬，但愿不是她临时的杜撰。劝我吃好喝好，鼓励我买东西挑最好的，是她每次通话必定要提的话题。

阴天，8点半出门。9点在哈佛广场集合准时出发，50分钟到达目的地。大部分商家10点开门，当时的人不算太多。凭ID卡领到一张打折卡，可以在原有的折扣价基础上再打折20%。我们6人各取所需，分成三组行动，开始扫货。随着刷卡的动作越来越洒脱，手里包的数量和颜色越来越多，六七个小时不知不觉间被消磨完。

比起去年圣诞前的阵势，今天的人不算特别多，但个别店铺门口仍然排着长龙，停车场依然爆满。好奇的是，广播里不停地用英语、汉语两种语言播放着导购播音，想必华人顾客真的不少，商家的期待值也确实不低。重复的刷卡动作，换来了不少收获。到了下午5点钟集合的时间，大家就像大雨来临前的蚂蚁，肩扛手提着各自"扫"的货，从不同方向一个个"蹒跚"而来，面带疲倦而得意的笑。显然只看到眼前的收获，不屑于顾虑"瘦身"的卡。

车行45分钟返回家。端午节去参加华人诗歌音乐会上认识的岳林教授，发邮件、打电话通知今晚去他家参加几十人的聚餐，餐后一起去查尔斯河看烟火，因为疲惫不堪，写邮件撒谎说还没到家，放弃了晚上的活动，也感谢他的诚意邀请。

不得不说，花钱是个力气活儿。

伊莎贝拉嘉纳艺术博物馆

上午安稳地坐在桌前，排除一切干扰读书，在艺术的世界里消化现实世界中的不艺术。跟朋友们约定，下午2点出发去市中心观看艺术家Ananda Parer 为2014年悉尼艺术节创作的五只傻白兔展览。今天的温度降至22℃，走在街上穿着衬衣长裤还有点冷。辗转地铁、公交车，来到波士顿世贸中心大楼后面的广场。蔚蓝的天空，层层浮云卷舒自如，绿色的广场上以或站或卧或跑的姿势，挺立着五个庞大的白兔，个个神采奕奕，憨态可掬。广场的外围边上，搭建了一组白色圆形的秋千，悠悠荡荡地摆动在暖风中；偌大的草坪上还摆放着各式各样的座椅，其瑰丽的颜色显然是良苦用心，不然怎么会和蓝白绿色那么相映成趣。

坐在秋千上休息，仰望今天美到极致的天空，突然觉得世间一切的不如意都不过是虚幻。

没有久留，坐车去了今天的主要目标——波士顿著名的伊莎贝拉嘉纳艺术博物馆（Isabella Stewart Gardner Museum），如果你的名字也叫伊莎贝拉或证件上显示当日是你的生日，可以免费，平时参观门票 20 美元。难得今天免费，一定不能错过。

伊莎贝拉嘉纳艺术博物馆是波士顿著名的私人艺术博物馆。伊莎贝拉是 19 世纪末波士顿著名的艺术收藏家，她和丈夫收藏了 2500 多件艺术作品，其中许多是无价珍宝。共计三层的博物馆改造自一栋奢华的意大利风格别墅，馆内藏有绘画、雕塑、家具、珠宝及稀有的书籍、书信和装饰品，其中最著名的作品有来自米开朗琪罗、拉斐尔、波提切尼、伦勃朗、莫奈、德加、萨金等艺术大师的画作。有一小间陈列的展品是中国屏风和国画。八仙过海的图案、"吉祥""如意"的字样，还有鸳鸯蝴蝶画，几乎能闻出中国的味道。这间私人博物馆一直以来都以独特且别致的收藏品吸引着世界各地的画家、音乐家、作家、戏剧家、电影制作人来此参观，汲取创作的灵感。

发生在本展馆的一个历史事件不得不提，1990 年 3 月 18 日，伦伯朗的名画《加利利海风暴》与其他 12 幅画被盗，至今下落不明。成了世界十大名画失窃案之一。

说这里是艺术殿堂一点儿也不为过！除了上面所说的价值连城的艺术珍藏品外，楼中心长满名贵花卉的小花园、外部花园内曲径通幽的小道，还有今天特意请来的乐队现场演奏的悠扬婉转的曲风曲调，都使人感到被全方位地包裹在高雅尊贵的艺术里，找一处沙发小坐，凝望着随处可见的艺术真品或稀有的自然花草，耳边萦绕着带点缠绵幽怨的爵士乐，只想迷醉在这全方位的、立体式的艺术之美里。

还巧遇微信群里其他几位朋友，一起照相留念后返回。周四的晚上，是美国人开始庆祝周末的开始。路过哈佛广场，酒吧饭店几乎家家爆满。天色已晚，匆匆返回住处。

围观马英九

周六早上，懒得出门，发短信放弃了去参加 Ruth 家的美容护理主题聚会，看闲书至 10 点半，和同屋的几个人一起去了中国超市，为 15 日的南部游买了些备用的东西。午饭刚过，宁波的天天搬家过来住在了隔壁，斜对面短租的女博士生昨晚搬走，原住户也刚从国内回来。这是个能同时租给 8 家住户的大房子，分上下两层，两个门户，租户基本都是中国人，利弊兼有。

美国人从来不用遮阳伞，好几次有朋友打伞出行，都被美国人提醒"天没下雨"或"雨停了"，这里有善意有不解也有不屑。遮阳伞派不上用场。下午 3 点出发，只好冒着 30℃的大太阳步行至哈佛广场地铁站。

3 点 50 分，和其他几个朋友们汇合，一同前往中国城去围观马英九先生来访，集结在北美作家协会的牌子下等候。今天下午的唐人街可以用人山人海来形容，看来波士顿的台湾同胞还真不少。有台湾官方的，有民间组织，也有自发而来在街上免费供应茶水的，还有一队穿着海军服的老年水手。现场更多的是一种有着团结、和谐、张扬着内在的凝聚力的气氛。人们热情而不疯狂，激动但不冲动，兴高采烈，井然有序，好像在欢庆一个重大节日，气氛欢乐浓烈。马英九先生出场，波士顿竟可以聚拢这么多人气！

等了将近半小时后，马英九先生在一行人的前呼后拥下，从"天下为公"牌坊下缓慢向我们站着的地方走过来。他戴着墨镜，不时和人群握手。整个过程持续40分钟左右，行走了大约800米的距离再转身走出了唐人街。我们的追星之旅也就到此结束。微信群里的朋友今天来了14个人，其中有两位挤进前排跟马英九先生握了手，我和其他人只是远远地拍了照。

围观结束后，大家一致提议聚餐，身处唐人街，整条街都是中国饭店，最后选了一家"双喜临门"。14人包了两桌，都点的是同样的菜，难得如此欢聚，天南地北地海聊。一顿带大龙虾的晚餐，从晚上6点半吃到了9点，餐费平均每人25.6美元。

走出地铁口才意识到已经快9点半，哈佛广场灯火通明，人头攒动，热爱夜生活的美国人似乎才开始出动。沿街两边的酒吧里人声鼎沸，热闹非凡；广场上有吹拉弹唱的、有跳舞绘画的，也有闲散或酒醉后晃悠的，周末的夜生活，原来可以这样任性！

但当我走近查尔斯河过桥时，才发现路上的行人越来越少，等穿过桥面走近商学院时，路上就剩下汽车。这条路上上周刚刚发生过两起持枪抢劫案，而我到住处还有一半的路程，心里颇有些害怕。一边走一边前后左右张望，既盼望见到好人，又害怕遇到坏人。走近Franklin街时，终于碰到母子4人步行回家，和我同路，才算放心地走回住所。10点整开门回到屋内，湿了后背，不知是天热还是吓出来的冷汗！以后晚上出来参加活动，一定提早返回，安全第一。

爱上新奥尔良

凌晨3点半被闹铃叫醒，迷迷糊糊爬起来，打开电脑在网上交了这一周的手机流量费用10美元，没来得及洗漱，电话铃响起，出租车司机已到了门口。接了另外的两位朋友赶往机场已是5点，取登机牌、过安检，刚好赶上登机。6点整准时起飞，3小时后在亚特兰大转机，9点50分起飞前往新奥尔良。

新奥尔良位于路易斯安那州，是美国南方的历史古城，1718年为纪念奥尔良公爵菲利普二世而得名。1762年，法国将此城市转给西班牙。1801年，西班牙国势衰落，被迫把新奥尔良还给法国。因为最能反映历史的建筑在这段时间经历两场大火后都被烧了个精光，法兰西风情一去不复返。

1803年，拿破仑又将路易斯安那州以及新奥尔良卖给美国，此后北方建军进驻，建成现在的花园区。与此同时，南美的克里欧贵族也来到这里，迅速成为新奥尔良的新贵。1814年的英美战争，英军打到新奥尔良，前来应战的杰克逊将军寡不敌众，但很快又召集了一支队伍，最终打败了英军。所以也就有了如今著名的杰克逊广场。

这里和波士顿时差1小时，11点乘出租到达位于市中心的、离法国区、杰克逊广场、密西西比河和购物区都很近的Palham宾馆。一路上好心的司机提醒，在这里尽量不要吃鸡肉、猪肉、牛肉，海鲜既便宜又好吃。

南部的热是那种炙烤的热，温度并不高，但太阳下面不能久待。在宾馆吃完自带的午饭，先去了附近的购物商场，一边淘衣服，一边乘凉。下午5点开始正式走进风情万种的街区，沿街两边是各具特色的小酒吧和饭馆，酒吧里有歌手演唱着爵士乐，弹奏着乐器，热烈的气氛有点像云南的大理古城，连空气中似乎都弥漫着风情。

法国区十分特别，这里是按照法国某一广场设计建造的，周围有威武霸气的圣路易斯教堂，现场表演的爵士乐乐团，街角随处能看到写生的艺术家，公园内有精致的主题雕塑，嫣红的紫薇花盛开，再加上蓝天白云，使整个广场美

得如诗如画，如梦似幻。逗留了 1 小时后，来到密西西比河河畔，立即被这里的景致迷惑了。河面宽敞平静，河里航运繁忙，河堤上人流穿梭，河对岸高楼林立，堤岸上吹着萨克斯风的黑皮肤老人，散步的青年男女，推着婴儿车的年轻的少妇，当然还有眼中带着好奇如我们这样的游客，共同构筑起动态的人间天堂。

静静地坐在河岸上，望着从眼前一点点流逝而过的密西西比河，想象着它曾经的沉重和沧桑，千年万年不息地流淌，孕育出多少人文故事，激发出多少想象，只消在河岸一站，便站出灵动、惊奇、感叹！

晚上走进这里最著名的海鲜馆，7 点多饭馆外面等待的食客排成了长队，说笑间手机摔在地上，屏幕摔成了碎片。好在还可以拍照，里面的硬件没有损坏，不幸中的万幸！点了这里的特色海鲜美食，吃到了近 10 点，花费 90 美元。一天都在享受美景美食美好心情，爱上一座城，原来是这样的感觉。

奥尔良的完美第二天

上午9点出门，坐11路公交，途经古老的华盛顿街，首先参观的是这里有名的拉法耶公墓，这是由法国人于1833年建造的第一个有规划的国家公墓。因本地地下水位太高，墓地常常被淹没，所以这里的棺材都放在地面上，再在上面盖上房子状的外室。据说这里埋葬着以家族为单位的1万多人，其中最有名的有作家Ann Rice，还有几个没听说过的大法官和将军。炙热的阳光下，在美国人的墓地里游荡，感受生死。

离开墓地，前往花园区（Garden District），这是一片有名的旧殖民地，幽深的街道，安静得只能听见鸟儿（主要是乌鸦）叫，西班牙特色的门廊及镂空的铁栅栏，街道两边绚丽多彩的紫薇花，上百年的老橡树，除了超高温天气和空中左右拉扯的电线，不失为一个完美的地方。

之后乘车返回法国区，被一位黑人司机痛宰。按照网上显示，从我们所在的地方到达法国区只需19美元不到20分钟车程，"好心"的司机，带我们低速行驶在花园区的每条街道，细致地讲述这里的历史文化、风土人情。认真地听着讲解，感念着司机的热心，全然忘了里程表上的数字在越跳越大，用了30多分钟到达目的地后，票价是57美元。吃一堑后，只好自我安慰长了一智。以后叫车一定要讲明白我们去的是目的地，而不是坐着豪车云游市中心。

在法国区，先到的是国家历史公园的一部分，一间小小的展厅里面展出的是爵士乐的发源史、爵士乐的创始人Armstrong的现场表演视频。还有详细的关于"Creole"一词的解释。

接下来去的是隔几条街的音乐传奇公园（Musical Legend Park），这里其实是一条街上的一处空地，门口有几个形象逼真的黑人爵士乐演唱者的雕塑，最里面是几个酒吧，旁边每天都有爵士乐表演。来访的大都是黑人，站在一旁听一曲深情幽怨的爵士乐，走访William Faulkner租住并写出他第一本小说的房屋，如今变成一家小书店，里面摆放着几架成套的不新不旧的文学书，已经找不到任何福克纳的影子。

从书店出来步行几分钟，再次来到法国区杰克逊广场旁边的圣路易斯大教堂。大门敞开，清凉、安静、静穆、豪华、庄严、深沉永远是美国大教堂的主色调。进去的人大多数应该是天主教徒，我们在入口处的小男孩雕塑端着的小盆里，用食指沾点水，到胸前划个十字，选一安静的角落坐下来低头悔过或祈祷片刻，然后才开始欣赏里面的豪华装饰和布局。现在才理解了为什么但凡战乱或人为灾难，人们会选择教堂避难，那里不仅是身体的避难所，也是精神的栖息地。静谧肃穆的环境和氛围，能瞬间消解精神的躁动和身体的疲累。选了最前排的座位坐下来休息半小时，下午2点多在yelp上选了附近一家海鲜馆，花了50美元吃了一顿不错的午餐。新奥尔良流行一句话：这里的时间可分为两部分：一是吃饭时间；二还是吃饭时间。在美食城旅游的好处，就是每顿餐都可以让你吃得心满意足、心花怒放。

皇家街和波本街（Bourbon）是这里最有名的两条购物街和娱乐街，人流如梭，三步一酒吧，五步一饭馆，热闹非凡。在一家特色店内，每人买了两条围巾，尽管难逃中国制造的宿命，但这样的质地、风格和价位，却是国内买不到的。

下午4点返回宾馆休息半小时，5点再次出门到附近最大的赌城Casino试运气，这是一个典型的花花世界。偌大的室内，摆放着各种老虎机和影视作品里才能见到的各种赌博台桌，且大部分都已被占满，使用率可以达到95%。只是为了长见识，四人共花费20美元，换了四五台老虎机试试运气，享受了一下机器内哗哗哗数钱的片刻激动，最后的结果早已注定。里面空调的温度很低，1个小时的时间几乎要被冻僵，设置这样的温度大概是为了防止人们头脑发热，或是给有输有赢的赌徒们降温吧。小试了一把运气，见识了一次赌场，出门去了隔壁的奥特莱斯购物城，经过两个多小时的千挑万拣，直到关门，各有所获。走出商城已是夜里9点半，沿着密西西比河河岸步行，望着河上船只来来往往，夜里的河流透着一种梦幻和神秘，轻轻地拍打着堤岸，河对岸灯火通明，远处不时传来断断续续的汽笛声，唤起心的向往。河畔夜色温柔！

不敢久留，急忙赶往超市买回明天在车上吃的早餐和午餐。因没带护照，原计划去酒吧体验一下夜生活的疯狂计划未果，回到宾馆已是晚上 10 点半。明天还要早起，泡碗方便面，打开昨日买的啤酒，宾馆房间当酒吧，吃了一顿中西结合的晚餐，结束了堪称完美的最后一天！

萧瑟的民权运动圣地

今日不得不和新奥尔良说再见了。早上6点起床,宾馆内吃早餐,8点整下楼办理退房手续,坐公交车55路,赶9点15分的megabus,出发赶往下个目的地亚拉巴马州的州府蒙哥马利(Montgomery),蒙哥马利是该州第二大城市,被誉为体育之都,最美的历史之城和民权运动的摇篮。这里的人口有20多万人,其中非裔美国人占49.63%、白人占47.67%、亚裔美国人占1.06%。在美国南北战争、美国民权运动和蒙哥马利抵制公共汽车运动中,本城扮演了重要的角色。

6个小时的车程中,和泓聊起了中国现当代几位女作家,从萧红到张洁、池莉、铁凝、方方、林白,再到安妮宝贝,还有靠身体写作昙花一现的卫慧,尽管我们兴趣爱好有不同,但总有一致的看法和认识。

下午3点半准时到达目的地光明万丽酒店(Ranaissance),该酒店不愧为五星级酒店,大气的外形设计,热情的前台服务,楼道内厚实的地毯,房间内部床铺的舒适

程度，卫生间的面积设施，都有一种尊贵的感觉。

下午 4 点整来到最近的一家 Bar-B-Que 餐厅吃了顿很丰盛的午餐。服务员是一位脸上洋溢着喜气的黑人小伙，用谦和的态度周到服务，结账时心甘情愿地给了他一点小费，约占餐费的五分之一。

饭后洗漱换衣找景点游玩，先选择蒙哥马利市的东部、旧市政大厅、RSA（亚拉巴马州退休系统大楼）、第一白宫（即马丁·路德·金带领黑人游行集结的地方）、新州府、马丁·路德·金的故居等地游玩，晚上 8 点返回的路上还途经自由搭客博物馆（Freedom Riders）、特洛伊大学（Troy University）。在桑拿天气下，游走在一个完全陌生的城市里，既好奇又新鲜。

称这座城市为空城或鬼城一点儿也不为过，宽敞的街道上车辆很少，行人更稀少。可以站在交叉路口随意拍照，可以随意在马路上横冲直撞，偶尔看到一两个行人，我们就夸张地喊着"快看！人！"

走了将近 3 个小时，只碰到一辆公交车，不到 10 个行人，其中两个还是值班警察。这里但凡有建筑物，都独立成一体，好像在说"我们就不缺地盘"。没有交通信号灯、车辆很少、不见行人的小城，"穷"是其最大的名声，且听他们炫富的口号"We do have electricity"（我们真的有电）。虽然看不到古色古香，但不缺历史印迹。

1861~1865年著名的民权运动就发源于此，民权领袖马丁·路德·金的居所就在城区，那位在公交车上拒绝给白人让座，从而引起全城黑人抵制公共汽车的运动、进而引发黑人运动潮流的Rosa女士的事迹，被建筑在这座城市的华盛顿街上的博物馆展出，可惜时间太晚，博物馆已经关门。从路边匆匆而过，明天再细看。

接近晚上9点整，天色渐晚，我们四个亚洲面孔的女性，走在空荡荡的大街上，满天繁星点点，楼群里华灯闪烁，偶尔有汽车从旁边经过，这时候若有人经过，一定会视我们为异类，因为即使是在白天，"外国人"也常常会因为面孔而招来回头率。近10点回到酒店，累到不想说话，酒店外面的爵士乐现场表演，硬是没有对我们产生吸引力，只站在窗前，遥望远处绚丽的烟火，猜想着这座城市里正在经历着的某种喜悦。

转战亚特兰大

最后半天游玩蒙哥马利，没敢贪睡，早上6点起床洗漱，早饭吃方便面，在五星级宾馆，都不好意思把袋子扔进垃圾桶。8点半出门，步行走近阿拉巴马河岸。沿途经过几条主街，再次见识了一下什么叫空城或鬼城。

比起密西西比河，阿拉巴马河要秀气很多，河面并不宽，水流清澈平缓，但在历史上的战略位置却不容小觑。它不仅是通向美国东南部的唯一关口，在殖民地时期还起着战略性的作用，当时南部大量的棉花就是从这里通过汽船运往英国的。这里1821年开始通了汽船，1840年通了铁路。如今不再用作航运通道。

上午9点多，温度已经飙升到39℃，衣服几乎被汗浸透，没有勇气也没了心思在河边久留感受这条河流美丽的自然风景。这里除了两个泛舟钓鱼的先生，河岸没有游人，只在一边的喷泉处，有一位父亲带着两个孩子在戏水。匆匆返回酒店，洗澡后休息至11点下楼退房，把行李寄存在前台后找了附近一家日本餐厅吃午饭。休闲懒散似乎是这座城市的特色，所有饭店和博物馆都是12点整才开门。走进饭店后才发现老板和几个服务生都是中国人，顿时觉得亲切轻松，因为点菜再也不用凭想象、靠直觉，也不用照着yelp上别人点过的菜单照片指给服务生看。顺便说一句，在美国吃饭点菜，是我们碰到的最大困难，尽管我们四人中有三人都是学外语出身。点菜时且不说单词不认识，词典里查不到，即使查出来了汉语意思，也根本搞不清楚到底是什么食材什么味道。就如同懂汉语的老外看到中国菜单上的"猪手"，知道什么是猪，认识什么叫手，但猪手是什么美食他们根本无从得知，更不用说味道如何了。一位女服务生为我们服务，说这里的中国游人确实不多，她很乐意也很激动。询问她为什么这座城市没有交通，怎么看不到任何民房？女孩说这里地广人稀，又不是商业繁华区，自然人少。并善意地推荐了好几个招牌菜，促成了一顿价位很低（连多给的小费一起共40美元）、中国味道特浓的日本餐。

下午1点返回酒店前厅休息，1点50分乘出租车到达灰狗（Greyhound）汽车站，赶往佐治亚州的亚特兰大。下午2点50分的汽车晚开了近1小时，3点半才启动，车里除了我们几个亚洲人，其余都是清一色的黑人。更糟糕的是车厢里的空调不给力，一路上十分闷热。此刻坐在希尔顿酒店里的我，都不敢回想坐在没有空调、满载黑人还长达两个半小时的长途汽车上是怎么熬过来的。好在当时车上还有免费的Wi-Fi，可以在睡觉之余上网打发时间。

晚上7点到达亚特兰大，下车遇见的两件事把我对亚特兰大的印象定格成矛盾的统一体。一件事是下车后把一个手提袋忘在了下车的地方，到地铁口买票时才发现，返回去找时人和车已经不见了，问那里的服务人员，他建议我们去站里的办公室去看看，结果手提袋被人送到那里。其实里面没有什么贵重东西，几瓶水而已，但失而复得让我们汲取了不小的教训。大家都说在美国失而复得是常态，丢失的东西一般都会找到。另一件事是在两人去找包的同时，有朋友同时在买地铁票，有两位黑人流浪汉热情地出谋划策，然后伸手要钱，态度生硬。之后又有位黑人兜售他手里的地铁卡，要工本费1美元，这张卡显然是他捡来兜售的。我们在对阿拉巴马的黑人的热情、直爽、友好一路赞叹不停时，一踏上亚特兰大却遭遇这样的事，心理又颇不爽。当我们下了地铁走在去往酒店的路上，穿梭在摩天大楼之间，好似从恬静的乡间回到了热闹的大都市。晚上9点入住希尔顿酒店，没有想象中那么奢华，房间设施也没有光明万丽酒店宽敞精致，游泳池和网球场又用不上，不清楚外面的治安，没敢贸然出去找饭吃，又一次吃了方便面当晚餐。结束了第三天的旅行。

充实的亚特兰大之旅

佐治亚州亚特兰大旅游第二天，上午9点离开酒店，天气比阿拉巴马凉爽、干燥得多。穿过几条街道来到一家麦当劳吃早餐，店外聚集了好几个黑人流浪汉，街道上垃圾满地，店内吃早餐的人明显是来自下层的穷人、黑人和老人，因为便宜。美国的白领或知识阶层从来不吃快餐，街道上匆匆而过的上班族，人手一杯咖啡即可解决早餐问题。

饭后步行十多分钟来到美国著名的新闻节目总部CNN（美国有线电视新闻网）参观，从远处就可以看到平日在电视里看熟了的红色招牌CNN，因为来之前在网上已买过票，每人15.99美元，所以顺利走进CNN大厅，那里有舒适的桌椅供游人吃饭休息，大厅的天井四周醒目的地方，挂着醒目的红色标牌，正前方一个巨大的蓝色地球仪和五颜六色的万国旗，让透顶的大厅显得色彩纷呈，风光无限。不得不佩服美国人的审美！即使是公共场所，也会经常发现他们在颜色搭配上的用心和智慧，鲜亮的恰到好处的色目。CNN这样的地方更不用说。

经过严格的安检，游人被导游带着从楼上的五层一直参观到楼下的一层，分几个单元，从电视台的内部机械设施，节目编排流程，直播间全方位的摄像头，播报的形式、内容、声音控制，到主持人的工作状态都做了详尽的说明和介绍。适逢周日，没有大型或突发事件的直播，值班的都是见习生或幕后工作人员。出乎意料的是，这里工作人员没有西装革履，个个穿着短裤、T恤、人字拖，像在自己的家一样自如随意。验证了女儿说的话，像CNN这种全球顶尖级的行业，确实只讲求工作质量和效益，员工上班不仅衣着没讲究，甚至还可以带着自己的宠物。给你充分的自由，只要你有能力出色完成任务。

CNN大楼的对面，就是1996年亚特兰大奥林匹克公园，这里没有像北京鸟巢那样的标志性的建筑，公园的中心除了几个火炬塔之外，就是一尘不染的路面、舒适的座椅、绿色的草坪和修剪得美丽的树木花草，内部已经看不到任何与运动有关的建筑，倒是与公园相邻的街角上的摩天轮和摩天大楼，在那一刻密布的乌云下，彰显出神秘、豪迈和现代感。

穿过公园，远远就看见了耸立在空中的可口可乐大楼的标志，这是我们今天出行的第三个景点，10美元的门票已在网上买过，来这里参观的游人是我来美之后出游碰到的最密集的一次，排队入场的队伍就有几百米长，一时间有了国内旅游景点的感觉，所不同的是这里井然有序，没有拥挤，没有吵吵嚷嚷。相反，那里的工作人员还不断提示大家尽量朝前挤一些，不要留太多的空间。

可口可乐公司成立于1876年，是如今全球最大的饮料公司。近距离接触一家地球人都知道的企业，明显感觉到这一全球龙头企业与众不同的文化、理念和服务意识。走近公司展厅的门口，看一看大楼的门面和对面的信息中心的精巧以及大楼内部展厅的内容、形式、细节，就大抵能明白这个企业在一百多年里击垮过多少同行而且发展势头越来越旺的原因。

企业文化展示的展厅内，放映了大约30分钟以"Happiness is all around us"（幸福无处不在）为主题的视频，里面记录了亲子之间、夫妻之间、情人之间、朋友之间、隔代之间、族群之间一种最普遍、最日常、最单纯的爱，但却借助镜头把人类爱的行为、语言、方式、方法渲染得震撼、透彻、温暖，而且只字不提也不见任何可口可乐的字样和图标，就在人们被爱的画面感动得纷纷落泪的时候，镜头里才出现可乐的镜头。不得不由衷感叹他们的精妙绝伦的用心：因爱的体验而感伤，因感伤而不忘。只有有心的触动，才不容易遗忘，而被记住，不遗忘，不正是企业所期待的吗？

另一个细节也让我对可口可乐公司刮目相看。排队进入可乐配料大猜想的环节里，门口等待的人最多，公司里有专门的人负责带领大家托举塑料做的橄榄球玩，大声数着被大家托起的次数。这本是一项普通的游戏，放在这样的场合，不仅消解了排队等待的人群的无聊，而且在一浪高过一浪的欢呼声中，增加了热闹的气氛。热闹、人气，这不也正是企业所需要的效果吗？

公司发展史的展厅内，聚集了各个时期可口可乐公司赞助过的著名球赛、球队、球员以及一些各具代表性、上面有明星球员签名的球杆、球衣、奖杯和锦旗。因此自己喜欢的球队或球星和可口可乐有了关联。你不想、不愿、不会忘记他们，也将意味着不会忘记可口可乐的形象。这样的广告意识表明他们营销的不是产品本身，而是产品给人留下的感觉。这正是营销的最佳理念，比起那些硬性宣传自己产品性能的广告方式更能让人念念不忘！

最后一个展厅是品尝厅，里面代表五大洲的五个大柱子周围分别放着各个国家的特色可乐，游人可以免费品尝200多种不同的口味，里面不乏味道极佳的果味，也算尝遍天下可乐味儿了！

我们不仅参观了自动化的可乐制作、装罐、运输，而且还可以免费领取一罐可乐，出口处还专门有人递给每人包装用的小塑料袋。不是为占了便宜而窃喜，更多的是被可口可乐企业文化中的真诚、精致、周到、贴心服务所折服。细节决定成败，看得出每一处细枝末节里都有可口可乐人的良苦用心和爱心，企业以盈利为目的，但如果缺乏了一切经营手段之后的文化积淀，必定走不多远。今天的第一感觉是，可口可乐的成功有其必然性。

从可口可乐公司出来已是下午2点，乘坐免费的市内有轨电车（据说从明年起开始收费）前往黑人民权运动领袖马丁·路德·金纪念馆和他出生的地方。中途下车去了佐治亚州立大学，一所名不见经传的公立大学，正如没有任何特色的学校一样，教学楼设计和校园布局，普通得像国内的大部分大学校园。不到1小时便转身离开，搭乘有轨电车直达马丁·路德·金纪念馆。遗憾的是，关于马丁·路德·金的博物馆、纪念馆、他工作过的教堂和出生地（真正的家，前一天在蒙哥马利看到的房子他只住了五年的时间）都已经在5点钟关闭，只能在外围参观、拍照留念，以此表达对这位民权领袖的崇敬之情。

特别值得一提的是，他的纪念馆前的大约50米宽、400米长的纪念池，从北到南错层而建，浅蓝色的内壁和池底把池中的水映成透亮的浅蓝，阳光下闪烁着粼粼波光，池子的正中央是马丁·路德·金和妻子面朝西合葬的墓碑，墓

碑对面的花园里供着一年四季熊熊燃烧着的火盆，大概象征着他追求黑人自由权利的热情永不停歇吧。黑人民众对他们的民族领袖表现出了足够的敬重，且不说这么大的占地面积，周围立着的好几个牌子上面，很醒目地标明四周的台阶上，不许停靠也不许坐。前来参观的也大多数是黑人，聊起马丁·路德·金博士，都表现出满脸自豪和得意，恨不能跟你分享一切他们知道的信息。一个人把小的事情做大并不算难，但把一件事做到从无到有却不易！而马丁·路德·金做到了，让占美国人口比例13%的黑人不仅拥有了和白人一样的选举权，更重要的是有了争取权益的意识，谁敢说美国历史上第一位黑人总统奥巴马的今天没有马丁·路德·金博士的功劳。

拜谒黑人民权领袖结束后已是晚上 6 点半,坐公交倒地铁共 50 分钟到达位于亚特兰大近郊的中国城,一是因为坚定的中国情结,二是为了满足胃口的需要。在一个较大的中国餐饮中心,点了可口的饭菜吃到了 9 点半,四个人才在如钩的月牙下,走在夏夜的微风里,说着、笑着、惊恐着坐地铁回到饭店(因为有朋友反复提醒,在南部黑人多的地方,晚上尽量不要出门)。结束了有些过于充实的一天。

哥伦比亚观感复杂

今天的行程主要是在等待和前往南卡罗来纳州府哥伦比亚的路上度过的。来自华中师范大学的朋友甜儿的前同事段，在亚特兰大的埃默里大学（Emory University）英语系访学，在送我们去赶车之前，开车载我们去了他所在的大学——埃默里大学参观。埃默里大学是美国南部最有名的私立大学，始建于1836年，是一所全美顶级私立研究性大学，依靠国际商业大财团可口可乐董事会的巨额资本，埃默里大学奠定了其世界性学术殿堂的地位。被称为南哈佛，医学研究技术居世界第一。在2014年爆发于非洲的埃博拉病毒蔓延中被感染的两名美国医护人员就是在此大学的五个顶尖级医院之一被治愈的。

埃默里大学主校区位于亚特兰大南部的一座山坡上，大部分楼群就建在绿色的丛林里。楼群之间宽敞的距离给人以大气、雄伟、厚重、奢侈之感，但一种难以言说的文化历史氛围又让人感觉这样的阔绰绝不土豪。段先生还带我们参观了他访学的系办公楼和他导师的办公室。

他的导师原来竟是美国研究黑人文学的另一位大师 Sanders。Sanders 常年不在学校，办公室暂时留给了段使用，所以才得以走进他的办公室，看到了他令人惊讶的文学藏书。我们在校园逗留了大约 1 小时后便匆匆离开，前往去南卡罗来纳州的 megabus 站。

不得不吐槽一下美国南部的公共交通 megabus，只在邮箱里发了个邮件说可能晚点半小时到 1 小时，结果让我们在燥热的路边，在大群的黑人中间，活活等了 3 个小时，直到 1 点半才开车。中间我们打了两次电话都被搪塞过去，最后在我们声明要投诉时才答应会给我们补偿，说到达终点站后可以询问那里的工作人员如何补偿。

下午 4 点 20 分汽车到达哥伦比亚市区，工作人员的回答是补偿一般都会自动直接返到信用卡上，态度里看不出一点儿真诚。不抱什么希望，城市的贫富差距似乎决定着服务质量和态度的差距，这是我们在波士顿或纽约坐车从来没有遇到过的糟糕的交通服务。

下车的地方应该接近哥伦比亚市区中心，但四周的空旷荒凉让我们以为是乡下，公交车要绕城一圈大约 1 小时后才可以去离机场较近的宾馆。公交车司机建议与其在乱糟糟热烘烘的车站等，还不如坐到车上绕城走一圈。这一圈，让我们了解到美国南部州府城市的脏乱差。和国内的某些乡镇不相上下，既空又大，凌乱不堪。也许正因为凌乱，所以尽管人、车不多，但仍然感到荒凉而不是安静和宁静。远处偶尔看到高楼，我们会夸张地互相提醒"快看，高楼"。

公交车的座位分前后相对的两排，只能说明坐车的人并不多。零零星星上车的人照样以黑人、胖人、老人、残疾人为主，要不就是又黑又胖且老的当地人，倒也很是热情，前后隔着很远的距离大声聊着天，说的是标准美国南部有节奏、有顿挫的英语，让人想起了影视作品中那些隔着篱笆大声聊天的美国乡民。

公交车晃荡了 1 小时后才到达宾馆。落后地区的宾馆服务倒很贴心，不仅包早餐，大厅里准备的水果、饮料、咖啡和小点心，客人也可以随时无限量享用。5 英里之内或到机场都有免费的摆渡车接送，唯一不满意的是房间里的窗机空调声音太大。

洗澡换衣后，晚上7点出门步行7分钟到附近的一家越南餐厅吃晚饭，酸甜似乎是所有越南饭菜的主要味道。因为午饭是在车上吃的快餐，所以晚上的这顿物美价廉的正餐，算是弥补了今天中午的不足。

晚上9点半吃完饭返回，夜空呈现出透亮的蓝天，那轮弯月依然高高地挂在空中，显得孤傲、孤独又冷清。突然意识到我们身处美国南部城市哥伦比亚的一个宾馆前，心中升起丝丝缕缕的乡愁。

晚上11点半和女儿视频聊天，主要内容是我旅游的感想和她实习开始以来的诸多感悟。她说下周三就是CPA（国际会计师资格认证）考试，说自己工作太忙没时间复习，压力很大。

女儿说很享受每天步行上下班路上的两个40分钟的路程，让她有时间总

结、整理思想，加深对自我、对世界的认识。她还说她有个新的感悟：所有的专业学识不同的只是名称外壳，其内核都只有一个，就是世间存在的某一道理。人有思维和悟性，而世界只存在一个道理。一旦悟出了这种神奇而神秘的道理，人就会变得通透，做起事来就会变得既容易又易于成功。我开玩笑说，她悟出的其实是老子五千年前悟出的"道"，有哲学的思辨在其中。

女儿还说现在所学的会计、金融专业带给自己最大的变化，是让自己从感性变得理性。判断事情更多的不是之前那样的靠直觉、靠想象、靠情感冲动、靠兴趣爱好，相反，看到同龄人微信里晒出的某些小感伤，会带着批判的态度判断、阅读和取舍。能看得出她的成熟与成长，更看得出她的勤奋和努力。女儿给自己的码加得太大，祈愿世界不要辜负她。

旅游名城查尔斯顿

哥伦比亚市的第二天，早上在酒店吃自助餐，除了没有国内酒店里的蔬菜，其余丰富得出乎我的意料。饭后9点半花20美元打车到了Greyhound汽车站，乘车3小时来到南卡旅游名城查尔斯顿（Charleston）。该小镇在19世纪末曾是哥伦比亚州的州府，是一座位于大西洋边上美丽的历史名城。刚下汽车，被荒郊野外的景致吓了一跳，看不到公交站牌，也不见出租车经过，而且之前了解的都是汉语名称，连谷歌都没法查。询问了几个人都说不出这个小镇有什么值得大热天大老远跑来看的地方，再加上因为下午4点必须赶回哥伦比亚，中间只有两小时的旅游时间，那一刻最坏的打算就是停留在车站，等着坐返程的汽车。多亏一位开车经过的先生的提醒，才找到可以去镇中心的公交，网上查阅11路车应该1点8分到，结果20分钟过去了还不见公交的影子，好不靠谱的公交服务！

时间在一分一秒地溜走，路边出现的出租车帮了我们大忙。一位体胖的黑人女司机讲好价钱（13美元）后同意载我们去镇中心。一路上询问了她很多有关这个小镇的历史她都答不上来。试图跟她协商包车两小时在镇上旅游，问她要价多少，她与公司商议的结果是 86 美元，还价未果。下车后才发现她载我们来的地方是老城市场（Old City Market），不是我们想看的奴隶买卖市场（Slave Market）上建起来的博物馆。时间有限，雷阵雨到来前闷热的桑拿天里，我们在镇里的游客中心拿了份地图，便急行军似的奔走在镇上的大街小巷，感觉一下子进入了黑人的"老窝"。Saint Philip 大教堂、奴隶买卖市场、南北战争纪念馆、城镇历史博物馆，还有大西洋边的公园。小巷子里的紫薇花开得火红，街道建筑个性十足，小巷子历史文化色彩浓重，海边公园景色出众。行色匆匆中在一家冰淇淋店买了份冰淇淋降了温后，便直穿老城市场返回原点。这个市场其实就像国内每个城市都会有的小商品城，里面从东到西有上百个摊位，出售各种手工艺品和旅游产品，价位不低。很惊讶在这种偏僻的南部小城，也能看到中国人开的两个小商品摊位。真难为中国人了！除了供养美国的各种大学（昨天去参观的亚特兰大艾默里大学，中国学生占了国际学生的三分之二），还负责推动美国的经济。除了几个顶尖级的国际知名品牌服装，美国商场的衣服至少 85% 是中国制造，更不用说小商品了。想买个美国制造的衣服或小商品真有难度。

从老城市场出来，雷声阵阵，暴雨将至，拦了辆出租车赶往汽车站，比去时的 13 美元贵了将近 1 倍。下午 4 点半开车，3 小时车程，车上收到好信息，头一天从蒙哥马利来哥伦比亚的 megabus 因迟到了 3 小时，同意全款退还我们的车费 64 美元，只留下了 1 美元的手续费。又一次摧毁了我的狭隘思维，再次见识了一诺千金的诚信和规则意识。

晚上 7 点半到达哥伦比亚，叫了出租车从 20 美元还价到 15 美元，比来时的 20 美元省了 5 美元。打车都可以还价，可见这里是小地方。在宾馆附近的一家希腊餐馆吃晚餐到 10 点，月亮依然如钩，周围繁星点点，兴高采烈地回到宾馆，快到凌晨 1 点了才结束南部旅游的最后一天。

打道回府回味无穷

美国南方游的最后一天，凌晨1点还在算账整行李，5点钟闹铃骤响，爬起来洗漱下楼结账，带着酒店准备好的早餐，坐出租6点15分到达机场换票安检，6点半登机，8点30分提前近20分钟到达纽约机场。因天气原因航班延误，在纽约机场停留了1个多小时，11点半起飞，只用了半小时便到达波士顿。飞机上还有空位，临窗而坐，切换了角度，见识了万里晴空之下海洋、陆地、河流、森林、浮云、城市、乡村的模样。原来在上帝的眼中，世界是这样呈现的。

12点到达，蹭了朋友甜儿赴约会不得不叫的出租车，到哈佛商学院附近下车，步行回到住所。洗衣洗澡，昏睡到晚上6点，煮了面条当晚餐后，出外散步加购物。晚上静下来摊开书，享用了1小时精神食粮。

几天的狂游，横穿路易斯安那、佐治亚、密西西比、阿拉巴马和南卡罗来纳五个州，游历了新奥尔良、蒙哥马利、亚特兰大、哥伦比亚、查尔斯顿五座大小不一的城市，经历了南部夏天的炽热，见识了各城市不同的特色文化，体验了不同的风土人情，品尝了各地的特色小吃，邂逅过茂密又墨绿的森林、山坡下孤零零的小木屋，消失在远方的林间小道，路边突兀地开着的各色野花，波光粼粼无边无际的小河，天空舒卷着的片片浮云，静默深邃的夜空中那弯钩月，一个个美丽的景致现在回想起来都成了一闪而过的瞬间，但皆因与心有了关联，便成了永远。有些地方，脚步到过了；有些地方，目光到过了；而有些地方，注定只有心才能到达！这该是旅游的宗旨吧？

连续几天的狂吃狂游，习惯了朋友们之间忘乎所以的嬉闹、调侃和吹捧，习惯了每时每刻相互之间信任、友爱、谦让的姐妹情，临睡前待在安静的屋子里，觉出不少冷清。由衷感谢黎的细心和理性，一直为我们辛苦地埋单结账；感谢甜儿的机智善良，始终拿着手机，为我们一路指点着方向；更要感谢艺术家泓的眼光，用她的苹果手机，定格我们每一瞬间的快乐和得意扬扬！而我，默默无闻地跟着大家蹭幸福，很惭愧。

这次出行，共花费696.32美元。

被艺术包裹的一天

波士顿的夏季属于艺术，各种高规格且免费的艺术活动，让你无法安静地待在屋子里看书学习（更不用说身边这么多热爱各类艺术的狐朋狗友们）。各种类别的音乐盛典，各种档次的舞蹈表演，时不时免费的百年历史博物馆，公共场所的经典戏剧演出，各个社区里的特色文化展示，阳光海滩的沙雕艺术……只恨分身乏术，没有时间精力享用这唾手可得的艺术佳肴。

周六这一天，几乎是被裹在艺术里度过的。前一天讨论到午夜零点，也决定不了怎样有效地安排第二天的时间，怎样做到一个也不错过。上午暂且在家里看书，午饭后和朋友们在地铁口汇合。途经波士顿公园，周末的公园里到处都是跑着、走着、坐着、躺着的人群，地铁口处，三个上了年纪气质颇佳的先生，脖子上挂着标牌，手拿麦克，充满激情、振振有词地宣讲着对美国政府外交政策的不满，认为是美国在伊拉克的战争直接导致了目前恐怖组织的疯狂活动。他们认真的态度、极好的口才、听起来不无道理的逻辑推理和思辨，吸引了不少人围观拍照。想知道是什么样的人、有什么样的信仰、来自什么样的生活背景、有着什么样的深仇大恨、怀揣怎样的正义感和情怀，才会选择周末的中午，为了世界的和平与世人的平安健康，在穿梭的人群里嘶哑着嗓子宣示着自己的主张？不愿对人权妄加评论，单就这样一个（文化政治）环境和地点，可供有想法有思想的人表达，应该也算是人类文明的进步吧？

先去的是位于三一教堂和波士顿公共图书馆之间的 Coyplay 广场，一边是国际舞蹈日的义演，隔壁就是爵士乐的舞台。舞蹈表演的舞台上，活跃着一群上了年纪的舞者，尽管舞者有胖有瘦，有黑有白，尽管舞台效果一般，但音乐响起，优美柔和、华丽典雅的华尔兹，刚劲挺拔、潇洒豪放的探戈，性感活泼、明朗轻快的恰恰……缠绵的舞曲、热情奔放的舞姿，观众的蠢蠢欲动和一浪高过一浪的吆喝和掌声都让人惊讶不已。一场舞蹈表演刚结束，隔壁的爵士乐演唱会正式开始，台上的人倾情演唱，台下的观众热情鼓掌，整条街都沉浸在爵士乐的旋律和节奏中。

离开表演现场去海边看沙雕之前，顺便进波士顿公共图书馆三楼参观，那里正在展出欧洲 18、19 世纪两位杰出的音乐领袖海顿和罕德尔的作曲手稿，还可以直接拿起耳机，倾听他们的乐曲演奏带。听觉的盛宴拉开帷幕，没有人想离开。

半小时后，和这里遇上的两位朋友共 9 人去波士顿的 Revere Beach 看国际沙雕节的展品。19℃的气温，海风吹在身上有点冷，但没有影响到勇敢的游人。他们有的在海里游泳踏浪，有的在岸边晒着时隐时现的阳光，大部分人则挤在拥挤的人流中，对着挺立在海岸边的沙雕，或观看品评或拍照留念。第一次见到用印象中稀松的黄沙，制作成大气威武、栩栩如生的各种雕塑，不得不为人类艺术的极限所折服。这个世界上，就有那么一类人，有能力把不可能变成可能，让无成为有，让俗物成为艺术。佩服人类的智能！

海边除了国际沙雕展，还有舞台演出、民间绝活儿表演，各种商业广告推销车，卖饮料食品的大篷车，还有兜售各种儿童玩具的小商贩。一家餐厅直接免费发放招牌比萨、汉堡和炸鸡块给游人。我领了一份当晚餐，晚上7点半返回波士顿公园，观看8点开始的莎士比亚戏剧《李尔王》的露天表演。这次演出是延续由波士顿莎士比亚演出公司发起于1996年的一年一度的免费表演，费用来自城市银行和现场观众的资助。到现场时，舞台前已经聚集了好几百观众，大多是一家老小自带躺椅或毯子，也有的席地坐在潮湿的草坪上，安静地等待舞台剧幕拉开。因为是露天演出，舞台布置和灯光很简易，但演员却丝毫不缺认真、敬业。可惜入夜天太冷，也考虑到晚上回家不安全，8点40分离开，10点整回到住处。

临睡前和女儿视频，聊她近期的工作和想法，还有刚刚考完的CPA，但愿天道酬勤，女儿能顺利通过四门考试中最难的一道关。

波特兰的魅力海景

早上6点起床，6点45分出发赶往车站，和朋友们约好前往马萨诸塞州北边的缅因州波特兰（Portland）玩。8点整出发，坐2小时汽车，一路向北行驶在有茂密森林夹道的高速路上，偶尔会看到明镜似的一湖碧水，给单调的车程添了不少色彩和滋味。

波特兰是个海风海水海鸥海味浓烈的海滨小城，带着海腥味的海风，吹得帽子直飞，海鸥的叫声在整个小城上空回荡，气温比波士顿低七八度。安静悠闲应该是当地人生活的主旋律，临近12点，才有人慢悠悠地摆出了小摊。街上行人不多，游人不多，车子不多，各式建筑风格的教堂却不少。总是感叹于美国小镇里怎么总有那么多的教堂，表明了小镇人的信仰，而信仰则宣示出他们内心的充实和静和。安静的小镇，迷人的风光，心中有至尊的神为高度，居民们的生命生活里该有多少美丽与平和。

10点半来到游客中心查看出海的游轮，可惜出海的时间和我们返程的时间都有冲突，只好遗憾地放弃了海水游。

　　首先去参观的是维多利亚大厦（Victoria Mansion），这是在新奥尔良做旅店生意的一对夫妇为自己建的避暑山庄，也是整个新英格兰地区最富庶、豪华的别墅，始建于1860年，意大利建筑师设计，里面90%的家具都是正宗原木，内部金碧辉煌，雕梁画栋，敦厚结实的红木家具和房门，考究的银勺和陶瓷餐具，每一处墙面，每一寸地面和天花板，每一条桌椅腿，都被考究的艺术包围。这是迄今为止在美国见过的最豪华奢侈的屋子。有点讽刺意味的是，这对低调的夫妻没有孩子，妻子在晚年将这所别墅以27万美元的价格卖给了当地的另一户生意人，后继者生活高调，常有鸿儒往来，天天歌舞升平，但始终极大限度地保留了原主人室内装修的原样，才使这栋150多年前的建筑及豪华的室内装饰至今仍能保持原貌。门票凭哈佛ID每人7美元，室内不让拍照，无奈拙笨的笔力又难以描绘里面的大气。站在别墅内部一直在想的一个问题是，人的所谓的贵族贵气，大概只能在这样的生活环境里养成吧！可以想象被各种艺术包围的氛围里，精神的颐养比物质的满足更能烘焙出气质、气度。

　　从维多利亚楼出来已是下午2点，找了家附近的中国餐厅"聚源"吃了午餐，3点前赶往Duck Tour售票地点，打算买票坐一程这里水陆两栖的旅游车，无奈票已售罄。遗憾！只好一边沿街领略小镇风情，一边寻找返回的路程。

　　这个小镇上还有个特点，公交车司机特别热情。他们不仅会不厌其烦地帮游人指点方向，还往往一边开车，一边跟车外的路人打招呼，每到景点也会多介绍几句。更少见的是，车厢内用的不是语音报站名，而是司机扯着嗓子像唱歌一样地报着站牌，且和每一个上下车的旅客像久别重逢的老朋友一样地打着招呼。他们的态度里洋溢着对自己职业的兴趣和热爱。

下午5点钟返回的汽车准时出发，顾不上看沿途的风景和车厢内的电影视频，一人占两个座位睡觉到波士顿附近。晚上7点整到达目的地，坐地铁红线转70路公交，回到住所。泡了三包方便面跟两位张分享，之后玩牌至11点半。

缅因州的一日游在疲惫不堪中结束。

庄严的博物馆之旅

华府第二天，早上一起床朋友李已经贴心地做好了早饭，玉米、面包、牛奶点心、鸡蛋、八宝粥，三人围坐在一个矮小的方桌前吃早餐，感觉像是千里跋涉回到了老家。

周日公交车很少且启程时间较晚。10点15分车到达华盛顿特区中心。其实，在汽车缓缓驶进华盛顿城区的路上，我就有了对华盛顿的第一印象。街道古色古香，安静洁净。下车后问路接触到的市民都很耐心热情，市民的素养明显比纽约高一层。

美国的首都，没有摩天大楼，没有车马的喧嚣，也没有逼人的商业气息，宽阔而静穆的街道上，人群车流稀稀拉拉，街道建筑看起来敦厚结实，沉稳大气，尽管少了一些所谓帝都的霸气，但有一种凛然、倔强和淡然。喜欢这座有帝都之名却没有帝都繁华的城市。

下地铁后首先经过旧的市政大楼，再来到美国总统府白宫，也许前面的草坪太大，离得太远，白宫看起来没有想象中那么宏大威武，怎么也不能把这座大楼和呼风唤雨、左右江山的美国政要人物联系起来。倒是正前方绿色草坪上的红花簇拥着喷泉更入眼。游人不算多，牵着警犬的警察来回穿梭。照了几张相留念之后，在路对面的拉菲特公园游玩，几座有特色的雕塑给花园的秀丽平添了几分文化气息。

接着参观林肯纪念堂（Lincoln Memorial），这里被视为美国永恒的塑像及华盛顿市标志，为纪念美国第十六届总统亚伯拉罕·林肯而建。纪念堂位于华盛顿的国家大草坪西端、碧波如练的波托马克河东岸上，与东端的国会大厦遥遥相望，是一座用通体洁白的花岗岩和大理石建造的古希腊神殿式纪念堂。

林肯纪念堂于1914年破土动工，1922年才完工。作为最受尊敬的美国总统之一，林肯的最大贡献是解放了黑人奴隶和保证了美国的统一。也正是他看出了奴隶制的丑恶，揭穿"人人生来平等"的虚伪面纱。虽然他被残酷暗杀，但他的精神将永存。

迈入门槛，一座大理石的林肯雕像放置在纪念馆正中央，他的手安放于椅子扶手两边，神情肃穆。雕像上方是一句题词——林肯永垂不朽，永存人民心中。纪念堂的墙壁上，还刻有林肯的葛底斯堡演说和他第二次就职演讲词。馆内36条圆柱代表林肯总统逝世时美国划分的36个州。

站在纪念馆前的台阶上远望，看到的是美国国会大厦和华盛顿纪念塔的壮观景色。

接下来顺便走过朝鲜战争纪念碑，准确地说，是一个小小的纪念园区，里面有19个与真人尺度相仿的美国军人雕塑群。雕塑被拉成散兵线，撒开在一片长满青草的开阔地上，塑造的动作是"搜索前进"，个个头戴钢盔，持枪驱前，表情复杂：有无奈，有紧张，有小心，有警惕，整个园区似乎都能闻到战争的硝烟味。一面黑色有影影绰绰士兵像的纪念墙，是花岗岩磨光的，这些逼真的塑像群直接映射在墙上。墙的尽头，写着一句简单但意思却很凝重的话："Freedom is not free。"（自由不是免费的）

还有一组放在地面上的小方座上，正前方的碑文"Our nation honors her sons and daughters who answered the call to defend a country they never knew and a people they never met"（我们的国家以它的儿女为荣光，他们响应召唤，去保卫一个自己从未见过的国家和那些素不相识的人民）。

之后沿着长长的独立大道，来到马丁·路德·金发表著名演讲《我有一个梦想》的地方，这里也是那些热心革除社会弊端人士的聚集地。白色雕像面湖而立，背对林肯纪念堂，面朝杰斐逊纪念馆，左邻华盛顿纪念碑。这是一个必看的景点。上次在亚拉巴马州看的是他的出生、工作的地方。这座碑是由中国雕塑家雷宜锌创作的，灵感来自于马丁·路德·金的《我有一个梦想》中的一句话："有了这个信念，我们就能从绝望之山开采出希望之石。"有三块呈"品"字形排开的巨石。后面两块并列的巨石象征被劈开的"绝望之山"，前面的一块巨石则象征从"绝望之山"中取出的"希望之石"，马丁·路德·金的雕像就依附在这块"希望之石"上。

华盛顿纪念碑，这个在影视剧里看过无数遍的"大铅笔"建筑，是接下来的景点。这是为纪念美国首任总统乔治·华盛顿而建造的，在国会大厦、林肯纪念堂的轴线上，是一座大理石方尖碑，呈正方形、底部宽22.4米、高169.45米，纪念碑内有50层铁梯，也有70秒到顶端的高速电梯，游人登顶后通过小窗可以眺望华盛顿全城、弗吉尼亚州、马里兰州和波托马克河。纪念碑内墙镶嵌着188块由私人、团体及全球各地捐赠的纪念石，其中一块刻有中文的纪念石是清政府赠送的。纪念碑的四周是碧草如茵的大草坪，这里经常有集会和游行，今天有成群的学生在此踢球玩耍。

犹太人大屠杀纪念馆是最令人震撼的景点。该馆面对国家广场，建于1993年。馆内主要展出的是第二次世界大战前及第二次世界大战期间，纳粹德国及其同伙所施行的有组织、有计划地迫害和灭绝欧洲

犹太人的历史罪证。里面收藏有 12750 件历史遗留物品、4900 万份档案文献、8 万多张历史照片、1000 个小时的影像档案资料、8.4 万多本书籍和 9000 多份口述历史的笔录或是录音带，是世界上收藏与大屠杀相关物品的最大博物馆。馆内的每一件展品都讲述着犹太人的凄惨故事，出口处那一堆破旧的皮鞋，张着残缺的破旧的口，仿佛在呼唤着主人的生命。在这个馆行走，心里很沉重，无法想象人性的残暴与疯狂。

很喜欢美国人在纪念馆外面的宣传标语："我们不给答案，只求提出问题。"面对历史上某些人类的罪恶和丧心病狂，作为百姓的我们，又能提出什么问题呢？除了祈祷和平，珍爱生命。

下午 5 点坐车返回在弗吉尼亚的朋友的住处。晚饭后在小区散步半小时后入睡，累并快乐！

畅游博物馆

华盛顿旅游第三天，奢侈地游玩了很多地方，有史密森尼博物馆（Smithsonia Institution）、非洲艺术博物馆、航空博物馆、议会图书馆、美国自然历史博物馆，这些艺术精华，看得人眼花缭乱，最后审美疲劳，见美不美，见奇不奇。好奢侈的一天！

史密森尼博物馆外围建筑呈棕红色，在华盛顿三点一线的白色建筑群中分外醒目。里面陈列的是一些来自世界各大洲比较错杂的艺术真品，中国的陶器、非洲的蜘蛛、现代艺术画等。从北门入，南门出，一个精致无比的花园扑面而来，前方就是地下相通的非洲艺术展览馆。精致讲究的园林布局和各色花草，再加上正午12点的阳光和纯蓝的天空，走在旁边的小道上，仿佛误入仙境。三三两两的游人坐在花丛树荫下的长凳上，或看书，或闭目养神，或吃午餐，一不小心，会把他们当成自然。

非洲艺术馆内除了有非洲各国风情的艺术品代表作之外，按照天堂、地狱两大主题分为两大块，天堂展厅里当然是一些明快安静活泼的艺术展览品和艺术画，而地狱部分则是一些灰色昏暗的抽象艺术品，大多表达着一种恶果报应以及对爱与身份的诉求。其实内心觉得更值得一提的是入口处一位上了年纪的老太太，看上去80多岁，说起话来都有点费力，但丝毫不影响她带着耐心为参观者提供服务的热情和爱心。在那爬满皱纹的脸上，洋溢出一种对当下这份工作的自豪、喜悦和满足感。她无疑是快乐的，而被她服务的人因能直接感知到她的快乐而快乐。其实每当接触美国的服务部门时，大多会有种受尊敬被重视的"上帝"感。他们的职业态度和对自我职业的热爱和享受，总是很温暖。多数情况下，在美国办事，不用托关系，不用小心翼翼，不用低三下四，不用赔笑脸，不用拍马屁，不用拿着一种据理力争、你死我活的斗争气势，只需要把事情说清楚，剩下的就是等待被服务了。

从非洲馆出来，在路边的麦当劳吃了便饭，进入美国空军展览馆。这里陈列着的有人类第一次登上月球的阿波罗号飞船，有1979年登上火星的飞船，有参加过第一次世界大战的各式退役战斗机，有第一架空客机头，还有众多叫不上名字的实体直升机、战机、客机、无人驾驶机……个个展示出人类的智能，也是人类对空间的蓄意探索的证明。

途经正在外装修的国会山上的议会大厦，美国议员们商议国事的地方，只能近观，不能入内。步行十几分钟前往议会图书馆，敦厚的浅灰色、错落有致的建筑风格，怎么也无法和安静的图书馆联系到一起。一走进去，才知道不能和图书馆联系到一起的岂止外部建筑风格，里面的金碧辉煌、柔和多样的色彩和豪华大气的内装修，让旁人觉得误入了皇宫。四面墙壁、地板栏杆、天花板、考究的灯具，无处不精美。沿大厅中间楼梯上去，右手边的玻璃柜内珍藏的是一本皮质的打开着的《圣经》，左手对着的是另一个《圣经》的真迹版本。从正中间的玻璃门望进去，能清楚地看见里面的阅览室和书架，还有坐在那里安静读书的人。在有限的视界范围内所看到的空间，并没有哈佛大学Widener图书馆的自习室大，只是桌椅看起来更豪华一些。

沿二楼栏杆绕一圈，忍不住再次感叹，这里应该住着王后国王，怎么可以是读书学习的地方？终究没能走近书架，所以悻悻地离开，走进火热的太阳下面。时间已近下午3点，还有好几个大的博物馆没参观呢，最后选择了最负盛名的美国自然历史博物馆，疲劳的身体打败了对展览品的好奇和渴望，只游玩了一楼的海底世界、人类的起源和哺乳动物展馆。已经接近晚上6点，没有力气再详细参观二楼、三楼，好在和纽约的自然历史博物馆很是相像，放弃了也不遗憾。

晚上6点多出来，天色有变，乌云压城，坐上返回的地铁、汽车，行至半道大雨滂沱。下车时雨已停，晚饭后打点完行李，10点休息，迎接明天一白天的旅途颠簸。

华盛顿之旅在匆忙与奢侈中结束。一是因为这么多免费的、著名的文化景点，集中于两天的时间确实有点紧促，来不及消化、咀嚼、思考，来不及用文字整理成章，一味地通过视线往脑壳里灌，有点浪费知识资源；二是因为这么多的文化大餐放在面前，全部免费供你享用，而时间有限、记忆有限、理解有限、认识有限、反思有限，要是能分摊到平时贫瘠的日子该有多好！

华盛顿，一座具有知识文化底蕴的城市，有看不见的政治威望渗露，却没有商业的繁华！我喜欢！